LES LECTRICES ONT AIMÉ !

« *Ainsi gèlent les bulles de savon* m'a totalement envoûtée et m'a amenée là où je ne m'y attendais pas. Une histoire passionnante, rythmée, intrigante, bienveillante et puissante sur la résilience. »

Marine, de @toiledemots

« Un roman bouleversant, magnifique, qui m'a touchée en plein cœur et qui entre dans les incontournables à offrir aux futurs parents. »

Fanny, de @madelit_et_des_livres

« Un tourbillon d'émotions, intense et beau. Coup de cœur pour cette histoire, ces personnages et pour les thèmes que l'autrice aborde de manière juste et sincère. »

Leah, de @leahbookaddict

« La plume de Marie Vareille est absolument superbe. Tour à tour coupante, acerbe, poétique, rêveuse, scientifique presque, elle sait mettre le ton qu'il faut pour chaque situation et ainsi nous faire littéralement entrer dans le récit. »

Carol-Ann, de @bbtiz

« *Ainsi gèlent les bulles de savon* est un véritable trésor qui ne peut laisser personne indifférent et qui mérite d'être lu. Un savoureux cocktail d'émotions, un roman magistral, une bulle de savon cristallisée. »

Adélina, de @livrovore

« Coup de cœur absolu pour cette merveille qui nous révèle avec pureté ce que nous avons de plus précieux. C'est pétillant, rafraîchissant, drôle, émouvant, poignant. »

Christel, de @les__miscellanees_de_cookie

« J'ai aimé chaque moment lumineux dans ce roman : l'amitié, une main tendue, un destin pris en main, une expérience maternelle, la remise en question, l'espoir… À lire sans modération. »

Tiphaine, de @je.lis.mes.envies

« Ce roman est une petite pépite ! Je l'ai littéralement dévoré, car une fois commencé, impossible de le lâcher ! J'ai adoré suivre les destins croisés de ces femmes, je me suis attachée à elles et j'ai été très touchée par les sujets abordés. »

Alexandra, de @mes_evasions_litteraires

« Un merci infini à la plume divine de Marie Vareille qui a su trouver, avec une époustouflante exactitude, les mots justes et précis permettant à son histoire de cheminer directement vers mon cœur de lectrice. »

Marta, de @leslecturesdemissm

« Un petit cocon pas toujours doux, rempli de secrets, de remises en question, d'émotion, mais aussi de beaucoup d'amour. Un livre juste, des mots puissants, que chacun devrait lire. »

Floriane, de @les_lectures_de_flofloenael

« Un périple riche en rebondissements, des retournements de situation inattendus, une leccture bouleversante. »

Eline, de @meslivresdepoche

« Je retrouve la plume sensible et douce de Marie Vareille que j'aime tant, et je me laisse emporter dans une histoire pleine de rebondissements et de mystères. »

Manon, de @lalecturedemanon

« J'ai dévoré ce roman qui est un gros coup de cœur, pour la plume de l'autrice, pour l'histoire mais surtout pour les valeurs véhiculées à travers ce récit. »

Chloé, de @lire_encore

« C'est un roman qui nous accompagne, nous réconforte, nous rassure, nous ouvre les yeux aussi. Marie Vareille est une amie et une confidente qui à travers ce roman nous offre une échappatoire et une lecture percutante. »

Laura, de @_lesmotsdesautres_

« Ce roman est un énorme coup de cœur pour moi ! Marie Vareille a su aborder des thèmes sur lesquels il est difficile de poser des mots, avec une délicatesse et une justesse sans nom. Ce roman est rempli de bienveillance, d'amour, de poésie. »

Aurélie, de @seize__avril

« J'ai été complètement happée par cette intrigue, par le récit de ces trois femmes, chacune à la croisée des chemins. Un livre qu'il faut lire, partager, offrir ! »

Carole, de @lafilleaux1001lectures

« Je vous conseille de découvrir ce roman qui véhicule de belles valeurs telles que l'acceptation de soi, la communication, le droit de faire ses propres choix... Une jolie lecture. »

Clémentine, dc @helynna_

« *Ainsi gèlent les bulles de savon* a su me surprendre et m'émouvoir. C'est une pépite qui m'a cueillie tout doucement et m'a fait ressentir mille émotions. Un récit authentique, sincère, chaleureux et profondément humain. »

Anouk, de @anouklibrary

10, place des Cinq-Martyrs-du-Lycée-Buffon
75015 Paris – France
www.editionscharleston.fr

ISBN : 978-2-36812-816-9

Maquette : Patrick Leleux PAO

Charleston s'engage pour une fabrication écoresponsable ! Amoureux des livres, nous sommes soucieux de l'impact de notre passion et choisissons nos imprimeurs avec la plus grande attention pour que nos ouvrages soient imprimés sur du papier issu de forêts gérées durablement.

Pour suivre notre actualité, rejoignez-nous sur Facebook (Éditions.Charleston), sur Twitter (@LillyCharleston) et sur Instagram (@LillyCharleston) !

Marie Vareille

AINSI GÈLENT LES BULLES DE SAVON

Roman

CHARLESTON
POCHE

À ma première lectrice,
généreuse distributrice
de violons,
de câlins,
de « va dormir, ça ira mieux demain »,
experte en couleurs qui jurent
et en tubes sans soudures,
soigneuse d'ecchymoses,
pourfendeuse de toxoplasmose,
à mon héros au sourire si doux,
envers et contre tout,
Bref,
À ma Maman

« Je suis doué d'une sensibilité absurde,
ce qui érafle les autres me déchire. »
Gustave Flaubert

Je n'ai que ce sac de toile dans lequel j'ai fourré quelques affaires à la va-vite avant de partir. Sans réfléchir, surtout. Si j'avais réfléchi, je serais restée. Si j'étais restée, ça se serait mal terminé.

Un carnet Moleskine noir ;
une photo de toi ;
quelques vêtements ;
une paire de lunettes de soleil ;
un guide de l'Indonésie (d'occasion) ;
ma brosse à dents.

C'est tout ce que j'ai emporté.

« Welcome to Soekarno-Hatta international airport », annonce une voix féminine dans un haut-parleur. Trente-deux heures que je n'ai pas dormi. Comme un zombie, je sors de l'avion, mon sac sur le dos. Par les immenses baies vitrées, le soleil étincelant contraste avec le souvenir de l'hiver que j'ai laissé derrière moi. Des panneaux en indonésien

sous-titrés en anglais et des publicités démodées pour des marques étrangères tapissent le couloir qui mène à la sortie de l'aéroport de Jakarta. Parfois, à la manière d'une vieille connaissance émergeant d'une foule d'inconnus, un logo Coca-Cola me ramène brutalement en arrière, chez moi, à toi. Je ne veux pas y penser. Plus tard, peut-être.

Je marche vers la porte vitrée qui me sépare de l'extérieur, irrésistiblement attirée par la lumière. À chaque pas, je songe que je pourrais renoncer, refuser de commettre l'irréparable. Pourtant, plus j'avance et plus le poids sur ma poitrine s'allège. Mes épaules se redressent. Une lumière au bout d'un tunnel. Un cliché de mauvais roman. La porte coulisse et la chaleur m'enveloppe de son étreinte moite, balayant le souvenir familier de l'humidité froide d'où je viens. Je reste debout sur le trottoir, immobile. Les rayons du soleil transpercent mes vêtements d'hiver et une douce tiédeur m'envahit. Des chauffeurs de taxi m'interpellent dans un anglais approximatif, une sorte de brouhaha constant, terriblement dépaysant. Je songe : Je suis faite pour cette vie, pour l'aventure, les découvertes et les voyages. Pas pour la maison en banlieue, le mari, le bébé et le prêt immobilier. Je suis faite pour être libre, c'est ce que ta naissance m'aura appris.

Mais je ne veux pas penser à toi. Alors, je ferme les yeux, j'inspire un grand coup et c'est là que je le sens, derrière l'odeur des pots d'échappement des minibus et des fruits mûrs sur les étals de fortune, comme une bourrasque d'air frais après des mois passés au fond d'une cave : le parfum ensoleillé de la liberté.

Certains choix nous définissent à tout jamais, celui-ci en fait partie. À partir d'aujourd'hui, je peux bien écrire la neuvième symphonie, sauver la planète d'une troisième guerre mondiale ou inventer le vaccin contre le sida, on ne retiendra de moi que cet acte innommable : j'ai abandonné mon bébé, toi, mon minuscule amour aux joues si douces.

Puisses-tu un jour me pardonner.

CLAIRE

Il y a un « plus » sur le test de grossesse. Il est rose. La barre horizontale est plus claire que la verticale, mais elle est là, bien visible. J'ai vérifié trois fois. Je ne peux pas lâcher la petite fenêtre des yeux. Assise sur la cuvette des toilettes, la culotte sur les chevilles, avec pour seule compagnie un flacon de Canard-WC et un spray désodorisant « Rosée du matin à Ushuaïa », je comprends ce qu'est le bonheur, le vrai : deux traits roses sur un bâtonnet en plastique recouvert d'urine. Ma vue devient floue, mon ventre se gonfle d'émotion. Je devrais appeler Thomas, lui annoncer le plus vite possible. Mais je m'accorde quelques minutes pour savourer la nouvelle. Je vais être Maman. Moi, Claire Perrin, fille unique qui ai passé la plus grande partie de mon enfance seule avec ma mère, à m'inventer des frères et sœurs imaginaires avec qui partager mon goûter, je vais fonder la famille dont je rêve depuis ma première poupée. Je ris à travers mes larmes. Je pose les mains sur mon ventre. Tu es là. Tout va changer. Tout a déjà changé. Je replace le capuchon sur le test et sors des toilettes.

— Claire, ça va, mon cœur ? Qu'est-ce qui se passe ?

Mes joues dégoulinent, Thomas, avec son air ahuri de saut du lit, panique. Il veut prendre mes mains, me consoler, comprendre. Ses doigts se heurtent au bâtonnet en plastique, il baisse les yeux, se fige.

— Oh, c'est… Tu es…

— C'est… Je suis… Oui…

Sur son visage, l'allégresse chasse instantanément l'inquiétude.

— Claire !

Il me serre dans ses bras, me soulève comme pour me faire tourner et me repose aussitôt, alarmé, en fixant mon ventre.

— Il ne faut pas que je fasse mal au bébé.

Je souris et me blottis dans ses bras. Il est fébrile dans son pyjama à rayures, joyeux comme un enfant le jour de son anniversaire.

— Je vais être Papa, tu te rends compte ? Je ne réalise pas. Moi, Papa ! On devrait boire du champagne, appeler tout le monde !

Je passe tendrement une main dans ses cheveux ébouriffés.

— Pour le champagne, ça va être compliqué… Mais on pourrait prendre la journée, aller se balader sur les quais, discuter du prénom ?

— J'adorerais, soupire-t-il, mais ils vont me tuer au restaurant si je les laisse tomber à la dernière minute… (Il se gratte le crâne, pensif.) Cela dit, je peux arriver un peu en retard, va te recoucher et laisse-moi te préparer le meilleur petit déjeuner de ta vie.

Je fais trois pas de danse, toujours en culotte, et réponds en riant :

— Si tu insistes…

Après avoir avalé l'équivalent d'un banquet pour quatre personnes (parce que ça pourrait être des triplés, a déclaré Thomas), j'enveloppe le test dans de la Cellophane et le glisse avec précaution dans mon sac à main. Dans le métro, j'y jette régulièrement un coup d'œil, histoire de vérifier que le petit « plus » ne s'est pas volatilisé. Une partie de moi se refuse encore à croire que mon corps est capable de cet exploit aussi magique que banal : fabriquer une toute petite personne avec dix orteils miniatures, un nez microscopique et des mini-mains toutes douces qui s'agitent. Un enfant qui nous ressemblera, à Thomas et à moi.

Je voudrais l'annoncer à tout le monde, au boulanger, au contrôleur, au type qui me bouscule dans les Escalator et à celui qui crache à trois millimètres de mes converses jaunes ; mais personne ne semble remarquer mon sourire béat et, comme tous les lundis matin, j'arrive à l'agence à 9 h 30 précises. Je lance un « bonjour » joyeux à l'open space et dépose près de la machine à café les croissants que j'ai achetés pour toute l'équipe. Je m'installe à mon bureau et ouvre le carnet Moleskine noir qui ne me quitte jamais. J'examine ma to-do list, rédigée la veille. À côté de la date du jour, je dessine un cœur au stylo, je le colorie au Stabilo. Je m'enferme ensuite dans une salle de réunion vide pour prendre rendez-vous chez le gynécologue. Pour une fois, je n'exécute pas une seule des tâches de ma liste. J'ai la tête ailleurs, à savoir, dans mon utérus, quand une injonction tombe du ciel :

— Claire. Dans mon bureau. Maintenant.

La voix de Bernard Nouvelle est glaciale. D'habitude, il arbore un sourire bonhomme et charmeur en mode : « Bonjour, Clarinette, tu peux venir me voir quand tu as cinq minutes, s'il te plaît ? » Or il ne m'a même pas adressé un regard, ce qui est d'autant plus étonnant que Bernard Nouvelle, le P-DG de l'agence de publicité LemonCurd pour laquelle je travaille depuis presque cinq ans, m'adore. Il faut dire que je suis celle à qui on confie toutes les tâches ingrates qui ne rentrent dans aucune fiche de poste. Je ne dis jamais non, je tiens de ma mère. En voyant ses lèvres pincées et ses sourcils froncés, j'ai toutefois l'impression que mes cinq ans de bons et loyaux services, de travail le soir et le week-end et de sacrifices pour LemonCurd viennent d'être effacés de la mémoire de mon chef comme un document mal sauvegardé sur un disque dur périmé.

— Ferme la porte.

Les mains moites, j'obéis.

— Claire, je ne vais pas pouvoir t'offrir le CDI qu'on avait évoqué.

Je pense :

Il était promis ce CDI, pas évoqué. Après quatre stages, six missions en freelance et trois CDD sous-payés, quand j'ai voulu partir ailleurs, il y a quelques mois, vous m'avez juré que j'aurais enfin droit à mon CDI si je refusais l'offre de l'agence concurrente.

Je dis :

— Ah.

Je me racle la gorge, histoire de gagner quelques secondes pendant lesquelles je peux paniquer à loisir avant de poursuivre :

— Vous… vous voulez dire que vous allez plutôt renouveler mon CDD ?

Les mains jointes posées sur son bureau, il me fixe avec froideur.

— Non.

J'avale ma salive avec difficulté.

— Et… pourquoi ?

— « C'est ton choix », « personne ne peut t'obliger à quoi que ce soit ». Ça ne te rappelle rien ?

Je sais exactement de quoi il parle. Cependant, le conflit me paralyse et je reste plantée là, en priant pour être sauvée par un appel de la compta ou un braquage providentiel de la banque située au rez-de-chaussée.

Trois enfants au compteur et expéditeur annuel de cartes de vœux de l'Unicef à tout le gratin parisien, Bernard Nouvelle est le prototype du type bien… Un type bien qui a toutefois trouvé malin de mettre enceinte Rose, vingt et un ans, sommairement rebaptisée « la fille de l'accueil » par les employés de LemonCurd. Chez LemonCurd, malgré mon master en communication, j'ai commencé à la réception. J'ai été cette fille qu'on ignore, séparée des autres par le comptoir de l'entrée, à qui on commande des cafés comme si elle était barista chez Starbucks et contre laquelle on s'énerve quand aucune salle de réunion n'est libre. Je sais que ce n'est pas un poste facile, raison pour laquelle, quand j'ai croisé Rose en larmes dans les toilettes à 20 heures passées, je lui ai tendu un paquet de mouchoirs et lui ai proposé d'aller boire un verre. Rose, qui avait récemment appris qu'elle était enceinte de son patron, avait besoin d'une épaule sur laquelle pleurer. Je lui ai offert la mienne.

— Si ça concerne Rose, je…

Il se lève et se penche en avant, les mains crispées sur le bord de son bureau, comme s'il se retenait de le soulever pour me le jeter à la tête.

— Espèce de petite conne ! vocifère-t-il. Qu'est-ce que tu es allée lui raconter ?! Que c'était son droit de garder ce bébé ?! Après tout ce que j'ai fait pour toi ! Je t'ai donné des responsabilités, de la visibilité ! Sans moi, tu serais encore l'assistante de l'accueil, à répondre au téléphone toute la journée ! Tu veux foutre ma vie en l'air, c'est ça ? Je suis marié ! Père de famille ! Je ne peux pas me permettre d'avoir un enfant avec une idiote irresponsable !

Je pense :

C'était peut-être à vous de réfléchir avant de vous taper une gamine de l'âge de votre fille. J'imagine qu'à cinquante-quatre ans, vous savez comment on fait les bébés.

Je dis :

Rien.

Tout à l'heure, je rejouerai la scène dans ma tête et je songerai à toutes les répliques bien senties que j'aurais pu lui sortir. En attendant, je reste aussi loquace qu'une carpe sous anesthésie générale.

— Et la sienne ? poursuit-il. Tu y as pensé à sa vie, à elle ? Qu'est-ce qu'une imbécile de son âge ferait d'un bébé ? Elle est incapable d'être mère ! Comme si on avait besoin d'un cas social de plus !

Mon chef se laisse tomber dans son fauteuil en cuir et un ange passe. Quand il reprend la parole, sa voix est toujours dure, mais, contrairement à moi, il semble s'être ressaisi :

— Enfin, on peut peut-être s'arranger.

Je sens les muscles de mon dos se détendre. Voilà, la situation va se régler. Rien ne sert de crier. Il n'y a pas de problème, juste des solutions. Je relève la tête, pleine d'espoir.

— Oui ?

— Puisque tu es si proche de Rose, je te laisse la convaincre de la conduite à tenir.

— La conduite à tenir ?

— Elle ne peut pas garder ce bébé.

— Oh.

Il semblerait que je ne sache plus m'exprimer autrement que par des voyelles. Dans la case « tâches ingrates qui ne rentrent dans aucune fiche de poste » de mon CV, je pourrais désormais ajouter « soutien moral et organisationnel en cas d'avortement dans l'entreprise ». Peut-être était-ce la compétence qui me manquait pour obtenir un CDI…

Nous nous dévisageons en silence. Peu à peu, il retrouve son air aimable, heureux d'avoir résolu ce problème mineur dans sa vie bien réglée.

— Au fond de toi, tu le sais bien, Clarinette, c'est la seule solution. Tu la vois, mère célibataire ? Sérieusement ? Rose ? Cette pauvre fille est déjà incapable de s'occuper d'elle-même, alors d'un enfant…

Je réfléchis. Moi aussi, maintenant, j'attends un bébé. L'espace d'un instant, j'avais oublié ce léger détail. Personne n'embauchera une femme enceinte et j'ai besoin de ce salaire. Je me suis battue pour en arriver là et puis… j'aime mon métier.

J'aime recevoir des clients et écouter l'histoire de leur marque ; réfléchir à de nouvelles stratégies pour que leur produit ou leur concept trouve ses utilisateurs. Sans compter que vingt et un ans, c'est très jeune pour avoir un bébé, *a fortiori* si Rose est seule pour s'en occuper.

— Personne n'en saura rien, Claire, ce sera notre petit secret…

Je pense au test de grossesse soigneusement emballé dans son papier Cellophane, à ce « plus » rose pâle. Et j'ai le sentiment que le grain de pavot dans mon ventre écoute, qu'il attend de voir si je vais m'écraser comme une banane trop mûre ou me rebeller contre l'injustice fondamentale de la situation. Je soupire. Mon bébé a besoin d'une maman forte, pas d'une banane écrabouillée. Je me redresse et, d'une voix que je tente de rendre ferme, je réponds :

— Non.

Bernard me dévisage comme s'il n'avait pas bien entendu. Je poursuis :

— La seule personne apte à prendre cette décision, c'est Rose. Pas vous, et certainement pas moi.

La stupéfaction se peint sur le visage de mon P-DG. Je ne lui ai jamais tenu tête. En plus de quatre ans, j'ai toujours exécuté ses ordres comme un brave petit soldat, je n'ai jamais demandé à récupérer mes heures ou à être augmentée, même quand mes responsabilités se sont multipliées. Il lui faut quelques secondes pour intégrer cette révolte inattendue. Moi-même, je n'en reviens pas.

— Si tu ne changes pas d'avis, crache-t-il, non seulement tu es virée, mais en plus tu es finie dans le métier : je te ferai une telle réputation qu'aucune agence ne t'embauchera.

Je me lève et me dirige vers la porte. Hors de question que je m'effondre devant lui.

Quelques minutes plus tard, enfin à l'air libre, j'éclate en sanglots. Puis je me mouche bruyamment et tapote la poche latérale de mon sac à main, là où se trouve le test de grossesse.

— Ne t'inquiète pas, ça va aller, on rentre à la maison maintenant.

OCÉANE

Quand elle avait dix ans, un livre, trouvé dans la bibliothèque de son père, avait changé la vie d'Océane. Ce n'était pas tant le roman lui-même qui l'avait bouleversée, que la citation inscrite sur la première page :

« Je suis doué d'une sensibilité absurde, ce qui érafle les autres me déchire. »

Elle avait relu la phrase à plusieurs reprises et l'avait notée sur un papier qu'elle emportait partout avec elle dans son portefeuille. Constater qu'un parfait inconnu, français de surcroît, puisqu'il s'agissait d'un certain Gustave Flaubert, ayant vécu quasiment deux siècles avant elle, soit avant Facebook, Candy Crush et les Oreo Cookies, ait su exprimer de manière aussi précise son ressenti permanent l'avait stupéfiée.

Ce jour-là, Océane avait compris une chose fondamentale : elle n'était pas toute seule. D'autres gens ressentaient les choses de la même façon qu'elle. Beaucoup trop fort, trop intense, trop beau ou trop triste. Trop tout. À commencer par ce Gustave Flaubert dont les propos résonnaient en elle avec tant de justesse. Et peut-être même aussi l'autrice qui avait choisi cette citation pour commencer son livre, désormais son écrivaine préférée et dont elle avait par la suite englouti tous les romans. Son père, malheureusement, ne cautionnait pas ces lectures, il arguait qu'elle perdait son temps avec des histoires de bonnes femmes. Le fait qu'il possède toutes les œuvres de l'écrivaine en question, noyées au milieu des classiques dans sa bibliothèque en acajou massif, aurait pu sembler paradoxal, mais le père d'Océane, le renommé professeur Alain Vasseur, n'était pas à une contradiction près.

Depuis toujours, Océane vivait le monde ballottée à l'aveugle dans un grand huit émotionnel incontrôlable, dans l'attente angoissante du prochain looping. Et une fois de plus, pile au moment où elle avait envisagé d'arrêter de se préparer au pire, le looping était arrivé. Le genre de looping qui lui avait donné l'impression de tomber du sommet du grand huit et de venir s'écraser sur le béton devant des milliers d'yeux curieux. Le looping, on en parlait en chuchotant. On disait : *le scandale*. Et à cause du *scandale*, une nouvelle fois, Océane avait déménagé.

À dix-neuf ans, elle aurait dû s'habituer à ces changements permanents, mais c'était toujours le même déchirement. Elle avait le sentiment d'être une plante arrachée à son terreau au moment où ses racines commençaient à s'agripper au sol. Chaque fois, elle en ressortait un peu plus exsangue à l'idée de devoir s'accoutumer à un nouvel environnement, de nouvelles odeurs, de nouveaux sons et, surtout, de loin le plus terrifiant, à de nouvelles personnes. Cette fois, elle y avait cru pourtant. Sa mère avait mis du temps à trouver un bel appartement à Chicago. Océane et sa petite sœur, Amanda, avaient pu choisir la couleur des murs de leurs chambres. Au fil des années, ils avaient créé de petites habitudes, de celles qui rassuraient Océane : commander une pizza *deep dish* le lundi soir, qu'ils mangeaient en famille devant une série, aller se promener *downtown*, le long de la Chicago River en mangeant des glaces, aller voir les *Star Wars* en 3D à l'Imax du Navy Pier quand un nouvel épisode sortait… De minuscules morceaux d'ordre dans un monde qui n'en avait aucun. Océane s'était même fait, pour la première fois, une véritable amie : Jess. Depuis Jess, Océane allait bien. Tellement bien qu'elle appréhendait à peine sa rentrée à la très prestigieuse université de Chicago, malgré l'immense changement que cela représentait pour elle de quitter son lycée. Elle voulait suivre un cursus « pre-med », qui lui permettrait d'intégrer une faculté de médecine quatre ans plus tard, à la fin de son premier cycle. Mais à cause du *scandale*, son père avait été contraint de démissionner de la faculté où il enseignait depuis plusieurs années. Il ne devait qu'à son CV brillant et ses relations haut placées d'avoir été transféré à l'université de Bronwell, où on lui avait offert non seulement un poste de professeur, mais aussi la direction du département littérature.

D'où le déménagement.

Mam's avait proposé de prendre Océane dans le nouvel appartement où elle habitait avec Amanda depuis la demande de divorce. Bien qu'Océane souffre de la séparation d'avec sa sœur et qu'elle ait réellement envie de faire sa rentrée à l'université de Chicago comme prévu, elle n'avait même pas considéré cette option. Sa mère, après tout, avait choisi de détruire leur famille. Océane n'arrivait pas à lui pardonner. Et surtout, elle ne pouvait pas abandonner son père au moment où tout le monde lui tournait le dos. Il avait besoin d'elle. Personne n'avait compris sa décision. Mais Océane était la seule à connaître certains secrets qu'elle ne pouvait confier à personne et qui lui interdisaient tout autre choix.

Voilà pourquoi elle habitait dorénavant ici, à Kefalonia, et s'apprêtait, bien malgré elle, à faire sa rentrée à l'université de Bronwell. Afin de se préparer psychologiquement à cet événement aussi imprévu que terrifiant, elle avait appris par cœur l'onglet de présentation du site Internet. Bronwell accueillait tous les ans plus de vingt mille étudiants. Entre ses différentes écoles, les dortoirs, les cantines et les cafés, les six bibliothèques, les deux cinémas et les bâtiments administratifs, le campus, sillonné par les bus scolaires en hiver et les vélos en été, faisait la taille d'une petite ville de province. L'université avait été fondée à la fin du XIXe siècle par Henry Bronwell, dont la statue de bronze, un haut-de-forme sous le bras et la redingote arrogante, s'érigeait en plein cœur du complexe universitaire, juste devant la McCormick Tower, familièrement renommée « la tour de l'horloge ». Ce professeur de littérature émérite devenu riche grâce à des investissements pétroliers était issu de Kefalonia, bourgade située à plus de cinq cents kilomètres au nord de la ville de New York, non loin de la frontière canadienne. Avant l'installation de la faculté, cette région accidentée, trop chaude en été et glaciale en hiver, était quasi déserte, exception faite de quelques villages de pionniers. Aujourd'hui, l'université se dressait fièrement sur les hauteurs de Kefalonia, « Kefa » comme disaient les étudiants, trop débordés pour s'embarrasser de syllabes inutiles. Les bâtiments historiques, notamment une magnifique bibliothèque, servaient de lieu de tournage à des films hollywoodiens. Plus loin dans la vallée, la zone industrielle s'était étendue, profitant de l'essor économique dû à la présence de la faculté. Mais Kefalonia, son université mythique, ses maisons de bois et ses chutes d'eau vertigineuses ambiance Pocahontas, derrière le rempart protecteur de ses érables centenaires, était restée intacte.

Traduction : le « trou-du-cul des États-Unis », avait déclaré Jess, horrifiée, en faisant bouger son curseur sur Google Maps. Des forêts à perte de vue, trois mètres de neige en hiver et un silence dans lequel chacun des pas et des mouvements d'Océane retentirait comme un coup de feu.

CLAIRE

J'attends Éléonore dans un café près de la gare Montparnasse. J'ai hâte de lui annoncer les nouvelles. La bonne et la mauvaise. Je vais avoir un bébé, mais je n'ai plus de travail. Je la vois arriver. Elle court sur ses talons hauts, avec ses lunettes rondes de personnage de dessin animé et cet énorme sac rempli de manuscrits, de feuilles volantes et de stylos mordillés, qu'elle trimballe partout et qui contraste avec sa silhouette petite et mince. Éléonore est éditrice de romans. Elle lit un millier de pages par semaine, elle annote dans le métro, griffonne dans la marge en faisant la cuisine, passe des heures au téléphone à fumer des cigarettes avec les auteurs en manque d'inspiration ou en pleine crise existentielle. Elle connaît par cœur tous les prix littéraires et les pièces de théâtre qu'il ne faut absolument pas rater (et que les gens normaux comme moi ratent évidemment toutes).

Depuis la terrasse chauffée où je me suis installée, bien que nous soyons en janvier, j'agite la main à l'attention de ma meilleure amie. Je n'aime pas être enfermée, même en hiver. J'aime les grands espaces, la mer et les paysages à perte de vue. Mais il n'y a pas beaucoup d'agences de publicité dans le désert australien, alors, bien malgré moi, j'habite Paris. Éléonore me fait un signe et montre son portable avec une grimace d'excuses. Elle est au téléphone. Elle est toujours en train de faire quatre choses à la fois. Elle carbure au café, à la nicotine et au chardonnay et dégage autant d'énergie qu'une centrale nucléaire. Elle raccroche, me rejoint et écrase du bout de son escarpin la cigarette qu'elle vient d'entamer. À peine est-elle assise en face de moi que le serveur nous demande si nous voulons boire quelque chose.

— Un verre de côte-de-Beaune, blanc, annonce-t-elle.

Je range mon portable dans mon sac à main.

— Une carafe d'eau, s'il vous plaît.

— Tu es enceinte ? me demande Éléonore en haussant les sourcils si haut qu'ils menacent d'être définitivement expulsés de son front.

Je souris et décide de la faire mariner un peu.

— Je croyais qu'on ne buvait plus le midi… Tu te souviens ? Notre bonne résolution de la semaine dernière : on devient des filles saines, on fait de la méditation, on mange du quinoa, on remplace le rosé par du thé vert…

— Ah, mais c'était sérieux ? Je pensais que c'était une blague. Il est hors de question que j'adhère à ta secte. Perso, je suis rentrée chez moi après cette conversation, Astrid et Balthazar avaient empilé des endives dans la coupole de l'halogène du salon pour voir si elles verdissaient. Ils avaient fait une activité sur la photosynthèse à l'école et elles étaient en train de prendre feu quand je suis arrivée. À cinq minutes près, j'aurais dû expliquer aux pompiers qu'on avait incendié l'immeuble pour faire verdir des endives. Du coup, avec Jean-Marc, on s'est planqués sur la terrasse pour se faire une bouteille de brouilly après les avoir couchés. Exit, toutes nos bonnes résolutions !

J'éclate de rire. Les jumeaux d'Éléonore, Astrid, ma filleule, et Balthazar, ont cinq ans et Éléonore a toujours des anecdotes hilarantes à raconter à leur sujet. Je les garde un soir par semaine, pour qu'Éléonore puisse organiser une soirée en amoureux avec Jean-Marc, et je les adore.

— OK, je suis enceinte.

— Oh, ma chérie c'est génial !

Elle se lève d'un coup et me serre dans ses bras. Je me blottis quelques instants dans l'odeur familière de son parfum. Je la connais depuis le collège, on était au club de théâtre ensemble. Malgré nos quelques années d'écart, c'est plus que ma meilleure amie, c'est ma grande sœur d'adoption. Il n'y a pas un événement de ma vie, une de mes décisions, actions ou pensées qu'elle ignore. On a l'habitude de dire qu'on est connectées en Bluetooth, et que nos cerveaux marchent de concert, même à distance. Elle me bombarde de questions, comment ça se passe, c'est pour quand ? Est-ce que j'ai des nausées ?

— Pas encore de nausée, d'un autre côté je pense que je suis enceinte depuis trois minutes, le bébé ne fait même pas la taille d'une coquillette…

Elle écarte gentiment sa cigarette le plus loin possible, de manière à asphyxier les inconnus de la table voisine plutôt que mon bébé et moi.

— En tout cas, ne t'inquiète pas, tout va bien se passer ! Si j'ai survécu à des jumeaux, tout le monde survit.

Je souris. Je ne m'inquiète pas plus que ça et je sais que nous n'aurons pas la même expérience de la maternité. J'adore ma meilleure amie, mais elle a mis ses jumeaux à la crèche alors qu'ils avaient trois mois pour pouvoir reprendre le travail. Ma mère en a encore des palpitations. Moi, j'espère pouvoir m'arrêter au moins un an.

— Et le boulot, alors ? Ils t'ont enfin donné ton CDI ?

— Non, et je me suis fait virer…

Éléonore reste la bouche ouverte, stupéfaite. J'entreprends alors de lui raconter mon altercation avec Bernard Nouvelle.

— Quel connard ! Je suis sans voix ! Cela dit, on n'a pas le droit de virer une femme enceinte, pourquoi tu ne le traînes pas aux prud'hommes ?

Je hausse les épaules.

— Il ne savait pas que j'étais enceinte… et pour le coup, je ne retrouverai jamais de travail si je fais ça : il est trop connu dans le milieu.

— Oui, enfin, avec un raisonnement pareil, tu n'aides pas vraiment la cause ! Il ne faut pas se laisser faire, Claire…

La vérité, c'est que depuis que je suis enceinte, plus rien n'a d'importance. Si quelque chose m'agace, je pense à la petite graine dans mon ventre en train de devenir mon enfant, à mes seins qui grossissent, à mon ventre qui va s'arrondir, à ce miracle que j'ai la chance de vivre. Le monde pourrait s'écrouler, je ne sais même pas si je m'en rendrais compte.

J'ouvre la carte et j'hésite.

— Tu crois que je peux prendre la tartiflette si le fromage au lait cru est cuit ?

— Tu me demandes à moi ? Tu sais que je n'ai jamais rien compris à tous ces interdits alimentaires de grossesse ! Au fait, comment a réagi Thomas ? Je l'imagine trop bien en futur papa tout ému ! Je vais lui envoyer un mot.

Joignant le geste à la parole, elle a déjà sorti son téléphone et pianote un mot à destination de mon amoureux tandis que je lui raconte la réaction de Thomas. Je me décide pour un gratin de pâtes, pas de risques de ce côté-là, et Éléonore commande une entrecôte avec des frites.

Nos plats arrivent, je n'ose pas manger. Il y a une feuille de salade décorative dans le coin de l'assiette qui pourrait bien être pleine de toxoplasmose. Éléonore me donne ses frites et le déjeuner passe en un éclair. Mon amie doit ensuite retourner travailler et je rentre chez moi pour commencer mon tableau Excel comparatif des marques de lits bébé. J'ai déjà hâte que tu sois là, ma Coquillette, ça va être merveilleux de vivre avec toi.

J'ouvre les yeux. Les murs sont blancs, il y a six lits, un ventilateur au plafond et des moustiquaires dans un sale état aux fenêtres. Dans le minibus qui m'a amenée en ville depuis l'aéroport, j'ai choisi la première auberge de jeunesse conseillée dans la catégorie la moins chère de mon guide. Ils appellent ça un « losmen », une sorte de petit hôtel bon marché. Il est situé dans le quartier de Kota Tua, « vieille ville » en indonésien.

On doit laisser ses chaussures à l'entrée. À l'intérieur, tout le monde marche pieds nus. La jeune fille qui m'a accueillie m'a tendu un drap, une taie d'oreiller, un cadenas et la clé du dortoir contre quelques dollars américains échangés à l'aéroport. Elle m'a expliqué les règles en anglais : jusqu'à 22 heures, quelqu'un attend à la réception, après il faut sonner à la porte de derrière. L'établissement n'est pas responsable des vols ou pertes d'objets personnels. Le petit déjeuner est inclus, mais pas les serviettes de toilette qu'on peut louer pour la durée du séjour. Les douches se trouvent au fond du couloir.

Étonnant que je me rappelle tout ça, moi qui, avant-hier encore, ne parvenais plus à enregistrer la moindre information, que ce soit le nom du magasin en bas de chez nous, une conversation téléphonique tenue quelques heures plus tôt ou l'heure de ton dernier biberon. Les souvenirs des semaines passées se noient dans un brouillard gris. Je dois être folle, hystérique, dépressive. Je confonds trop souvent la fiction et la réalité.

Je jette un coup d'œil à la montre qui n'a pas quitté mon poignet. Une drôle d'émotion me prend à la gorge : c'est ton père qui me l'a offerte. Il est 5 h 37 du matin. Quand je me suis couchée, elle indiquait 13 h 03. J'ai dormi plus de seize heures. Le soleil tape sur la moustiquaire. Des rayons déjà chauds, chargés de particules minuscules, dessinent des taches de lumière sur le carrelage vert amande. Les lits autour de moi sont vides, les draps repoussés au niveau des pieds, un sac de couchage roulé en boule est tombé sur le sol. Le dortoir est désert. Cela ne colle pas avec l'heure affichée sur mon poignet, mais le décalage horaire et l'heure locale m'indiffèrent. Je me suis couchée tout habillée. L'odeur de ma transpiration me dérange.

La serviette que j'ai louée la veille à la réception autour du cou, je remonte le couloir jusqu'aux douches. Je pose mes affaires en équilibre sur le coin d'un lavabo. Je me déshabille. Je détourne les yeux du miroir fendu et piqueté de taches noires, pas suffisamment vite toutefois pour ne pas apercevoir mes cheveux gras, mes cernes, mes bourrelets disgracieux et la cicatrice de la césarienne. Une boursouflure rouge comme un sourire tordu qui déforme mon bas-ventre. Je ravale mes larmes, surgies sans prévenir, et j'ouvre le robinet. Ne pas penser à toi. J'attends un moment que l'eau tiédisse avant de comprendre qu'il n'y a pas d'eau chaude. Je me glisse sous le jet froid, plutôt agréable en comparaison de la chaleur humide qui règne ici. Je me savonne, puis je me sèche rapidement. Je me tortille pour remonter mon short le long de mes cuisses, impossible de fermer le bouton. Je hais mon corps. Heureusement, le tee-shirt est suffisamment long pour dissimuler ma braguette ouverte. Je n'ai pas le courage de démêler mes cheveux. Cet enchaînement de gestes banals m'a épuisée autant que si j'avais couru un marathon.

— Breakfast ? demande la jeune fille de la veille quand elle me voit apparaître.

Je hoche la tête.

— Coffee or tea ?

— Coffee.

Elle m'indique la porte qui mène vers l'extérieur et je me retrouve dans une cour ensoleillée aux airs de jardin tropical. La seule personne présente, une femme dans la quarantaine, pieds nus et vêtue d'un sarouel coloré, m'adresse un léger signe de tête avant de replonger dans son livre.

Je prends place à l'ombre des bambous, à l'une des petites tables en bois disposées pour accueillir les routards, le plus loin possible de la seule autre occupante des lieux. Le grondement des moteurs et le son lointain des klaxons en provenance de la rue se mélangent au tintement de vaisselle et au grésillement de friture dans la cuisine derrière moi. J'ai *toujours été extrêmement sensible à mon environnement. Les cinq sens en permanence à l'affût du moindre détail. Je pose le guide en évidence sur la table. Je n'ai aucunement l'intention de l'ouvrir. C'est un leurre, destiné à me faire passer pour une simple touriste venue découvrir les merveilles de l'Indonésie. Je l'ai trouvé dans la caïsse d'un bouquiniste et j'ai pensé que c'était un signe : le signe que je devais partir. Sa couverture cornée et ses pages annotées par un précédent voyageur me rassurent. Ce livre a déjà parcouru ce pays, il connaît les lieux, je ne suis pas tout à fait seule au monde.*

Peu de temps après, une femme au visage ridé m'apporte une tasse de café et une portion de riz recouvert d'un œuf frit dans un bol tapissé d'une feuille de bananier. Je la remercie en anglais. J'engloutis le tout en quelques bouchées, je n'avais pas réalisé à quel point j'avais faim. Le café est fort, amer et brûlant. J'ai l'impression que je n'ai pas bu un café chaud depuis des années. Je ferme les yeux et j'essaye de profiter de la chaleur, du dépaysement et de ce sentiment de liberté absolue que j'ai ressenti hier. Mais je suis trop vide pour apprécier quoi que ce soit. Je ne ressens rien, en dehors d'une fatigue qu'une année entière de sommeil ininterrompu n'arriverait pas à soigner.

— Salut.

Je sursaute et ouvre un œil. La femme qui lisait s'est rapprochée.

— Je m'appelle Liberty, dit-elle en français avec un léger accent anglais.

Prise de court, je serre la main qu'elle me tend et me présente à mon tour. Sa silhouette se découpe dans le soleil, elle est mince, plutôt grande, des mèches d'un blond doré par le sel et le soleil dépassent du foulard bleu qui recouvre sa tête à la manière d'un turban. Elle a la peau brunie et quelques rides d'expression précoces, comme quelqu'un qui n'a pas débronzé depuis des lustres. Sur son ample tee-shirt est écrit « no shoes, no work, no problem ».

— Tu parles français.

C'est une constatation, pas une question. Elle indique d'un geste du menton mon guide sur la table de bois.

— Oui.

— Je te dérange ?

J'ai le sentiment d'être prise en otage. Je n'ai pas vraiment envie de discuter, mais je secoue la tête, par réflexe. Peur de déplaire. Politesse handicapante. Son sourire tranquille et la franchise dans ses yeux bleus sont pourtant de ceux qui mettent facilement les autres à l'aise.

— Tu viens d'arriver ?

— Oui... enfin, j'ai atterri hier.

Instinctivement, je me suis reculée dans ma chaise, j'ai croisé les bras sur ma poitrine. Elle doit sentir ma gêne parce qu'elle n'insiste pas. Elle pose une carte de visite sur la table.

— Je dirige l'agence de tourisme juste en face de la guesthouse. On organise des périples plus ou moins longs, à travers l'Indonésie, sur différents thèmes : volcans, temples, randonnées ou plongée... Si jamais ça t'intéresse, n'hésite pas à passer.

— Je préfère voyager seule.

Contre toute attente, elle sourit avec chaleur.

— Je comprends, tu vas adorer. J'ai arpenté toutes les îles d'Indonésie en solitaire avec mon sac à dos il *y a dix ans avant de m'installer définitivement ici. En tout cas, si tu as des questions ou simplement besoin de conseils, ça me fera plaisir de te donner deux ou trois bons plans avant ton départ.*

— Merci.

— Bonne journée !

Elle s'éloigne avec un signe de main, avant de sortir définitivement de mon champ de vision.

CLAIRE

Malgré les dizaines de candidatures que j'ai envoyées, personne ne m'a rappelée pour un entretien. J'essaye de garder le moral et de ne pas perdre ma motivation, mais Bernard Nouvelle a sans doute réellement lancé une vendetta contre moi.

— C'est vraiment un milieu de connards ! grogne Thomas tout en s'agitant furieusement dans la cuisine.

Il porte un tablier que lui a offert Éléonore et sur lequel est dessiné un homme nu, ce qui amoindrit quelque peu sa crédibilité de chef parisien. Il prépare des spaghettis bolognaise. À la façon qu'il a de s'acharner sur les oignons, je devine qu'il est en colère.

Thomas travaille pour un restaurant chic du Ier arrondissement. On s'est rencontrés sur Tinder il y a deux ans. Ça peut sembler rapide pour décider de faire un enfant, mais il a huit ans de plus que moi. On s'est donc installés ensemble à notre cinquième rendez-vous et on était mariés dix-huit mois plus tard. Aussi crétin et cliché que cela puisse paraître, on est tellement heureux que, parfois, je suis gênée, quand tout le monde raconte ses problèmes de couple, de n'en avoir aucun. Je l'aime parce qu'il préfère s'énerver sur ses oignons en silence plutôt que de me dire : « Je t'avais prévenue que ce type était un sale con », parce qu'il me défend toujours, même quand il pense que j'ai tort et aussi parce qu'il cuisine comme un dieu vivant, contrairement à moi dont la recette de référence est le tristement célèbre knackis-raviolis-ketchup.

— Je ne pensais pas qu'il se comporterait aussi mal, il m'avait toujours soutenue professionnellement.

Thomas suspend son geste et lève la tête. Il a les cheveux en désordre, ses lunettes glissent sur son nez, il les réajuste en soupirant.

— Il était bien content d'avoir quelqu'un d'aussi doué que toi et toujours dispo pour faire tout le boulot ! Ce ramassis d'abrutis ne te mérite pas, tu es trop gentille pour eux.

Je l'enserre de mes bras et colle ma joue contre son dos.

— Tu m'aimes quand même ?

— C'est pour ça que je t'aime…

Et j'entends le sourire dans sa voix.

— Je vais continuer à chercher du travail… Je vais bien finir par trouver quelque chose.

Il se retourne et dépose un baiser sur mes lèvres.

— Je ne veux pas que tu te fatigues ou que tu te fasses du souci. Ce n'est pas grave si tu ne reprends pas avant d'accoucher, on se débrouillera.

— Oui, mais on avait dit qu'on chercherait un trois pièces, pour que le bébé ait sa chambre, et si je ne travaille pas, notre dossier ne sera jamais accepté…

— On peut très bien rester ici et le faire dormir avec nous la première année, ça ne prend pas beaucoup de place, un nourrisson.

— Tu crois ?

— Mais oui, ma chérie, ça va bien se passer…

— J'ai un cadeau pour toi, dis-je en retrouvant mon sourire.

Pendant qu'il sort deux assiettes du placard, je file dans l'entrée et récupère dans mon sac à main le livre acheté la veille sur les conseils avisés d'une libraire adorable. Thomas s'empare du paquet et déchire le papier cadeau avec un enthousiasme enfantin. Il a toujours aimé les surprises. Il examine le livre, les sourcils froncés. Sur la couverture, une ronde de spermatozoïdes entoure le titre : *Neuf mois, la grossesse pour les hommes.*

— On me l'a recommandé ; ce livre explique mois par mois ce qui se passe durant la grossesse, pour que tu puisses suivre les différentes étapes avec moi et les comprendre.

— Merci, mon cœur, dit-il en m'embrassant, c'est une super idée.

Il pose le livre sur le comptoir de la cuisine et entreprend de me servir des spaghettis tout en me racontant sa journée au restaurant. Un sentiment de plénitude m'envahit et je pose la main sur mon ventre. J'ai beau l'observer tous les jours dans la glace, il ne grossit toujours pas. Pourtant, je sens ta présence, comme une douce chaleur qui colore le monde en rose. Je ne savais pas que quelques milligrammes de cellules pouvaient contenir autant de bonheur.

OCÉANE

Même à Chicago, Océane avait toujours détesté la rentrée scolaire. Tous les ans, à la fin de l'été, il fallait revivre ce calvaire, se réhabituer à la vie sociale « normale ». Mais rien, elle le pressentait, ne pouvait être pire que cette rentrée en première année universitaire dans cet environnement inconnu. Elle s'était cachée au bout du couloir et observait du coin de l'œil l'attroupement d'étudiants devant l'amphithéâtre où le premier cours devait avoir lieu. Pas vraiment un cours, d'ailleurs, plutôt une séance d'introduction aux quatre années d'études qui les attendaient. *Introduction day*, annonçait l'emploi du temps sur l'intranet de Bronwell. Océane avait mis en place une stratégie pour ce genre de situation : entrer dans l'amphithéâtre une minute avant l'heure à laquelle l'événement démarrait. Une minute, c'est parfait : les gens s'installent, ils sortent leurs affaires, enlèvent leurs manteaux… Ils n'ont plus le temps de commencer une conversation. Le bruit et l'agitation permettent de se glisser en toute discrétion au dernier rang. À l'inverse, arriver plus tard, c'était prendre le risque de pénétrer dans une salle déjà attentive et de se retrouver crucifiée par des dizaines d'yeux interrogateurs dans un silence de mort.

Elle s'assit au fond de la classe et tenta sans succès de se concentrer sur le discours d'accueil du doyen. Son esprit était sans cesse distrait par des éléments perturbateurs : l'odeur du bois verni des pupitres, le grattement des stylos ou le rythme léger des doigts qui tapotent sur les claviers, le toucher rugueux de la table où quelqu'un avait gravé les cinq premières décimales de π. Océane rêvait souvent de pouvoir faire taire ses cinq sens en appuyant sur un bouton « off », comme on éteint une chaîne hi-fi. Malheureusement, c'était impossible. Elle ressentait tout puissance mille. Une petite phrase se fraya toutefois un chemin jusqu'à son attention :

— Quels que soient vos plans pour le futur, vous êtes encouragés à suivre des cours dans toutes les matières et tous les départements. Ici, à Bronwell, nous considérons la curiosité comme la voie vers l'ouverture d'esprit et l'enrichissement des connaissances.

Immédiatement, une question vint effleurer les lèvres d'Océane. Elle faillit même lever la main pour la poser, mais se refréna à temps. Elle sentit son portable vibrer dans la poche de sa veste en jean et le sortit discrètement pour y jeter un œil.

Jessica
Bonne rentrée... Et c'est plus simple de se faire des amis quand personne ne connaît personne,

il suffit de poser une question au hasard à la personne la plus proche de toi... Pense au programme !!

Jess, inspirée par sa mère qui était coach de vie, avait mis en place ce qu'elle appelait « le programme ». Océane n'avait jamais fait de crise d'adolescence. Elle n'aspirait pas à expérimenter des choses dangereuses ou nouvelles. Elle n'aurait jamais envisagé de se droguer, de boire à outrance ou de faire le mur pour aller en boîte de nuit. Alors Jess avait décrété que, chaque jour, Océane devait se lancer dans quelque chose qui l'effrayait : lever la main en cours, demander son chemin à un inconnu, accepter une proposition qu'elle avait envie de refuser... Des petits défis quotidiens fixés par elle-même ou par Jess. C'était grâce (ou à cause) du programme, par exemple, qu'Océane avait réussi à sortir avec un garçon, Nate, pendant quasiment vingt-deux jours.

Océane soupira. Jess lui manquait terriblement.

— Tu n'as pas un chargeur de téléphone ?

Elle sursauta et mit quelques secondes à comprendre qu'on s'adressait à elle. Une fille, trois places plus loin, la dévisageait en mâchant un chewing-gum. Ses cheveux noirs et parfaitement lisses étaient coupés dans un carré plongeant et asymétrique. Elle portait une veste militaire kaki sur un débardeur orange fluo, un jean slim orange déchiré et des Dr. Martens jaunes.

Océane attrapa son sac de cours et entreprit de fouiller dedans pour masquer son malaise.

— Heu... oui, peut-être.

— Je m'appelle Mei, continua la jeune fille sans sourire. Je viens de Shanghai. J'étais prise à Columbia, mais ici j'ai eu une bourse intégrale…

Manifestement, Mei aurait préféré se trouver sur le campus de l'université de Columbia à New York plutôt que sur celui de Bronwell à Kefalonia.

— Je suis Océane.

— Tu viens d'où ? demanda Mei en attrapant le chargeur qu'Océane lui tendait.

— Chicago.

— C'est pas trop dur de débarquer de Chicago et de se retrouver à Kefalonia ? C'est vraiment un bled paumé… Tu m'étonnes qu'ils donnent des bourses à tour de bras. Il faut être taré pour venir s'enterrer ici volontairement, et puis on sait tous que le niveau est pourri.

La jeune fille examina la salle les sourcils froncés. Elle finit par repérer une prise et, sans façons, se leva pour aller brancher son téléphone. Quand elle revint, elle se rapprocha de deux crans, ne laissant plus qu'un siège libre entre elle et Océane.

— Tu habites sur le campus ou en ville ?

— Morton Hills, répondit Océane.

— Sympa ! Il y a que des super baraques là-bas…

— J'habite avec mon père, il est prof de littérature.

— Ah, OK. Et ça fait longtemps que tu habites ici ?

— Une semaine… J'aurais dû étudier à l'université de Chicago, mais finalement… comme mon père a obtenu un poste à Bronwell, j'ai suivi.

Océane se sentit rougir. Elle avait dix-neuf ans, pas huit. N'importe quel étudiant de son âge serait resté à Chicago et y aurait poursuivi ses études comme prévu, loin de ses parents. Cependant, et bien que Mei ait traversé le monde pour venir étudier ici, celle-ci n'eut pas l'air de trouver étrange la décision d'Océane.

— Cool. Tu veux aller boire un café après ce truc ?

— Je ne sais pas trop, balbutia Océane, je crois que j'ai quelque chose de prévu…

— OK, on peut prendre un verre plus tard si tu veux. 18 heures ? Tu connais le bar *Chapter House* ? J'ai absolument besoin que quelqu'un m'explique le fonctionnement de ce trou ! Tu as une fausse pièce d'identité ?

— Une fausse pièce d'identité ?

— T'as pas vingt et un ans j'imagine, il t'en faut une pour être autorisée à acheter de l'alcool. T'inquiète, j'emprunterai celle de ma coloc, elle a à peu près ta couleur de cheveux. Donne-moi ton téléphone.

Océane chercha une excuse. Elle n'en trouva aucune. Mécaniquement, elle déverrouilla son portable et le tendit à Mei qui y enregistra son numéro.

— Je me bipe, expliqua-t-elle, comme ça j'aurai aussi le tien.

À la grande horreur d'Océane, le téléphone de Mei, toujours branché un peu plus loin, se mit à émettre du Eminem à travers l'amphithéâtre. Tous les yeux se braquèrent sur elle. Pas gênée pour deux sous, celle-ci agita les mains en signe d'excuse.

— On se calme, les mecs, c'est juste ma sonnerie, pas une rave party surprise.

Deux ou trois rires fusèrent et Mei rendit son smartphone à Océane.

— Peut-être qu'Eminem n'est pas encore arrivé à Kefalonia, lança-t-elle en levant les yeux au ciel. Purée, je te jure, j'ai jamais vu un trou pareil, j'ai l'impression d'avoir été condamnée à habiter en 1920 !

CLAIRE

Je ressens une plénitude absolue. Les hormones m'ont métamorphosée en une sorte de dalaï-lama sous haschich qui aurait enfin donné un sens à son existence. Certes, j'ai quelques nausées et, l'autre jour, j'ai éclaté en sanglots devant une publicité pour du roquefort. Rien, toutefois, ne peut entamer la félicité dans laquelle je flotte, telle une touriste sur un matelas gonflable aux Maldives. Selon l'une des dix-huit applications de grossesse que j'ai téléchargées, mon bébé miniature mesure désormais la taille d'un haricot rouge. J'ai décidé de le baptiser officiellement « Coquillette ». Thomas adore ce surnom, d'autant plus que j'ai tout le temps envie de manger des pâtes. Il ne se fait pas prier pour m'en cuisiner et affirme en souriant que, quand tu seras née, ma Coquillette, il pourra ouvrir un restaurant italien. Je prends une photo de mon ventre de profil chaque matin. J'ai à la fois hâte de le voir s'arrondir et peur que la grossesse passe trop vite. J'essaye de profiter de chaque instant.

Éléonore a insisté pour me traîner à une exposition au Louvre sur les primitifs flamands qui me passionne à peu près autant que la lecture de l'annuaire en allemand. Comme je ne suis qu'amour et graines de soja germées en ce moment, je l'ai malgré tout accompagnée de bonne grâce.

— Au fait, vous en êtes où des recherches d'appartement ? demande-t-elle en étudiant le dépliant de l'exposition.

— J'ai abandonné.

Elle lève la tête et me dévisage avec surprise.

— Pourquoi ?

— Parce que, tant que je ne travaille pas, notre dossier ne sera jamais accepté et, de toute façon, on n'aura pas les moyens de louer plus grand avec le seul salaire de Thomas. Mais ce n'est pas grave, un bébé, ça ne prend pas beaucoup de place.

— Tu n'as qu'à prétendre que tu es toujours employée par LemonCurd, rétorque Éléonore. Tu as tes dernières fiches de paye et ce n'est pas comme si tu n'allais pas payer le loyer…

— Je n'aime pas mentir.

Elle examine avec attention un paysage enneigé et poursuit :

— Tu n'es pas trop fatiguée ?

— Écoute, un peu, mais franchement, je n'ai jamais été aussi sereine de ma vie.

— Tu as de la chance, moi, j'ai passé ma grossesse à avoir envie de tuer tout le monde.

— Non, la seule chose qui me tracasse, c'est de ne pas retrouver de boulot. J'aurais vraiment aimé que Coquillette ait sa chambre à elle.

Éléonore fronce les sourcils.

— Écoute, j'ai réfléchi, j'ai peut-être un job pour toi. On cherche un community manager, notamment pour promouvoir notre marque et fédérer notre communauté de lecteurs sur les réseaux sociaux, mais tu es surqualifiée et ce serait temporaire.

— Chez Dupontel Éditions ? Vous avez enfin décidé de vous mettre aux nouvelles technologies ?

— Oui, on est en retard et, maintenant, c'est indispensable pour vendre des livres. L'idée, ce serait de lancer et piloter les réseaux sociaux de la maison ainsi que ceux d'Eva Díaz, notre autrice best-seller, qui n'a toujours pas compris qu'on ne mettait pas trois mois à répondre à un e-mail…

— Eva Díaz ?! Vraiment ? Mais tu sais à quel point j'adore ses romans, Éléonore ! Ce serait génial !

Éléonore est l'éditrice officielle de mon écrivaine préférée, celle dont j'attends le livre annuel comme un enfant attend la sonnerie annonçant la récréation : Eva Díaz. Tous les ans, Éléonore m'offre son nouvel ouvrage dédicacé avant sa parution. Sauf l'année dernière et l'année précédente, parce qu'il n'y a pas eu de livre. Eva Díaz n'écrit plus, au grand désespoir d'Éléonore qu'elle fait tourner en bourrique… Apparemment, elle a perdu l'inspiration.

— Oui, je sais que c'est ton écrivaine préférée, mais je vais être sincère avec toi, Eva est très spéciale, pas toujours agréable et elle risque de te prendre pour son assistante, comme elle le fait avec moi. Par ailleurs, ce poste n'existerait que quelques mois en CDD. L'idée, c'est de tout mettre en place et ensuite de recruter un indépendant pour gérer les réseaux au quotidien.

— C'est parfait que ce soit temporaire, Éléonore ! Tu sais bien que j'ai l'intention de m'arrêter au moins un an après la naissance de Coquillette.

— Je sais que c'est ton plan, mais tu es sûre qu'après tout ce que tu as fait pour progresser chez LemonCurd, ce n'est pas un peu risqué de t'arrêter aussi longtemps ?

— Je ne m'imagine pas reprendre tout de suite.

— Attends peut-être de voir si tu t'épanouis là-dedans, non ?

— Qu'est-ce qu'il peut y avoir de plus épanouissant que de s'occuper de son enfant ?

Elle éclate de rire.

— OK, on en reparle à 4 heures du mat' dans un an entre deux changements de couche et un nettoyage de vomi.

Je n'ai pas très envie de débattre du sujet, je sais très bien le genre de maman que je veux être et ce n'est pas compatible avec les horaires et l'énergie que j'investissais chez LemonCurd.

— En tout cas, ce job serait parfait pour moi, je me doute que je devrais passer des entretiens, je peux t'envoyer mon CV et…

— C'est bon, Claire, c'est un CDD de six mois, c'est à moi de recruter et tu es très douée. En plus, tu connais déjà un peu la maison et tu as lu tous les livres d'Eva, donc je vois mal comment trouver un meilleur profil.

Je me redresse sur la banquette, excitée comme à la veille de Noël.

— C'est super, c'est un milieu complètement nouveau pour moi et je suis sûre que ce doit être passionnant de travailler avec des auteurs… J'accepte !

Éléonore éclate de rire.

— On n'accepte pas un travail sans avoir discuté du salaire, Claire… Il faut que je te donne des cours de négociation !

— Écoute, je suis enceinte, grillée dans toutes les agences de pub de Paris, tu me proposes un poste génial et la chance de rencontrer une écrivaine que j'admire depuis des années, alors excuse-moi d'être enthousiaste !

Éléonore replace une mèche derrière mon oreille avec douceur.

— Si j'avais su, je t'en aurais parlé tout de suite. Et juste un truc, au passage : un bébé, contrairement à ce que tu as l'air de croire, ça prend de la place et pas juste dans ton appartement… Donc tu devrais poursuivre tes recherches de trois pièces, d'accord ?

— Mais oui ! Merci, je suis si contente ! C'est sûr, j'ai été Gandhi ou Nelson Mandela dans ma vie précédente pour avoir un aussi bon karma dans celle-ci.

Euphorique, je serre ma meilleure amie contre moi.

— Tu m'étouffes, râle-t-elle en riant.

C'est étrange, avant j'étais une personne positive. Maintenant, quelle que soit la situation, mon cerveau voit les problèmes, le négatif, le déprimant. Je ne sais pas si j'ai été reprogrammée à ta naissance ou si j'ai fait semblant tellement longtemps que j'arrivais à me tromper moi-même. J'ai beaucoup œuvré pour occulter mon enfance et avoir l'air d'une fille normale.

Les occupants de mon dortoir ne restent jamais plus d'une nuit. Jakarta n'est qu'une étape : son agitation, sa pollution et les immeubles de béton qui côtoient les bidonvilles n'attirent pas les touristes. La plupart, après une journée de visite, reprennent un bus pour Yogyakarta, un peu plus au sud sur l'île de Java, voire s'envolent directement pour Bali. J'échange quelques mots avec eux quand je les croise au petit déjeuner ou en revenant dans le dortoir. Ils me parlent de leurs futures étapes et des voyages qu'ils ont faits auparavant. Quand, inévitablement, la conversation arrive sur leur vraie vie, celle qui les attend au retour de leurs vacances, loin des plages et des temples millénaires, je mets poliment fin à notre discussion.

Après vingt-quatre heures de répit dues à l'état de choc dans lequel je me trouvais, je me suis remise à pleurer. J'étais en train de me brosser les dents dans la salle de bains commune et les larmes ont surgi, cette fois, sans que je puisse les retenir. Une vague dans ma poitrine, incontrôlable, un sentiment de désespoir absolu, aussi familier qu'un vieil oreiller qu'on se refuse à changer, mais que j'espérais naïvement avoir laissé là-bas, avec toi. Après la façon dont j'ai accueilli la maternité, je ne pensais pas que tu me manquerais autant.

Je dors dix heures par nuit et je suis toujours aussi fatiguée. Cette liberté de pouvoir m'assoupir quand j'en ai besoin, qui me faisait tant défaut, m'attriste. La journée, j'essaye de me changer les idées en attendant le moment où je pourrai à nouveau fermer les yeux. J'arpente les différents quartiers, je mange des plats locaux debout dans la rue, dans le vacarme des mobylettes, comme si le vide en moi pouvait être comblé à coups de brochettes de poulet grillé à la sauce saté et de nasi goreng. Tout ce que j'avale a désormais le même goût : celui de la poussière. Je visite quelques musées, je vais m'asseoir sur le port de Sunda Kelapa. La vision des voiliers traditionnels, encombrés de leurs mâts immenses, entassés comme des prisonniers, achève de me briser le cœur. Parfois, je sursaute, il me semble entendre l'écho de tes sanglots dans le brouhaha de la ville ou dans le silence de la nuit. Il suffit d'une image, un sourire, l'odeur nauséabonde des canaux, un enfant pieds nus au feu rouge qui vend des cigarettes et des cacahuètes grillées... et je me mets à pleurer. Soit je ne ressens rien, soit je suis désespérée. Je n'arrive plus à voir la lumière. Une semaine que je suis ici et je n'aime plus cette ville. Trop bruyante, trop agitée, trop polluée... Elle m'épuise. Je ne suis pas partie assez loin. J'ai besoin de voir d'autres paysages, d'autres visages.

Dans une boutique du vieux quartier, j'achète le strict nécessaire pour voyager : deux pantalons de toile légers – les shorts ne sont pas très bien vus selon le vendeur –, un sarong, sorte de grand tissu coloré local que je pourrai utiliser, m'explique-t-il, comme paréo ou pour me couvrir dans les temples, une casquette publicitaire Bosch, un K-way taché au niveau du coude et un sac de couchage d'été. J'en ai pour quelques dizaines de milliers de roupies indonésiennes. Je ne trouve pas de crème solaire. J'ai lu le guide de la première à la dernière page déjà deux fois depuis que je suis arrivée, mais force est de constater que je n'ai pas le courage de me décider. Chaque fois que je crois avoir choisi ma prochaine destination, le doute m'étreint. Je fais un pas en avant, trois pas en arrière. Et les mots se mettent à résonner dans ma tête, ma propre voix qui me chuchote en boucle : « incapable de prendre une décision. Idiote. Nulle. Ratée. Boulet. Folle. Moche. Inutile. »

Et puis, les larmes, évidemment.

Je tombe sur la carte de Liberty, coincée entre deux pages de mon guide. Il me faut quarante-huit heures supplémentaires pour trouver la force de me présenter à son agence. Contre toute attente, elle me reconnaît et m'accueille avec un large sourire.

— Tu es venue, finalement ? Je pensais que tu avais quitté Jakarta.

— J'ai changé d'avis, c'est la première fois que je voyage et je ne suis pas sûre d'y parvenir toute seule…

— Tu veux que je te montre les itinéraires qu'on organise ?

Elle sort une carte, l'étale sur son bureau de bois et commence à m'expliquer les différentes formules. Ses paroles, les noms des villes, des volcans, des parcs s'égarent dans l'atmosphère. La passion dans sa voix, le feu dans ses yeux bleus, la joie dans ses gestes me fascinent tellement que je ne peux me concentrer. Moi, j'ai oublié ce qu'était la joie. La seule façon de me le rappeler à l'heure actuelle serait d'aller en chercher la définition dans un dictionnaire. Elle, quand elle parle, j'ai la sensation que de minuscules parcelles de son énergie m'éclaboussent de lumière. Une poignée de paillettes à l'éclat éphémère, mais qui, avant de s'éteindre dans la poussière, illuminent fugitivement le gris qui m'emprisonne.

— D'accord, j'aimerais participer au périple le plus long.

— Ça tombe bien, il y a un départ mardi, pour quatre semaines.

— Tu sais où je peux vendre ma montre ?

Elle me dévisage, perplexe.

— Vendre ta montre ?

— Oui, elle est en or. J'en ai besoin pour financer le voyage.

— Mais tu es partie sans rien prévoir et sans budget ?

— Je suis partie un peu précipitamment.

Elle tente de lire en moi l'explication à mon comportement étrange, mais il n'y a rien à lire en moi. Je suis vide.

— Je connais un bijoutier… finit-elle par répondre. On peut lui demander combien il en donnerait, il ne t'arnaquera pas trop… Tu es sûre ? C'est une très belle montre.

— Oui, certaine.

Et, joignant le geste à la parole, je la détache et la lui tends. Elle ouvre la bouche, comme pour dire quelque chose, puis semble se raviser. Elle glisse la montre dans une enveloppe kraft qui traîne, ouvre un tiroir de son bureau, et l'y dépose avec précaution avant de le refermer.

En rentrant dans mon dortoir, la sensation de vide sur mon poignet nu me rend presque légère. Et puis, au fond de ma trousse de toilette, en cherchant ma brosse à cheveux, je tombe sur le petit bonnet de laine brodé d'étoiles que tu portais à la maternité. En me concentrant très fort, si je ferme les yeux, je peux encore sentir ton odeur, ténue, aussi lointaine que ta chambre que j'avais mis tant de temps à décorer. L'idée que, d'ici quelques jours, l'odeur se sera complètement évanouie me soulage presque. Je me répète que tu n'es pas seule. Ton père s'occupera très bien de toi. Mieux que moi sans nul doute. Qu'aurais-tu fait, de toute façon, d'une mère qui est incapable d'en être une ?

CLAIRE

Coquillette fait désormais la taille d'une olive verte. Les jours où les nausées diminuent, j'ai quelques angoisses. Est-ce qu'elle va bien ? Est-ce que tout se passe comme prévu ? Je n'ai pas encore l'air enceinte, même si mes pantalons ne ferment plus. La gynécologue a beau m'avoir conseillé de faire attention à mon poids, je n'arrive pas à m'en préoccuper. Je n'ai qu'une hâte : mettre au plus vite les vêtements de grossesse que je me suis achetés en quantité industrielle sur Internet. Un projet au succès duquel participe grandement Thomas qui passe ses week-ends à me concocter de délicieux plats, pour les soirs de semaine où il travaille. Il n'a pas lu une page du livre que je lui ai offert sur la grossesse, mais je suis si heureuse que je n'arrive pas à lui en vouloir. Je compte les jours qui me séparent de la première échographie avec un mélange de peur et d'impatience. J'ai tellement hâte de voir mon bébé.

J'ai pris mon nouveau poste la semaine dernière. La vie de bureau m'avait manqué et travailler me change les idées. La responsable communication des Éditions Dupontel, avec qui je partage un bureau, m'a accueillie avec enthousiasme et une expertise des réseaux sociaux datant de l'ère du magnétoscope. En faisant des recherches sur Internet avant de commencer, j'ai appris beaucoup de choses. Par exemple, ce qu'étaient une « bookstagrammeuse » (quelqu'un qui poste des avis de livres sur Instagram) et une « PAL » (pile à lire). Tout est nouveau, l'univers du livre sur les réseaux sociaux est encore plus passionnant que je ne l'imaginais.

Aujourd'hui, je dois enfin rencontrer Eva Díaz. Je suis surexcitée, je n'ai pas arrêté d'en parler à Thomas. Je vais pouvoir l'appeler « Eva » ! Rien que cette idée m'enchante. Eva est l'autrice la plus importante de la maison d'édition où travaille Éléonore. Romancière à succès, elle vend des livres par millions aux quatre coins du monde. Chaque fois que paraît un nouveau roman, son visage s'étale sur tous les bus de France et en quatre mètres par trois dans le métro. Éléonore, qui venait de commencer en tant qu'assistante éditoriale, s'est battue corps et âme auprès de ses supérieurs pour qu'ils publient son premier roman, refusé par toutes les autres maisons d'édition parisiennes. Ce premier roman, intitulé *Et virevoltent les feuilles mortes,* a été traduit dans plus de trente pays, et adapté au cinéma par Steven Spielberg. Depuis, Éléonore est restée l'éditrice attitrée d'Eva. Pendant sept ans, cette dernière a écrit un roman par an, sept best-sellers internationaux qui ont fait la fortune des

Éditions Dupontel. Le dernier date d'il y a trois ans. Eva n'a rien publié depuis et l'impact sur le chiffre d'affaires des Éditions Dupontel se fait douloureusement sentir. Eva tient beaucoup à sa vie privée ; peu de gens ont la chance de la rencontrer, y compris des journalistes. Je trépigne d'impatience à l'idée d'avoir ce privilège et de lui parler de ses romans que j'ai tant aimés. Dans le métro pour me rendre chez elle, où cette première rencontre doit avoir lieu, je nous imagine déjà amies, buvant des cafés en terrasse. Elle me demanderait des conseils sur son prochain livre et me citerait dans les remerciements… Plongée dans mes rêveries, je manque de rater ma station et descends en catastrophe sur le quai.

Eva Díaz habite un loft parisien au dernier étage d'un immeuble ancien juste à côté du jardin du Luxembourg. J'appuie sur la sonnette, un peu intimidée. Éléonore ne m'a donné qu'une seule consigne : « Surtout n'oublie jamais l'accent sur le *í* de Díaz, sinon ça la rend folle. » Eva ouvre elle-même la porte. Elle porte une robe noire, très sobre, qui fait ressortir ses yeux clairs, d'un bleu-vert lumineux et d'une beauté rare. Toutefois, c'est leur froideur qui me frappe de prime abord. Ils me parcourent de haut en bas comme deux lames de couteau, sans la moindre gêne. J'ai la sensation qu'elle me passe au scanner.

— Clara ?

— Claire.

— OK.

Sa voix est aussi tranchante que son regard et j'oublie aussitôt tous les compliments que j'avais préparés pour faire bonne impression. Je ne m'attendais pas à une femme aussi intimidante. Selon sa page Wikipédia, elle a quarante et un ans. On pourrait lui donner cinq ans de plus, même s'il n'y a pas un fil blanc dans ses épais cheveux bruns, attachés en queue-de-cheval.

Elle fait demi-tour et, comme elle a laissé la porte ouverte, j'en déduis qu'il faut la suivre. Je pénètre derrière elle dans un immense salon au parquet verni. Un enfant à l'air ravi, qui doit avoir dix ans, est assis devant un jeu de société.

— Maman ! Je suis en train de gagner !

— Très bien, mon ange, tu peux aller dans ta chambre ? Maman doit travailler un peu, on refera une partie plus tard si tu veux.

Je ne vois pas son visage, elle me tourne le dos, mais sa voix est douce, très différente de celle avec laquelle elle s'est adressée à moi. Elle passe une main affectueuse dans les cheveux du petit garçon et l'embrasse. Une fois qu'il est parti, elle saisit un paquet de cigarettes sur la table basse, en sort une et l'allume. Chacun de ses gestes dégage une grâce naturelle qui ne transparaît pas sur ses photos. Elle avale une bouffée en m'examinant à nouveau, les yeux plissés, comme si elle se demandait ce que je fiche ici.

— Tu veux un café ? Un thé ? interroge-t-elle abruptement.

— Je veux bien un café et un verre d'eau.

— OK, viens.

Je ne sais pas pourquoi elle m'intimide autant. Elle a une présence très forte et la froideur qu'elle dégage me déstabilise. Je suis un peu déçue, je m'attendais à une artiste excentrique, aux accès de joie et de colère imprévisibles et enflammés. Pas à cette femme en noir, aussi calme et inexpressive qu'un lac gelé.

Dans une immense cuisine claire et ultramoderne, elle sort une bouteille du réfrigérateur, un verre du placard, et le remplit avant de me le tendre.

— Tu es enceinte ?

Je m'étrangle avec ma première gorgée.

— Heu...

Elle hoche la tête.

— J'ai un sixième sens pour ces choses-là.

Elle écrase sa cigarette dans l'évier et ouvre la fenêtre pour évacuer la fumée.

— La caféine, c'est mauvais pour le bébé. Tu veux une tisane ?

Je n'ose pas lui dire que, selon la gynéco, j'ai le droit à deux cafés par jour et me contente de répondre :

— Non, merci, le verre d'eau suffira.

— J'imagine que c'est toi, la Claire pour laquelle Éléonore me fait dédicacer un roman tous les ans ?

— Oui... d'ailleurs, je voulais vous dire, j'adore vos...

— Donc c'est quoi, le plan ? coupe-t-elle. Tu as besoin d'un job pour toucher tes indemnités de congé maternité, Éléonore invente un poste pour te rendre service et je me retrouve avec une assistante dans les pattes dont je n'ai aucun besoin ?

Je sens mes joues devenir brûlantes. J'aimerais m'asseoir, mais je n'ose pas.

— Non... non, pas du tout, je... ils cherchaient quelqu'un et... c'est vrai qu'Éléonore m'a donné le job... mais je ne suis pas assistante, je dois m'occuper des réseaux sociaux, développer votre communauté en ligne et gérer vos e-mails, enfin, avec votre accord bien entendu… Je suis désolée, je pensais que vous étiez d'accord…

Elle lève légèrement les yeux au ciel et glisse une capsule dans la machine à expresso.

— Oui, oui (et comme si je n'étais pas là, elle marmonne) : « développer ma communauté en ligne », n'importe quoi… avant on appelait ça « perdre son temps sur Internet ».

Elle fait couler son café avant de poursuivre :

— C'est ton premier bébé ?

— Oui.

— Tu sais, c'est fragile, un bébé, il ne s'agit pas de boire du café ou de commencer des régimes quand on est enceinte !

J'esquisse un sourire crispé qui doit ressembler à une grimace, choquée par son intrusion dans ce que je considère être ma vie privée, mais j'ai encore l'espoir de faire bonne impression. Timidement, je demande :

— Vous avez des enfants ?

— Oui, quatre. Théo, que tu as vu dans le salon, est le petit dernier.

Pour la première fois, elle sourit et un voile de douceur comme un rayon de soleil vient brièvement réchauffer son visage.

— Quatre enfants ! Ce doit être beaucoup de travail.

Elle semble réfléchir. Son nez est un peu fort, sa peau claire contraste avec le brun foncé, presque noir, de ses cheveux. Elle revient à elle et ferme brusquement la fenêtre.

— Évidemment. Allons-y, je n'ai pas que ça à faire.

Je remonte avec elle un long couloir tapissé de livres, jusqu'à son bureau.

— Pour aujourd'hui, tu n'as qu'à t'installer ici et regarder mes e-mails. Ça fait deux mois que je ne les ai pas consultés, ça devrait te prendre un moment. OK ?

— Bien sûr, comme vous voulez.

— On peut se tutoyer, je n'ai pas quatre-vingt-dix ans.

Par la verrière immense comme dans un atelier d'artiste, on aperçoit les toits parisiens luisants de pluie, à perte de vue. Depuis le parquet en bois brut jusqu'au haut plafond, les livres recouvrent les étagères. La pièce, qui fait la taille de mon salon, est dans un désordre qui dépasse l'entendement.

— Je pourrais peut-être ranger un peu aussi, non ?

Eva jette un coup d'œil déconcerté autour d'elle, comme si elle ne comprenait pas ce que je voulais dire et hausse les épaules.

— Si ça te fait plaisir…

Elle fouille parmi l'amoncellement de feuilles et d'objets divers qui recouvre le bureau, déterre un clavier, déniche un Post-it sur lequel elle a inscrit son mot de passe et allume son ordinateur.

— Voilà mes e-mails, par défaut tu refuses toutes les propositions ; si Éléonore râle, tu acceptes un truc au hasard.

Elle doit considérer qu'elle m'a donné suffisamment d'instructions, car elle quitte la pièce, me laissant seule, mon verre d'eau toujours à la main.

Cette première rencontre ne s'est pas si mal passée. Après tout, Eva est une artiste célèbre, il est sans doute normal qu'elle soit un peu brusque. Ravie d'avoir enfin quelque chose de concret à faire, je retrousse mes manches et entreprends d'empiler au mieux les dossiers et papiers qui s'entassent sur son bureau pour libérer un peu de place, puis je m'installe devant son écran. Neuf cent quarante-six messages non lus…

Deux heures plus tard, j'ai fait une liste des sujets dont je dois parler à Eva : les invitations à des salons ou des séances de dédicaces, le courrier des lecteurs, les aspirants auteurs qui lui proposent de lire leur manuscrit ou demandent des conseils d'écriture, les factures en retard, les publicités, les invitations à des événements littéraires, les journalistes et les relances de l'Urssaf… Certains messages exigent une réponse rapide. Je supprime toutes les publicités, puis j'ouvre le carnet que j'ai pris soin d'apporter pour prendre des notes. Je vérifie que les invitations qu'elle a reçues ne créent pas de conflit de calendrier avec les rendez-vous déjà prévus, gribouillés par ses soins dans un agenda de l'année précédente et concernant principalement ses enfants.

Quand j'ai terminé, je la rejoins dans le salon, elle discute avec un homme sur le canapé. À la façon dont elle appuie tendrement la tête sur son épaule, je suppose qu'il s'agit du père de ses enfants. Théo, allongé sur le tapis, feuillette une bande dessinée. La voix d'Eva est agréable, apaisée. La scène est émouvante, un bonheur familial simple qui fait rêver. En la voyant ainsi, je retrouve l'atmosphère douce et généreuse qui me plaît tant dans ses romans.

Théo lève la tête et sourit.

— Claire est là, Maman.

Eva se tourne vers moi et l'homme avec qui elle discutait se lève aussitôt. Il me tend la main avec un sourire cordial.

— Enchanté, Jérôme, je suis le compagnon d'Eva et le papa des petits monstres.

Je lui serre la main et me présente à mon tour.

— Claire.

Il est plus jeune qu'Eva, je lui donnerais à peine quarante ans.

— C'est votre premier jour ? J'imagine que ma femme vous a traumatisée ?

Il dégage une chaleur et une bienveillance qui mettent immédiatement à l'aise et je ne peux retenir un sourire.

— Il en faut plus pour m'effrayer.

Il éclate d'un rire franc et Eva, qui rassemblait des livres épars sur la table basse, lève les yeux au ciel.

— Tu as besoin de moi, Claire ? demande-t-elle d'un ton agacé.

En quatre mots, elle a réussi à plomber l'atmosphère.

— Viens, Théo, il faut laisser Maman travailler, déclare Jérôme l'air amusé. Bonne soirée, Claire, ravi de vous avoir rencontrée.

Ils quittent la pièce et je pose mes questions à Eva. Elle m'interrompt au bout de dix secondes, l'air excédé.

— Claire, quelle partie de « refuse tout » est trop compliquée à comprendre pour toi ?

— C'est-à-dire qu'Éléonore veut que…

— Éléonore ne décide pas de ma vie. Je ne vois pas pourquoi je perdrais mon temps à écrire à des gens que je ne connais pas, sous prétexte qu'ils ont aimé un de mes livres. Je n'ai pas le temps pour ces simagrées.

— D'accord… je vais refuser alors… Je voulais aussi vous… te demander si ça te gênait que j'installe ta boîte e-mail sur mon smartphone ? Je pourrais les traiter plus rapidement sans venir te déranger ici trop souvent. Il y a un certain nombre de messages urgents auxquels nous n'avons pas répondu, des opportunités manquées, je…

— Je ne suis pas chirurgien cardiaque, m'interrompt-elle avec un geste indifférent, rien n'est urgent dans mes e-mails. Mais si ça te permet de travailler à distance, d'accord. Je n'aime pas avoir des inconnus chez moi.

Dans le métro pour rentrer, j'installe donc la messagerie d'Eva sur mon téléphone. Il y a déjà deux nouveaux e-mails dans sa boîte de réception. Le premier a pour objet « votre facture », je l'ouvre pour voir de quoi il s'agit. Je constate avec étonnement que la facture au nom d'un certain « Nicolas Janvier », qui ne mentionne pas sa raison d'être, est exorbitante : plusieurs milliers d'euros. Surprise, je la glisse dans le dossier « à traiter » pour en parler à Eva. L'autre e-mail vient d'Éléonore. J'hésite, mais je finis par l'ouvrir. Après tout, Eva m'y a autorisée et je ne peux m'empêcher de remonter la conversation.

De : eleonore.thibaut@editionsdupontel.com
À : eva@evadiaz.fr
Sujet : ton prochain roman

Chère Eva,
Comment vas-tu ?
Comment ça s'est passé avec Claire ?
Où en es-tu de ton roman pour l'année prochaine ? Je peux tout à fait lire certains passages si tu as besoin d'un regard extérieur. D'ailleurs, si tu avais quelques pages, ou même simplement un résumé à me communiquer, ça me permettrait de commencer à parler de ton livre en interne...
Je t'embrasse,
Éléonore

De : eva@evadiaz.fr
À : eleonore.thibaut@editionsdupontel.com
Sujet : RE : ton prochain roman

Chère Éléonore,
Pour résumer : c'est l'histoire d'une jeune étudiante nommée Océane qui tombe amoureuse de son professeur de littérature, ça se passe sur un campus américain.
Je t'embrasse.
Eva

De : eleonore.thibaut@editionsdupontel.com
À : eva@evadiaz.fr
Sujet : RE : ton prochain roman

Une étudiante qui tombe amoureuse de son prof de lettres ? Sur un campus américain ? Tu n'as pas peur que ce soit un peu cliché ?
En tout cas, évite la romance à l'eau de rose, stp. Cette année, ce qui plaît, ce sont les histoires très sombres, sans aucun espoir. Il faut du drama !!!
PS : Océane ? Bof, je trouve que ça fait gourde et, par ailleurs, il me semble peu crédible qu'une Américaine se prénomme Océane.

De : eva@evadiaz.fr
À : eleonore.thibaut@editionsdupontel.com
Sujet : RE : ton prochain roman

Elle peut très bien être française et étudier aux États-Unis. Océane est un merveilleux prénom. C'est l'histoire d'un premier amour, qu'y a-t-il de plus universel qu'un premier amour ?

De : eleonore.thibaut@editionsdupontel.com
À : eva@evadiaz.fr
Sujet : RE : ton prochain roman

On n'aura jamais la presse, si tu écris une romance. Dis-moi que tu n'as pas vraiment l'intention d'écrire une romance entre un prof et une jeune cruche prénommée Océane. Désolée d'être franche, mais c'est super niais.

De : eva@evadiaz.fr
À : eleonore.thibaut@editionsdupontel.com

Je n'ai pas vraiment l'intention d'écrire une romance entre un prof et une jeune cruche prénommée Océane.

De : eleonore.thibaut@editionsdupontel.com
À : eva@evadiaz.fr
Sujet : RE : ton prochain roman

Et pourquoi ne pas l'appeler Bethsabée ? C'est original, ça au moins !

De : eva@evadiaz.fr
À : eleonore.thibaut@editionsdupontel.com

OK.

De : eleonore.thibaut@editionsdupontel.com
À : eva@evadiaz.fr
Sujet : RE : ton prochain roman

Est-ce que c'est encore une de ces situations dans laquelle tu me réponds « ok » et où tu décides en réalité de n'en faire qu'à ta tête ?

De : eva@evadiaz.fr
À : eleonore.thibaut@editionsdupontel.com

OK.

OCÉANE

Le *Chapter House* était situé dans un quartier de Kefalonia nommé Collegetown qui jouxtait le campus. Ce coin était considéré comme une extension de l'université. Les nombreux bars et restaurants y étaient toujours peuplés d'étudiants et la plupart des maisons n'étaient que de gigantesques colocations ou des fraternités. Mei avait confirmé leur rendez-vous deux fois, par SMS. Océane avait longuement hésité. Elle avait pesé le pour et le contre, fait deux colonnes dans son carnet Moleskine pour répertorier les risques liés à cette rencontre et les potentielles opportunités. Tout cela avait pris un certain temps et, pour finir, elle avait reçu un troisième SMS de Mei, lui indiquant qu'elle était arrivée. Océane s'était alors rendu compte qu'il était trop tard pour annuler et était donc arrivée au rendez-vous vingt minutes en retard. Elle n'eut aucune difficulté à repérer Mei qui portait un pull rose pétard, plus lumineux qu'un phare en haute mer.

— Je suis désolée, dit Océane en enlevant sa veste en jean et en la posant précautionneusement sur le dossier de la chaise.

— Pas de problème, répondit Mei avec indifférence en abandonnant le téléphone portable sur lequel elle pianotait à l'arrivée d'Océane. Tiens, prends ça.

Elle lui tendit le permis de conduire de sa colocataire, censé prouver qu'Océane avait plus de vingt et un ans et était par conséquent autorisée à boire de l'alcool. On était lundi soir, relativement tôt, et au grand soulagement d'Océane, l'établissement était quasiment vide. Le Chapter House était un pub traditionnel, le plus ancien de Kefalonia. Un genre de taverne où personne n'aurait été surpris que la porte s'ouvre sur un grizzli ou Davy Crockett, son fusil sur l'épaule. Les tables, les bancs et les banquettes usées, le comptoir et les étagères chargées d'alcools forts, tout était constitué du même bois sombre, poli par les années. Sur les murs, des photos en noir et blanc racontaient l'histoire de l'université, notamment à travers les exploits sportifs de l'équipe de hockey sur glace. Quelques années plus tôt, le sous-sol avait été transformé en boîte de nuit.

— Il faut que tu ailles au comptoir, précisa Mei. Je n'ai rien commandé pour toi parce que je ne savais pas ce que tu buvais.

Océane se dirigea vers le bar. Une femme d'une quarantaine d'années très maquillée essuyait un verre. Océane hésita, elle ne buvait jamais d'alcool. Mais elle songea au programme de Jess. Elle était supposée « accueillir la nouveauté comme une opportunité à embrasser ».

— Bonjour, je voudrais une bière.

— Tu as une pièce d'identité ?

Océane lui tendit le permis, et la femme y jeta à peine un œil. Elle lui indiqua un panneau derrière elle.

— Je sers trente-deux types de bières, c'est écrit ici, il va falloir être un peu plus précise, ma chérie.

Déstabilisée, Océane examina la rangée de percolateurs. Elle ne buvait jamais. La vie était suffisamment compliquée à gérer quand elle était dans son état normal, elle n'osait pas imaginer ce que ce serait si elle perdait le contrôle. La femme sembla remarquer son malaise et se radoucit.

— J'ai la kefalonia si tu veux, elle est locale, brassée sur place…

Océane n'osa pas demander si c'était possible de commander un chocolat chaud. Idéalement avec de la chantilly et des mini-marshmallows.

— OK, une kefalonia, alors.

— Je m'appelle Samantha, mais tout le monde m'appelle Sam, expliqua la barmaid en glissant un verre sous un percolateur. Je ne t'ai jamais vue ici, tu viens d'arriver ?

— Oui.

Océane était toujours frappée par ce genre de personne : ceux qui ont confiance en eux, qui s'épanouissent au contact des autres, qui sourient aux inconnus et plaisantent comme si la vie était un jeu. La vie, pour elle, était d'une complexité extrême. Positives ou négatives, les émotions – les siennes et celles des autres – l'assaillaient perpétuellement sans crier gare, et une fois qu'elles étaient là, Océane les traînait partout avec elle comme un bagage encombrant dont ni elle, ni ceux qu'elle rencontrait ne savaient que faire. Où qu'elle aille, avec sa valise d'émotions trop fortes et sa timidité maladive, elle se sentait inadaptée. Elle était toujours « trop » ou « pas assez », et dix secondes d'un bulletin d'informations entendu par mégarde parce que son père avait allumé CNN pouvaient la déprimer pour la semaine. Samantha plaça la bière devant elle et ajouta un bol de pop-corn salés.

— C'est cadeau : bienvenue à Kefalonia, ma jolie !

Océane, touchée par cette gentillesse, sourit timidement, la remercia et revint s'asseoir. Elle posa délicatement sa bière sur la table de bois et les pop-corns entre elle et Mei.

— Tu peux te servir, précisa-t-elle.

Sans attendre son autorisation, Mei avait plongé sa main dans le bol et enfourné une poignée de pop-corn.

— Tu n'en prends pas ? C'est super bon, dit Mei, la bouche pleine.

Avec précaution, Océane saisit un pop-corn entre le pouce et l'index. Elle croqua dedans, tout en tentant d'oublier le nombre de germes, de bactéries et autres mini-organismes immondes qui grouillaient dans les bols de cacahuètes ou de pop-corn distribués dans les bars. Puis, pour se donner une contenance, elle trempa ses lèvres dans la bière et essaya de se souvenir de sa première conversation avec Jessica afin de pouvoir appliquer à cette nouvelle rencontre une méthode qui avait déjà fait ses preuves.

— Alors ? Tu as pensé quoi du premier jour ? demanda Mei.

— Un peu flippant, admit Océane.

— Ah oui ? C'est toujours chiant, la rentrée, mais au final, c'était pas la mort.

Océane trouvait que c'était tout à fait la mort, mais Mei ne lui laissa pas le temps de débattre :

— Tu as déjà choisi tes cours ?

— Oui, je suis en pre-med, il y a une liste de cours recommandés pour faire médecine.

— Moi, je ne sais pas encore trop ce que je veux faire, alors je galère à décider. J'ai sélectionné un peu tout et n'importe quoi, je profite de la première année pour explorer et ensuite, je réfléchirai à ma spécialité. J'en ai même pris un d'anthropologie, juste par curiosité.

— Oui, moi j'ai vu un cours d'écriture créative qui m'a semblé intéressant, répondit Océane, pensive.

Mei leva un sourcil surpris.

— Eh bien, pourquoi tu ne t'inscris pas ?

— Parce que ça ne me rapportera pas de crédits pour mon cursus de médecine. Ce serait juste pour le plaisir et si je veux réussir le concours d'entrée à l'école de médecine dans quatre ans, je ne peux pas me disperser.

— Ah, OK... Au fait, ton père il est prof de quoi déjà ?

— Littérature.

— Et ça le saoule pas que tu fasses médecine ?

— Non, au contraire, il pense que je n'ai pas du tout le profil de l'étudiante en littérature.

Océane avait deux passions dans la vie. La première consistait à souffler des bulles de savon et à les contempler alors qu'elles s'envolaient, prêtes à risquer leur vie pour atteindre le ciel et la lumière, indifférentes à leur propre fragilité. Elle ne s'en lassait pas. Elle vivait dans l'espoir qu'un jour, une bulle parviendrait à sa destination, tout là-haut, sans éclater. Elle ne savait pas d'où lui venait cette obsession que personne ne comprenait à l'exception de la mère de Jess. Celle-ci avait très sérieusement expliqué à Océane qu'elle avait été une bulle de savon dans une vie antérieure. Elle lui avait recommandé l'hypnose pour faire remonter les souvenirs de cette vie éphémère, mais assez marquante pour générer des échos dans son existence actuelle. Océane avait refusé de se laisser hypnotiser, mais l'hypothèse lui avait semblé crédible, tant elle avait le sentiment, parfois, d'être aussi fragile et délicate qu'une bulle de savon ballottée par un courant d'air hostile. La deuxième passion d'Océane était la lecture. Les livres, quoique générateurs d'émotions extrêmes, voire de graves traumatismes (elle ne s'était jamais totalement remise de *L'Attrape-cœurs* de Salinger), lui permettaient de vivre par procuration les voyages et les aventures qu'elle se sentait incapable d'affronter dans la vraie vie. Dans la mesure où il était peu probable qu'elle puisse construire un avenir professionnel stable dans le secteur des bulles de savon, Océane avait envisagé de devenir bibliothécaire. Elle l'avait évoqué une fois, quelques années plus tôt. Mam's avait répondu : « Bonne idée, pourquoi pas ? », mais son père avait éclaté de rire. Il le savait depuis sa naissance : Océane, avec son empathie excessive, sa douceur absurde et sa gentillesse ridicule, doublées d'un esprit d'observation et d'analyse sans faille, était faite pour être médecin. Océane avait d'ailleurs de la chance de ne pas être tombée sur le genre de parents qui aspirent à ce que leurs enfants prennent le même chemin qu'eux, quitte à leur imposer ainsi une voie qui ne leur correspondrait pas. Lui, n'était pas ce genre de père : il connaissait sa fille et ne l'aurait jamais poussée dans un domaine comme la littérature, où elle se ridiculiserait à coup sûr. Sans compter que les lettres n'étaient pas une affaire de bonnes femmes, il n'y avait qu'à voir le nombre de femmes dans la liste des prix Nobel.

— Mais toi, tu voudrais faire de la littérature ? demanda Mei.

— J'aime les livres, bien sûr, mais je n'en ferai jamais mon métier. Simplement, ce cours d'écriture m'a semblé intéressant, j'écris des choses parfois… Mais de toute façon les élèves de première année n'y sont pas admis.

Mei haussa les épaules.

— Si ce n'est que ça, tu vas voir le prof et tu lui demandes une dérogation, je l'ai fait pour un cours où ils n'acceptaient en théorie que les troisième année.

— Et ça a marché ?

— Oui, tu n'as pas entendu qu'ils poussent justement à la diversité des cursus et qu'ils clament que la curiosité est un enrichissement, bla-bla-bla ? Bref… Et ta mère, elle fait quoi ?

— Elle est avocate. Mais mes parents sont en pleine procédure de divorce, elle est restée à Chicago avec ma petite sœur.

Il était assez facile de parler avec Mei, comme si un peu de sa décontraction se transmettait à Océane par ondes chaudes et réconfortantes. Ou peut-être étaient-ce la bière et le léger tournis qu'elle procurait qui aidaient Océane à s'exprimer. Elles discutèrent de tout et de rien. Mei avait deux frères plus âgés et un petit copain qui était resté à Shanghai et qui ne semblait pas lui manquer plus que ça.

— Tu crois vraiment que je pourrais aller voir ce prof pour essayer d'obtenir une dérogation ? demanda soudain Océane.

Mei se mit à rire.

— Tu es toujours là-dessus ? Oui, qu'est-ce que tu as à perdre, de toute façon ? Au pire, il refuse…

C'était le genre de raisonnement que Jess aurait pu avoir. Quant à Océane, elle pouvait dresser une liste longue comme la muraille de Chine de ce qu'elle avait à perdre, à commencer par ses moyens et sa fierté.

— Je ne sais pas trop, marmonna-t-elle en plongeant le nez dans son verre.

— Sinon, tu peux lui écrire une lettre dans laquelle tu expliques pourquoi ce cours te fait envie, et tu la lui envoies par e-mail.

Océane hocha la tête, pensive. Cette option lui semblait beaucoup plus raisonnable, voire presque envisageable.

Quand on met en perspective tous ces pères qui refusent de reconnaître leur enfant, de s'en occuper plus que le minimum syndical, ou qui renoncent à la garde partagée au moment d'un divorce, une mère qui abandonne son bébé de six semaines est-elle nécessairement un monstre ? Vous avez quatorze heures et trente-cinq minutes pour répondre à cette question, soit le temps que met un train pour parcourir la distance entre Jakarta et Yogyakarta. Le paysage défile derrière la fenêtre, des palmiers, des volcans et des rizières. Beaucoup de vert, un vert prospère, luxuriant et humide, inattendu dans la chaleur environnante. C'est mon premier vrai voyage. Longtemps, j'ai cru que je n'aurais jamais la possibilité de partir, de découvrir d'autres pays, d'autres gens... Je me contentais de rêver en lisant des romans. Apparemment, je me trompais. J'ai chaud, mal au dos et peu dormi, mais je suis trop fascinée par le paysage pour y prêter attention. Avec cinq autres touristes, Liberty nous a conduits en minibus à la gare de Gambir, où nous sommes montés à bord d'un train pour Yogyakarta. Liberty ne nous accompagnera pas tout le long du périple. Elle considère que le plaisir d'un voyage long, c'est de pouvoir s'arrêter à un endroit sans savoir quand on en repartira. Nous avons un itinéraire conseillé, des contacts de guides et des adresses partout où nous ferons une halte, mais aucune contrainte de date. Elle-même n'a envie de s'en imposer aucune. En cas de problème, nous pouvons l'appeler à n'importe quelle heure et nous la croiserons très probablement en cours de route. Elle ne reste jamais trop longtemps au même endroit.

Cette femme exerce sur moi une forme de fascination. La seule chose que j'ai comprise au cours d'une conversation est qu'elle avait vécu à Londres. Je voudrais lui demander comment elle est arrivée là, si elle a des enfants quelque part, une famille, quel métier elle exerçait avant, pourquoi elle a décidé de refaire sa vie ici, si elle rentre en Europe parfois... Je l'imagine, un jour ancienne banquière d'investissement plaquant tout du jour au lendemain pour aller plonger dans les eaux turquoise de Bali, le lendemain professeur de yoga londonienne revenue aux sources, célibataire épanouie ou mère au bout du rouleau. Impossible de savoir.

Quand j'étais adolescente, j'étais bénévole dans la maison de retraite qui jouxtait mon lycée. J'allais faire la lecture aux personnes âgées. Je discutais avec eux, je leur apportais des gâteaux. Sans mettre précisément le doigt dessus, je devinais qu'ils avaient quelque chose de très important à m'apprendre, qu'ils détenaient la clé de cette chose ingérable et source d'angoisses perpétuelles qu'est la vie. Ma vie, en tout cas. Les yeux bleus de Liberty, bien qu'elle n'ait qu'une cinquantaine d'années, expriment une sérénité et une indulgence qui me rappellent le regard de certaines personnes très âgées arrivées en fin de parcours. Le regard de ceux qui ont fait la paix avec le monde, le fait d'y avoir vécu et celui de devoir le quitter.

Serai-je en paix un jour ? La plupart des autres passagers dorment, un homme mange une banane, un enfant rêve, la joue posée contre l'épaule de sa mère. Je fouille dans mon sac à dos et j'en sors mon carnet noir. Je le considère quelques secondes. Je ne sais plus pourquoi je l'ai emporté. J'ai à peine pensé à prendre une brosse à dents, j'ai laissé mon bébé, mais j'ai pris ce carnet. Je l'ouvre et feuillette les premières pages, j'y ai gribouillé quelques phrases il y a longtemps. Un morceau de citation : « ce qui érafle les autres me déchire ». Je tourne les pages jusqu'à la première page vierge. Je la contemple longuement comme si elle avait quelque chose à me révéler, je suis du bout du doigt les lignes imprimées. Puis, j'écris au stylo-bille avec une écriture ronde d'écolière appliquée malgré les vibrations du train :

« Qu'est-ce qui m'est arrivé ? »

Je ferme le carnet, je range le stylo. Je suis épuisée tout à coup, comme si poser cette question avait dilapidé le peu d'énergie que j'avais réussi à reconstituer depuis mon arrivée. J'appuie la joue contre la vitre et je ferme les yeux. Une femme dans le train console un enfant qui est tombé en se balançant sur les accoudoirs. Elle chante une berceuse à mi-voix en l'étreignant. Je sens mon cœur se serrer, les larmes enfler dans ma gorge. Moi aussi, j'avais une chanson rien que pour toi. « Three Little Birds », de Bob Marley and the Wailers. Une mélodie que je te fredonnais à l'oreille, pendant des nuits entières parfois, dans l'appartement plongé dans l'obscurité. Elle sera toujours liée à toi. C'était la chanson de notre première rencontre : celle qui passait dans mes écouteurs, dans la salle d'attente du cabinet où j'étais venue faire ma première échographie.

CLAIRE

Je suis seule dans la salle d'attente. Thomas est en retard, pourtant, il est parti en catastrophe du travail. Pourquoi faut-il qu'il travaille aujourd'hui ? Pourquoi faut-il que je sois seule ? Neuf semaines d'aménorrhée, « SA » pour les intimes. J'en apprends des mots depuis que je suis enceinte ; en quelques semaines, j'ai eu le temps de suivre dix ans d'études de médecine en accéléré grâce à doctissimus.fr. Coquillette fait la taille d'une gousse de petits pois et pour la première fois depuis le début de ma grossesse, l'angoisse a balayé mon optimisme. Tout allait bien, je venais de m'inscrire sur un forum de futures mamans, je commençais à me renseigner sur les modes de garde et l'allaitement. Et puis, ce matin au réveil, trois taches brunes dans ma culotte. La panique. J'ai appelé ma gynécologue en larmes. Elle m'a demandé de passer dans la matinée. J'aurais dû écouter ma mère qui me citait régulièrement les statistiques de fausses couches précoces. « Ne t'emballe pas », m'a-t-elle prévenue à plusieurs reprises. Mais je n'y ai pas prêté attention, j'ai voulu rester dans ma bulle, je n'ai pas envisagé le pire. Pour l'anniversaire de Thomas dans trois semaines, j'ai même acheté en solde et en secret un minuscule pyjama jaune en taille naissance sur le col duquel j'ai fait broder « Coquillette ».

J'inspire profondément. J'essaye de me calmer, de focaliser mon attention sur mon environnement. Peut-être que ce n'est rien. Une fausse alerte. Coquillette va bien et je m'angoisse pour rien. « Zéro alcool pendant la grossesse » clame une affiche à côté d'une plante verte. L'illustration représente un bébé mort, les yeux clos, flottant dans une bouteille de bière. Pas du tout traumatisant. Je repense à ce chocolat à la liqueur avalé par mégarde la semaine dernière. Si ça se trouve, c'est ça. J'ai noyé ma Coquillette dans une goutte de liqueur de cerise. Comment ai-je pu être aussi inconsciente ? Je l'ai tuée. J'ai les mains moites, je tremble, les larmes envahissent mes yeux.

— Claire ? Ça va ?

Thomas se tient devant moi, essoufflé et en nage, son blouson en cuir usé grand ouvert malgré le froid. Il est très pâle. Je me jette dans ses bras et je pleure sur son épaule.

— Pourquoi ils n'enveloppent plus les chocolats à la liqueur dans du papier ? C'est de l'inconscience !

Après quelques secondes de stupéfaction, il me console avec douceur.

— Ça va aller, ma chérie, ça va aller ; apparemment ça peut arriver de saigner un peu, juste comme ça…

Je secoue la tête et les larmes redoublent.

— C'est ma faute, j'ai dû manger quelque chose d'interdit, je n'ai pas fait assez attention, je…

Il pose son front contre le mien et ses mains contre mes joues.

— Arrête, Claire, ce n'est pas ta faute. Tu sais bien que toutes ces règles alimentaires n'existaient même pas il y a quinze ans et, pourtant, la plupart des bébés naissaient en parfaite santé…

— Claire Perrin ?

Aussitôt, je relève la tête. Une femme se tient dans l'encadrement de la porte, un sourire rassurant sur les lèvres.

— Oui, oui, je balbutie en m'essuyant le nez dans ma manche.

Je ne peux pas décemment lui avouer que j'ai mangé un chocolat à la liqueur. J'ai trop peur qu'elle appelle les services sociaux.

— Suivez-moi.

J'obéis, tentant de rassembler mon courage. Voilà. Dans quelques minutes, je saurai. Je broie la main de Thomas dans la mienne.

— Ça va aller, mon cœur, murmure-t-il en pressant doucement mes doigts. On est ensemble.

Je m'allonge sur le fauteuil de cuir recouvert de papier, glacée par la terreur. Une bonne mère ne devrait-elle pas savoir instinctivement si son bébé va bien ? Je baisse mon pantalon la mort dans l'âme. Le médecin m'étale un gel froid et gluant sur le ventre et y passe son appareil.

C'est maintenant. La meilleure ou la pire nouvelle de ma vie. Thomas me tient la main, les yeux fixés sur l'écran qui retransmet en direct l'activité à l'intérieur de mon utérus. Rien. Le noir, le silence. La sonde glisse plus bas sur mon ventre. Je ferme les yeux, le cœur au bord des lèvres. La main de Thomas se crispe imperceptiblement dans la mienne.

— Eh bien voilà, votre bébé va très bien, vous avez juste un petit hématome. Je vous fais écouter le cœur ?

Je la dévisage sans comprendre, elle me sourit. Thomas est pétrifié, incapable de prononcer un mot, ses yeux se remplissent de larmes. Quant à moi, le soulagement est tel que j'éclate en sanglots.

La gynécologue tourne un bouton sur sa machine et je l'entends avant de le voir. Le battement régulier et universel d'un tam-tam ancestral, une minuscule lumière, comme une petite fleur blanche, qui clignote dans une obscurité de nuit des temps : ton cœur qui bat.

De : eleonore.thibaut@editionsdupontel.com
À : eva@evadiaz.fr
Sujet : ton prochain roman

Chère Eva,
Comment vas-tu ?
Je dois présenter ton prochain roman aux représentants mercredi. Je t'avoue que je commence à m'inquiéter. Pourrais-tu m'en dire un peu plus ? N'importe quoi, au point où en est, je prends toute information sur ce mystérieux roman.
Je t'embrasse,
Éléonore

De : eva@evadiaz.fr
À : eleonore.thibaut@editionsdupontel.com
Sujet : RE : ton prochain roman

Chère Éléonore,
J'avance bien, j'ai quasiment deux cents pages. Figure-toi que mon héroïne, Océane, tombe enceinte du prof, je ne l'avais pas prévu, mais je crois que cela constituera un retournement de situation intéressant.
J'espère que ta famille va bien,
Je t'embrasse,
Eva

De : eleonore.thibaut@editionsdupontel.com
À : eva@evadiaz.fr
Sujet : RE : ton prochain roman

Ah, je savais bien que tu n'étais pas morte !
Aurais-tu l'amabilité, si ce n'est pas trop te demander, de décrocher ton téléphone ?

De : eva@evadiaz.fr
À : eleonore.thibaut@editionsdupontel.com
Sujet : RE : ton prochain roman

Impossible, je suis dans mon bain.

De : eleonore.thibaut@editionsdupontel.com
À : eva@evadiaz.fr
Sujet : RE : ton prochain roman

1/ Il est 14 h 37.
2/ Si tu es dans ton bain et que tu es en train de me répondre, c'est que tu as ton téléphone à la main !!!! Décroche, j'ai une idée pour ton livre.

De : eva@evadiaz.fr
À : eleonore.thibaut@editionsdupontel.com
Sujet : RE : ton prochain roman

Ça ne doit pas capter dans ma salle de bains.

De : eleonore.thibaut@editionsdupontel.com
À : eva@evadiaz.fr
Sujet : RE : ton prochain roman

Bon. Voilà mon idée : le prof est un cynique qui abuse de son élève, elle finit par avorter, sombre dans la dépression, rate son diplôme, perd sa bourse et est obligée de retourner au fin fond de l'Idaho garder les vaches.

De : eva@evadiaz.fr
À : eleonore.thibaut@editionsdupontel.com
Sujet : RE : ton prochain roman

Non. C'est un jeune prof gentil et passionné, ils se marient et gardent le bébé. Je t'ai dit que c'était l'histoire d'un premier amour.

De : eleonore.thibaut@editionsdupontel.com
À : eva@evadiaz.fr
Sujet : RE : ton prochain roman

Je cherche l'émoticône qui se tire une balle…
Eva, je suis ton éditrice depuis dix ans. Fais-moi confiance, les feux de l'amour version Eva Díaz, c'est une mauvaise idée.
Idée alternative : elle se jette enceinte d'une falaise quand elle apprend que le prof, qui l'a manipulée depuis le premier jour, est marié. Fin tragique, best-seller garanti. Avec ça, tu seras invitée sur tous les plateaux télé !

De : eleonore.thibaut@editionsdupontel.com
À : eva@evadiaz.fr
Sujet : RE : ton prochain roman

Non ? Tu ne peux pas écrire une romance, sérieusement. On n'aura jamais la presse, si tu écris une romance, on n'aura même pas les libraires.

De : eva@evadiaz.fr
À : eleonore.thibaut@editionsdupontel.com
Sujet : RE : ton prochain roman

On aura les lecteurs.

OCÉANE

Océane s'arrêta sur le pont métallique qui surplombait les chutes d'eau. Les premiers jours de septembre se prélassaient dans une chaleur de plein été et la courte marche pour aller jusqu'au campus avait rendu son corps moite. Une vapeur blanche s'élevait des eaux déchaînées, fumantes comme une marmite en ébullition. Elle aimait fixer les eaux tourbillonnantes jusqu'à être prise de vertige. Si elle avait pu, elle se serait penchée jusqu'à sentir le métal de la rambarde s'enfoncer dans son ventre et aurait laissé les éclaboussures fraîches mouiller ses joues. Cependant, quelque temps plus tôt, une étudiante s'était jetée dans le vide, là où les cascades viennent se fracasser sur les rochers luisants d'humidité. L'université avait immédiatement fait installer un fin grillage afin d'éviter que ce genre d'incident, peu favorable à sa réputation, ne se reproduise. Accrochés au grillage, subsistaient quelques rubans colorés, des fleurs fanées entremêlées aux fils métalliques, un poème sur un morceau de bois… Océane frôla du bout des doigts ces condoléances discrètes et éphémères et se rappela le commentaire de son père quand il avait appris la nouvelle :

— Se suicider à vingt ans… Quelle idiotie !

Elle avait songé qu'il existait sans doute de bonnes raisons. Se jeter dans le vide n'était pas le genre de décision qu'on prend à la légère. Elle frissonna à cette idée et hâta le pas. Le sentiment de malaise qui l'avait envahie ne se dissipa que quand elle arriva sur le campus de Bronwell. Elle se dirigea vers le bâtiment qui abritait le département littérature et s'y engouffra en s'interdisant de penser. Après la conversation qu'elle avait eue avec Mei, elle avait envoyé une lettre par e-mail au professeur et, à sa grande horreur, son assistante lui avait répondu en lui proposant une date de rendez-vous. Océane n'avait pas su comment refuser. *Je n'ai rien à perdre, au pire il refuse*, se répétait-elle comme un mantra tout le long du trajet.

Juste avant de frapper à la porte, elle faillit se raviser, subitement intimidée par la plaque dorée fixée sur le bois sombre : « Professeur J.W. Harris, PhD ». Cette pancarte austère, définitivement adulte, lui rappela que le professeur Harris, selon sa biographie sur le site Internet de l'université, avait quinze ans de plus qu'elle et un PhD en littérature comparée. Pourquoi ferait-il une exception pour elle ? Elle parcourut pour la centième fois le texte qu'elle avait imprimé avant de venir. Une lettre de motivation qui énumérait les arguments qu'elle comptait exposer au professeur et deux petites histoires qu'elle avait écrites l'année précédente et qu'elle n'avait jamais montrées à personne. Elle n'aurait jamais le courage de les lui remettre. Elle replaça avec soin les feuilles dans sa chemise cartonnée. Elle se retourna, considéra le long couloir sombre qu'elle venait de parcourir, prit une grande inspiration et se décida enfin à frapper.

— Entrez !

La voix grave était autoritaire, légèrement agacée, peut-être. La jeune fille poussa la porte. Jonathan Harris griffonnait sur une feuille de papier, les sourcils froncés derrière ses lunettes. Il leva la tête à peine une seconde et se replongea dans son travail.

— Asseyez-vous, j'en ai pour une minute.

Océane prit place dans le fauteuil qu'il lui avait indiqué et examina avec curiosité son environnement. La large fenêtre laissait apparaître une jolie vue sur la tour de l'horloge. La pièce n'était pas grande, mais contenait un imposant bureau de bois, encombré de livres et de papiers, sur lequel l'écran d'ordinateur semblait anachronique. Sur les étagères qui tapissaient les murs, les livres et les dossiers s'empilaient en désordre.

Le professeur Harris devait avoir trente-cinq ans. Il avait l'œil sombre derrière ses lunettes, des cheveux châtains aussi ordonnés que les étagères de son bureau et d'épais sourcils qui lui donnaient un air ténébreux plutôt séduisant. Il posa enfin son stylo, prit une gorgée de café dans un gobelet en carton et dévisagea Océane avec curiosité.

— Je vous écoute.

Océane avala sa salive et, avec un sourire figé, lui expliqua ce qui l'amenait dans son bureau. À savoir, qu'elle suivait majoritairement un cursus de préparation à l'école de médecine, et qu'elle aurait voulu savoir s'il était possible de participer à son cours d'écriture créative.

— Parlez plus fort, s'exclama-t-il avec impatience. Vous chuchotez !

Océane sentit ses ongles s'enfoncer dans ses paumes moites, mais elle prit sur elle et répéta un peu plus fort :

— Je n'ai pas pu m'inscrire en ligne, car le cours n'est pas ouvert aux première année, mais si vous pouviez m'accorder une dérogation… Je ne cherche pas à gagner de crédits pour mon diplôme, précisa-t-elle, juste à assister au cours… Par… passion personnelle.

Il haussa un sourcil ironique.

— Vous êtes passionnée par la littérature et vous suivez un cursus en médecine ?

— « Passion » est un grand mot, se reprit-elle en rougissant, c'est… disons, un intérêt.

Le silence qui suivit acheva de la mettre mal à l'aise. Qu'est-ce qui lui avait pris de débarquer dans ce bureau ? Dans un moment de lucidité, elle se rendit compte qu'elle tenait toujours entre ses doigts moites la chemise contenant ses textes, mais elle était incapable de se souvenir de ce qu'elle y avait écrit, sans même parler de les remettre à Jonathan Harris.

Il se mit à feuilleter un gros agenda posé sur son bureau, à la recherche de la date du jour.

— Vous vous appelez comment déjà ?

— Océane Vasseur.

— Vasseur comme la fille du professeur Vasseur ? Le même qui dirige ce département et qui est, par conséquent, mon supérieur hiérarchique ?

Le père d'Océane avait été recruté très vite, notamment parce qu'il était un ami proche du doyen de l'université de Bronwell. La décision de lui donner la direction du département de littérature n'avait pas dû plaire à tout le monde.

— Oui, souffla-t-elle.

Jonathan Harris se renfonça dans son fauteuil de cuir, le visage impénétrable.

— Alors, vous n'avez qu'à demander directement à votre père, dit-il d'un ton mordant. J'ai cru comprendre qu'il faisait peu de cas des règles, quelles qu'elles soient.

Océane eut l'impression que son corps se liquéfiait sur la chaise en bois. La panique s'insinua sous sa peau, comme un millier de petites vipères frétillantes. Elle transpirait. Elle avait froid. Elle aurait préféré mourir que d'être là. Elle ne supportait pas qu'on évoque le *scandale* devant elle. Tant qu'on n'en parlait pas, elle gardait l'espoir que ce n'était pas vraiment arrivé, elle pouvait le ranger dans ce coin de son cerveau qu'elle appelait le grenier de l'oubli et dans lequel elle prenait garde de ne jamais fouiller. Écarlate, elle se leva.

— Je suis désolée… je… c'était une erreur…

Elle courut vers la sortie, maudissant sa sensibilité. Une fois de plus, elle se ridiculisait. Voilà ce qu'elle avait à perdre. Elle n'aurait jamais dû écouter Mei. Elle avait déjà la main sur la poignée quand elle se souvint qu'elle ne pouvait pas se permettre de partir aussi vite.

— Je vous serais reconnaissante, balbutia-t-elle, de ne pas mentionner ce… cette entrevue à mon père.

Jonathan Harris leva une main apaisante, un mélange de culpabilité et de gêne sur son visage.

— Attendez, je ne voulais pas…

Mais elle marmonna un « au revoir » inaudible et se hâta de refermer la porte derrière elle.

Dehors, elle se dirigea vers la première poubelle. Elle s'apprêtait à y jeter la lettre qu'elle avait mis des heures à écrire, quand elle se rendit compte que la chemise était vide. Les feuilles avaient dû glisser sans qu'elle s'en aperçoive, y compris ses deux nouvelles. Elle était tellement perturbée qu'elle n'osa pas refaire le chemin en sens inverse pour tenter de les retrouver.

Elle décida de sortir du campus et de marcher pour se calmer. Mal lui en prit, puisqu'à peine une dizaine de minutes plus tard, alors qu'elle arrivait en ville, il se mit à pleuvoir à verse.

De retour chez elle, trempée, elle se prépara un chocolat chaud. Elle se faufila dans sa chambre avec sa boisson recouverte de chantilly. Elle ne voulait pas attirer l'attention de son père, enfermé dans son bureau. Lui qui se souciait tant du bien-être de sa fille risquait de lui faire une remarque sur son poids et les ravages du sucre raffiné sur sa silhouette et sa santé… Et puis, elle avait tellement honte de ce rendez-vous, elle aurait été obligée de lui mentir. Il avait raison, de toute façon, la réaction de Jonathan Harris, qui l'avait jugée complètement ridicule, ne faisait que confirmer ce que son père avait toujours su : elle n'était pas faite pour étudier la littérature.

Elle sortit un flacon en plastique du tiroir de sa table de nuit, ouvrit grand la fenêtre et souffla des bulles de savon à travers le rideau de pluie.

La plupart éclataient tout de suite, massacrées par l'averse, leur envol à peine amorcé. Mais certaines, les plus petites, arrivaient à se faufiler entre les gouttes, ce qui apparaissait à Océane comme un message d'espoir. Elle ne referma la fenêtre qu'une fois le flacon vidé. La nuit commençait à tomber et elle alluma la lumière. Sa chambre avait vue sur le jardin qui donnait sur la forêt et les chutes d'eau. La demeure était vaste et luxueuse. Ils n'auraient jamais pu se payer une telle maison à Chicago, avait déclaré son père avec bonne humeur le jour de leur arrivée. Mais vivre à deux dans autant d'espace, sans Mam's et Amanda, quel était l'intérêt ?

De tous les endroits où elle avait vécu, Chicago était la ville qu'Océane avait préférée. La cacophonie du trafic, les crissements du métro aérien, la neige, noircie par les pots d'échappement, qui fondait sur les plaques d'égouts fumantes et les reflets des tours de verre géantes sur le lac Michigan lui manquaient. Là-bas, elle pouvait fusionner avec le décor jusqu'à disparaître, comme une goutte de pluie solitaire au milieu d'un déluge. À Kefalonia, malgré l'immensité du campus de Bronwell, elle avait beaucoup trop conscience de sa propre présence. La nuit, le silence lui pesait tellement qu'elle avait téléchargé des enregistrements de bruits de ville. Elle finissait par s'endormir, ses écouteurs dans les oreilles, bercée par le grondement des moteurs, le ronflement permanent des climatisations et la musique lointaine et étouffée des klaxons et des sirènes.

Océane posa sa tasse sur sa table de nuit, enfila un pantalon de yoga et un sweat à capuche aux couleurs de l'université de Chicago où elle n'irait jamais et elle s'allongea sur son lit. Elle attrapa son ordinateur portable qui traînait par terre et un paquet de biscuits qu'elle avait dissimulé sous son lit. La bouche pleine, elle entreprit de lire ses e-mails. Le premier attira son attention. Les sourcils froncés, elle cliqua sur le message et dut le relire trois fois pour y croire.

De : Harris, Jonathan
À : Vasseur, Océane

J'ai lu vos nouvelles. Le premier cours d'écriture créative a lieu mardi à 16 h 10. Vous trouverez la liste des lectures à effectuer au cours du semestre en pièce jointe.
À mardi.
J.H.

Je n'ai pas trouvé ton père particulièrement sympathique la première fois que je l'ai rencontré. À vrai dire, les premiers temps, je n'en ai pas pensé grand-chose, si ce n'est que son intérêt pour moi était feint. Comme quoi, on devrait toujours se fier aux premières impressions. Surtout quand il s'agit de faire un enfant avec quelqu'un. Au moindre doute, s'abstenir. C'est probablement la pire décision qu'on puisse prendre, et pour son enfant et pour soi : le faire avec la mauvaise personne. Bref, je suis tombée amoureuse. Enfin, je me raconte que c'était de l'amour, mais en vérité je me demande si l'amour peut exister quand la répartition du pouvoir entre deux personnes est aussi inéquitable. La gamine que j'étais allait forcément s'enticher de l'homme beau et passionné qui lui paraissait tellement plus important qu'elle. La vie est faite de ce genre de lieux communs. En littérature, on les appelle des clichés. J'aurais aimé que, au lieu de m'enseigner à être douce et à bien me tenir, on m'apprenne à avoir confiance en moi, à ne pas me laisser impressionner. J'aurais su alors que j'avais de la valeur, autant que n'importe qui, et que je n'avais pas à accepter que qui que ce soit, qu'il soit pape ou président, me traite autrement qu'avec le respect qu'on doit à tout être humain.

Mais parlons d'autre chose, ça me gêne de dire du mal de ton père.

Je repense à cette question dans mon carnet : qu'est-ce qui m'est arrivé ? Est-ce normal que je ne sois pas capable d'y répondre ? Je relève la tête, je regarde l'horizon. Je pense : « Tu m'es arrivée. » Ou peut-être que tout cela n'a rien à voir avec toi. Toi, tu n'as rien demandé à personne. Tu es là-bas, quelque part, de l'autre côté de l'océan. Est-ce que tu te demandes où je suis ou m'as-tu déjà oubliée ? Est-ce que tu es plus heureuse sans moi ou est-ce que tu pleures toujours autant ? Si je suis honnête, je dois admettre que la fragilité que je porte en moi existait avant toi. Elle vient de bien plus loin. Avec les années, je l'ai apprivoisée, j'ai appris à paraître joyeuse et positive, mais elle était toujours là. Ton arrivée l'a libérée.

« Tu es une mélancolique. » Voilà ce que j'ai entendu toute mon enfance. Mon père était passionné, ma mère était belle, et moi, j'étais mélancolique. Il est tellement plus simple d'étiqueter les gens, plutôt que d'essayer de comprendre qui ils sont. C'est poétique, la mélancolie, un mélange de douleur et de douceur qui me tenait au corps. À vrai dire, je l'entretenais un peu. J'ai passé mon enfance à regarder le ciel, à observer le lent mouvement des nuages, persuadée que la fin du monde était proche, à me répéter qu'il fallait

profiter de chaque instant avant que tout s'arrête, sans jamais y parvenir.

Nous avions la belle vie quand j'étais enfant. Nous habitions un grand appartement dans un quartier chic et je fréquentais un établissement privé. Mes amies m'enviaient. Ma mère était sublime, toujours tirée à quatre épingles, comme pour aller à la messe, quand elle venait me chercher à la sortie de l'école. J'étais fière d'elle parce qu'elle était belle et élégante. Aujourd'hui, je sais que la valeur de ma mère n'avait rien à voir avec sa beauté ou sa dextérité à appliquer son maquillage, talent qu'elle se devait de maîtriser à la perfection, non pas pour plaire – elle et mon père s'aimaient à la folie –, mais pour masquer les bleus et les traces de coups, là où cet amour fou laissait parfois des traces.

Mon enfance a été faite d'étranges allers-retours entre instants de douceur et moments de terreur. J'ai ainsi appris à être nostalgique du présent, à regarder, impuissante, le bonheur glisser entre mes doigts, trop consciente qu'il était éphémère, et désespérée de le retenir sans jamais y arriver. Voilà d'où vient ce qu'ils appelaient ma mélancolie : je vivais dans l'attente que le monde s'effondre et il s'effondrait tous les soirs, quand mon père rentrait du travail.

CLAIRE

Ça fait maintenant quinze semaines que je suis enceinte et le régime pâtes, éclairs au chocolat porte enfin ses fruits : mon ventre est sorti. Coquillette fait la taille d'une poire. Je n'ai plus aucune nausée, je me sens en pleine forme. Je ronronne de joie en permanence, même dans le métro à l'heure de pointe, quand personne ne me laisse son siège. J'envisage d'avoir douze enfants, voire de me reconvertir mère porteuse jusqu'à la ménopause. Je suis dans le bureau d'Eva, j'y passe au moins une journée par semaine. Il se trouve qu'elle habite à deux stations de métro de chez moi. Éléonore m'a donné pour mission non officielle de déterminer où elle en était de son mystérieux roman. En attendant le moment propice pour enquêter sur ce sujet, je lui ai créé une page Facebook et un compte Instagram. Aussitôt, les messages de ses lecteurs (et aussi de quelques inévitables psychopathes) ont afflué. Régulièrement, je sélectionne les plus enthousiastes et je les lui lis à voix haute. Au début, elle prenait l'air excédé, puis elle s'est habituée. J'ai bien vu qu'elle était touchée d'entendre les mots de ces gens qui adorent ses livres.

Mon téléphone vibre, « Maman » s'affiche sur l'écran et, un instant infime, j'hésite à décrocher. Depuis que je suis enceinte, ma mère m'appelle en moyenne sept fois par jour pour me faire part de ses angoisses. Elle est, comme de nombreuses personnes dans mon entourage, pleine de bienveillance et d'excellents conseils totalement contradictoires : repose-toi, mais reste active, mange pour deux, mais surtout ne prends pas trop de poids, vis comme d'habitude, mais ne prends aucun risque, sois zen, si tu n'es pas zen, tu transmets ton stress à ton bébé et il pourrait être traumatisé toute sa vie, tu ne veux pas traumatiser ton bébé à vie ? Alors, sois zen. Elle ne m'aide pas vraiment à atteindre la zénitude. Par exemple, la fois où j'ai envisagé de goûter un morceau de saint-nectaire (pasteurisé), elle s'est ruée sur moi et m'a arraché le couteau à fromage des mains en glapissant :

— Surtout pas, il est à la coupe ! sur le ton d'un passant qui hurle « ATTENTION !!! » une seconde avant que tu te fasses percuter par un trente-huit tonnes alors que tu es tranquillement en train de traverser sur un passage clouté.

Je suis touchée par toutes ses attentions, mais parfois, je voudrais m'isoler, vivre pleinement cette grossesse, avec Thomas et mon ventre rond, loin de la réalité du monde et des conseils des autres.

— Comment va mon futur petit-fils ? s'enquiert-elle dès que je décroche.

— Bien, a priori.

— Comment ça « a priori » ?

Je lève les yeux au ciel, tout en souriant.

— C'est la troisième fois aujourd'hui que tu m'appelles pour me demander comment il va, et je ne fais pas une échographie toutes les vingt minutes.

— Enfin, à ce stade, moi je te sentais déjà bouger ! Tu as essayé de t'allonger, de boire une boisson sucrée et de te concentrer en posant les mains sur ton ventre ?

— Je travaille, Maman. La seule chose que je peux te dire, même si ça n'a pas l'air de t'importer, c'est que moi, je vais bien.

— Oh là là, les hormones, tu prends tout mal ! C'est quand même normal que cet enfant passe en priorité maintenant, non ?

Je pousse un soupir.

— Ton enfant, c'est moi, je te rappelle, Maman…

— Je sais, merci, et ça n'a pas toujours été facile !

Immédiatement, je me mords les lèvres.

— Désolée, Maman, je suis un peu fatiguée.

— Ce n'est pas grave, ce sont les hormones. Je t'appelle juste pour te dire que j'ai acheté le lit, la table à langer et la poussette du bébé. Ne me remercie pas, ça me fait plaisir.

Je reste un instant sans voix avant d'exploser.

— Comment ça ?! Mais on voulait s'en occuper, nous !

— Oui, enfin, tu ne penses qu'à ton travail, et compte tenu des délais de livraison, je n'ai pas envie que mon petit-fils dorme par terre.

— Évidemment qu'il n'aurait pas dormi par terre ! Et, arrête de dire « mon petit-fils », si ça se trouve, c'est une fille !

— Mais c'est pas possible ! Je t'offre un cadeau et je me fais engueuler ! Tu penses vraiment que c'est bon pour mon petit-fils, tout ce stress ? Tu vas en faire un angoissé !

J'ai envie de balancer mon téléphone au travers de la pièce, mais je serre les dents.

— Désolée, Maman, il faut que j'y aille.

Je raccroche et j'éclate en sanglots. J'ai sélectionné avec soin chaque meuble pour ta chambre. Thomas a choisi un papier peint avec des petits zèbres souriants. Nous avons repéré une veilleuse qui projette des étoiles au plafond. J'attendais avec impatience de toucher mon salaire à la fin du mois pour passer les premières commandes et répartir les dépenses. Je sais que ma mère pensait bien faire, mais en achetant tout à ma place, elle m'a privée du plaisir que j'avais anticipé.

— Tout va bien ?

Je sursaute et essuie mes larmes à la hâte. Eva se tient dans l'encadrement de la porte. Elle porte une robe noire, comme d'habitude.

— Oui, oui, ça va, désolée…

Contre toute attente, elle me tend un mouchoir tout en me scrutant de ses yeux bleu-vert avec cette intensité à laquelle je n'ai toujours pas réussi à m'habituer.

— Certains jours, c'est un peu fatigant d'être enceinte, mais c'est pour la bonne cause et puis, tu verras, ça passe vite, il faut profiter de sa grossesse !

Je ne peux qu'admirer le talent avec lequel elle a réussi à combiner l'ensemble des expressions toutes faites susceptibles de m'énerver encore plus. Mais c'est la première fois qu'elle fait preuve de gentillesse, alors je prends sur moi et me mouche bruyamment pour ne pas avoir à répondre.

— Faisons le point maintenant, dit-elle en s'asseyant à côté de moi. Jérôme m'attend pour emmener Théo, Lucas et Gabriel au Louvre.

Eva passe sa vie avec ses enfants. C'est une des mères les plus impliquées que je connaisse, et aussi désagréable soit-elle, je ne peux qu'être touchée par son dévouement envers ses fils. J'ai toujours rêvé d'avoir une famille nombreuse comme la sienne, bruyante, désorganisée et enjouée. Une famille avec plus d'enfants que d'adultes. J'espère que tu auras des frères et sœurs, ma Coquillette.

— Tu as reçu une proposition d'interview sur France Inter, mardi matin, je pense que ce serait bien que tu y ailles. Pour le reste, j'ai tout refusé.

— OK.

— Et puis, il y a cette facture, désolée, elle date un peu. Je ne l'ai pas payée parce qu'elle me paraissait exorbitante et je l'ai oubliée : elle vient d'un certain Nicolas Janvier…

Eva examine la facture que je lui tends, les sourcils froncés.

— Je vais m'en occuper, c'est personnel, tranche-t-elle sèchement. C'est tout ?

Sa réaction éveille ma curiosité, mais je n'ose pas l'interroger.

— Éléonore veut savoir où tu en es de l'écriture de ton roman.

— Réponds-lui que je travaille sans relâche, mais que ça prend plus de temps que prévu.

Eva semble souvent oublier à quel point je suis proche d'Éléonore. Elle me demande parfois de prétendre qu'elle est absente ou indisponible pour un rendez-vous alors que je sais pertinemment que ce n'est pas le cas. Je déteste ce genre de situation.

— OK… Sinon, est-ce que je pourrais prendre quelques photos de toi à ton bureau pour Facebook et Instagram ? J'ai pensé que ce serait sympa de donner à tes fans un aperçu de ta vie quotidienne, je pense que…

— Pas le temps, j'y vais, coupe Eva avec un geste indifférent, mon mari m'attend. Ne reste pas trop tard, tu sais, le stress, ça se transmet au bébé !

J'attends qu'elle s'éloigne, puis, avant de repartir, je rappelle ma mère. Je lui dois trop pour me permettre de la traiter de la sorte. Elle me promet de ne plus faire de gros achats sans me consulter et je raccroche, soulagée d'avoir évité un conflit.

Mon portable vibre au moment où j'arrive chez moi, j'ai reçu un message de mon ex-collègue Sandra, dont j'étais sans nouvelles depuis mon départ précipité de LemonCurd.

> Tu ne devineras jamais !!! Depuis que tu es partie, c'est Dallas au bureau. Figure-toi que Rose s'est fait virer, il paraît qu'elle couchait avec Bernard et elle a tout balancé à sa femme !

— C'est fou, dis-je à Thomas en accrochant mon écharpe au portemanteau de l'entrée. Bernard a viré Rose.

— Qui est Rose ? interroge Thomas, affalé sur le canapé et occupé à jouer à Mario Kart.

J'ai mal au dos, les jambes lourdes et sa nonchalance m'agace.

— La collègue enceinte de mon chef que j'ai défendue… Comment peux-tu oublier un truc pareil ? C'est pour ça que j'ai perdu mon poste chez LemonCurd !

— Bien sûr que je me souviens, j'avais juste oublié son prénom, soupire-t-il les yeux rivés sur l'écran. Quand je pense que tu as chanté les louanges de ce connard pendant des années…

Je hausse les épaules.

— Je suis fatiguée, je vais m'allonger cinq minutes.

Concentré sur sa partie, il ne répond pas et je quitte le salon. Dans la chambre, la vision du livre sur la grossesse que je lui ai offert qui n'a pas bougé sur sa table de nuit me fait monter les larmes aux yeux. Il n'en a pas lu une seule page. Je me sens très seule tout d'un coup. Je m'allonge sur le lit, pose les mains sur mon ventre et je ferme les yeux en murmurant :

— Juste une petite baisse de moral, mais tout va bien, ma Coquillette…

Alors, un nuage de papillons semble prendre son envol dans mon abdomen. Je reste quelques secondes interdite, puis je me lève et je sors de la chambre en hurlant.

— Thomas ! Elle a bougé ! Je l'ai senti bouger !

Thomas lâche sa manette de jeux et je m'assieds sur le canapé. Il pose ses mains au niveau de mon nombril. J'ai les larmes aux yeux. C'est la première fois que je te sens bouger. J'ai l'impression que c'est une nouvelle rencontre, que tu me parles à l'aide de ces petites vibrations toutes douces qui m'emplissent de bonheur.

— Hello, Coquillette, chantonne Thomas.

Et comme si tu l'avais entendu, tu bouges à nouveau. Les yeux de Thomas s'agrandissent, mélange de stupéfaction et d'émerveillement.

— J'ai senti un truc, c'était quoi ? C'était elle… lui, Coquillette ? C'est fou ! Je l'ai senti, Claire ! Je l'ai senti !

Je ris et il relève la tête, désemparé.

— Ce n'était pas ça ? C'était un gaz, c'est ça ? Pourquoi tu rigoles ?

Je passe tendrement la main dans ses cheveux ébouriffés.

— Si, c'était ça. C'était notre bébé. Et je rigole parce que je vous aime.

De : eleonore.thibaut@editionsdupontel.com
À : eva@evadiaz.fr
Sujet : RE : ton prochain roman

Eva, la direction me harcèle. Peux-tu m'envoyer quelques pages de ton nouveau roman ?
Qu'on puisse en discuter…
On en est où sur Bethsabée ?

De : eva@evadiaz.fr
À : eleonore.thibaut@editionsdupontel.com
Sujet : RE : ton prochain roman

Bethsabée s'appelle toujours Océane.

OCÉANE

Océane rentra chez elle par le garage et laissa ses baskets boueuses et ses chaussettes humides dans la *mudroom*. Elle attrapa un mug et sortit le lait du réfrigérateur. Avant qu'elle n'emménage avec son père à Kefalonia, Mam's lui préparait un chocolat quand elle revenait du lycée, même en plein été. Elle le faisait chauffer à la casserole, jamais au micro-ondes, et elle le recouvrait de chantilly et de petits marshmallows roses. Mais Mam's était restée à Chicago avec Amanda. Depuis, Océane faisait elle-même ses chocolats chauds. Quasi quotidiennement, sa mère l'appelait ou lui envoyait un texto « J'espère que tu vas bien », « Tu me manques » ou « On pourrait en parler, non ? ». Océane ne répondait pas. Elle ne donnait des nouvelles qu'à sa petite sœur, Amanda, qui, elle en était sûre, les transmettait à leur mère.

Sa tasse à la main, elle monta dans sa chambre et entama une conversation vidéo avec Jess. Sa meilleure amie lui donnait régulièrement des nouvelles de sa vie d'avant.

— Et Nate ? Il sort toujours avec Tiffany ? demanda Océane d'un ton faussement léger.

À dix-neuf ans, Nate était le seul garçon qu'Océane ait jamais embrassé. Dix-sept fois pour être exact. Comme chaque fois qu'elle pensait à lui, sa gorge se serra. Nate avait une nouvelle copine. Il avait rompu avec Océane juste avant son départ, d'un commun accord. C'est-à-dire qu'il était surtout en accord avec lui-même sur le fait que c'était fini. Et moins de deux semaines après, il avait changé son statut Facebook : il était désormais « en couple » avec Tiffany ; une officialisation de leur engagement qu'il n'avait jamais pris la peine de publier lors de sa relation avec Océane. Au fond, une partie d'elle était consciente que son histoire avec Nate était trop belle pour durer, alors Océane lui avait affirmé qu'elle était heureuse pour lui et qu'elle allait très bien. Bien sûr, elle n'allait pas du tout très bien et la représentation de Nate tenant la main de Tiffany constituait une torture insoutenable, mais personne ne comprendrait qu'une relation qui avait duré vingt-deux jours à peine ait pu réduire son cœur à l'état de steak haché périmé. Elle n'avait jamais su pourquoi Nate s'était intéressé à elle. L'idée que le jeune homme puisse être attiré par sa personnalité ne lui avait même pas traversé l'esprit et, exception faite de ses yeux très clairs, elle ne se trouvait pas jolie. Cheveux bruns, ni raides ni bouclés, et par conséquent jamais bien coiffés, taille moyenne, ronde. La seule chose qu'elle considérait comme bien proportionnée était sa poitrine. Elle n'osait cependant pas mettre de décolletés ni même de tee-shirts moulants, depuis ce jour où un homme élégant avait posé une main sur son sein dans le métro de Chicago. Après quoi elle était descendue à l'arrêt suivant pour vomir dans une poubelle.

— Oui, il est toujours avec Tiffany, répondit Jess après un imperceptible silence.

Même au téléphone, Océane entendait ces silences qui, si on y prêtait attention, étaient plus éloquents qu'un grand discours. Et ce silence-là signifiait sûrement que Nate et Tiffany vivaient le parfait amour, que leur relation était autrement plus sérieuse que celle que Nate avait entretenue avec Océane pendant seulement vingt-deux jours, et que Nate avait oublié jusqu'à l'existence d'Océane alors qu'elle pensait à lui environ quatorze mille fois par jour. Et même si elle savait qu'il fallait se faire une raison, elle gardait l'espoir que Nate l'aimait, que tout cela n'était qu'un malentendu et qu'il reviendrait un jour. Une partie d'elle croyait encore que l'amour, le vrai, existait en dehors des romans d'Eva Díaz et des séries Netflix à l'eau de rose.

— Et toi ? enchaîna Jess, comment ça va ? Tu suis le programme ?

Parfois, la tendance de Jess à pousser Océane hors de sa zone de confort était épuisante. Peut-être qu'Océane aspirait juste à vivre pelotonnée dans un cocon douillet, protégée du reste du monde comme un vase de cristal dans du coton, plutôt que d'aller s'écorcher le cœur au contact de la réalité. Mais Jess appelait ce comportement « le cercle vicieux à la con de l'hyperprotection ». Sa théorie ? Parce qu'Océane était trop sensible, elle était surprotégée, parce qu'elle était surprotégée, elle n'apprenait pas à gérer seule des événements certes difficiles, mais statistiquement très répandus. Exemple : le divorce de ses parents, une rupture avec une personne qu'on a embrassée seulement dix-sept fois, un déménagement. Elle en souffrait, devenait encore plus sensible, et c'était reparti pour un tour. Océane savait qu'au fond, Jess n'avait pas tout à fait tort, pourtant, elle n'avait pas réussi à se lancer un défi par jour depuis qu'elle était arrivée à Kefalonia. À l'exception de quelques conversations avec Mei, elle s'était au contraire beaucoup refermée sur elle-même.

— Je me suis inscrite à un cours d'écriture créative réservé aux troisième année et je suis allée boire une bière avec une fille de ma promo.

— Alors, pour la bière, waouh ! Pour le cours d'écriture, je suis un peu moins impressionnée, répondit Jess en riant.

— Mon père ne veut pas que j'étudie la littérature, donc c'était tout de même osé de ma part…

— Oh, je vois…

Le ton de Jess était redevenu sérieux. Elle croyait que le premier responsable du « cercle vicieux à la con de l'hyperprotection » duquel Océane était prisonnière était son père. Bizarrement, Jess n'aimait pas beaucoup le père d'Océane, même si bien sûr, elle ne l'avait jamais formulé en ces termes.

— Tu le lui as dit ?

— J'attends un peu, il est déprimé en ce moment, avec le divorce… Tous ces changements, c'est très dur pour lui.

— Tu as des nouvelles de ta mère et de ta sœur ?

— Un peu, Mam's m'écrit tous les jours, mais je ne réponds pas…

— Pourquoi ?

— Parce que c'est elle qui a décidé de briser notre famille…

— C'est une façon de voir les choses, marmonna Jess.

— Qu'est-ce que tu veux dire ?

Océane avait posé la question sèchement. Jess n'avait pas vraiment compris la gravité des événements. Ses parents à elle étaient divorcés depuis longtemps, et quand Océane lui avait annoncé le drame, elle avait fait cette réflexion totalement absurde : « Tu sais, ce n'est peut-être pas plus mal au final. »

« Pas plus mal au final. »

Au lieu de « tragique », « abominable », « dramatique », « atroce », « effroyable ».

Peut-être que le décalage entre Océane et le reste du monde n'était qu'une question de vocabulaire inapproprié.

— Je veux dire, précisa Jess après un silence, que ta mère pourrait t'en vouloir d'avoir pris le parti de ton père.

— Il ne voulait pas divorcer, lui.

— Enfin, c'est quand même lui qui a…

— Je dois te laisser, coupa Océane précipitamment avant de raccrocher.

Le visage de Jessica disparut de l'écran du téléphone. Et Océane avala le reste de son chocolat en trois gorgées. Puis, elle ouvrit le tiroir de sa table de nuit, en sortit un paquet d'Oreo cookies entamé et entreprit de lui faire un sort. Elle détestait avoir ce genre de conversation. Jess ne pouvait pas comprendre, elle regrettait de lui avoir révélé ses problèmes familiaux. Elle avait l'impression d'avoir trahi son père. Son père, à qui il fallait annoncer qu'elle suivait un cours d'écriture. Lui, qui avait écrit plusieurs essais et articles sur la littérature française, ainsi qu'un roman qui avait connu un petit succès en France, savait bien qu'Océane n'avait pas les épaules pour la littérature. En y repensant, elle se demandait quelle mouche l'avait piquée de s'inscrire à ce cours. Elle ne savait même pas pourquoi apprendre à écrire avait revêtu soudain un caractère si important. Elle poussa un soupir et saisit le premier livre à lire pour le cours. Elle attendrait un peu avant d'en parler à son père, juste au cas où. Mieux valait éviter de l'énerver.

Je me suis désolidarisée du groupe qui visite aujourd'hui les temples de Borobudur et de Prambanan. J'éprouve depuis deux jours une envie incontrôlable : celle de marcher. Poser un pied devant l'autre, sans jamais m'arrêter. J'ai remarqué que je ne pleurais pas quand j'étais en mouvement. Comme si j'arrivais à tromper mon cerveau en prétendant aller quelque part. Je ne quitte plus mes écouteurs. La musique me calme, j'avais oublié à quel point j'aimais en écouter.

Dans la section de mon guide sur les volcans de Java, j'en ai choisi un au hasard, parce que son nom sonnait comme un câlin : Kawah Ijen. Depuis Yogyakarta, j'ai pris un bemo, sorte de minibus local, j'ai trois changements avant d'arriver à Sempol. Pendant tout le trajet, je n'ai croisé aucun touriste. Dans le véhicule qui roule toutes fenêtres ouvertes, le paysage défile comme la bande abîmée d'un vieux film en Technicolor. Dans mon casque, la même chanson, en boucle.

Ta chanson. Je ne sais pas pourquoi je t'attribue cette chanson. Bob Marley ne t'a jamais consolée. Moi, il m'a toujours apaisée.

Tout cela ne me paraît pas réel. J'ai l'impression d'avoir officiellement mis entre moi et la réalité une sorte de distance, d'observer les événements de loin, à travers un rideau de bruine qui m'isole du reste du monde. Les Javanais montent et descendent du bus, ils m'examinent furtivement et me sourient avec bienveillance. Une femme me propose une mangue. J'ai faim, je n'ai pas pensé à emporter quoi que ce soit. J'accepte et la remercie en anglais, elle me sourit avec gentillesse. Comme nous n'avons aucune langue en commun, la conversation s'arrête là. L'impossibilité de communiquer est une armure. Dans l'anonymat qui me protège, je ne suis plus obligée d'être moi.

Je descends de mon dernier bemo à Sempol, un petit village aux routes de terre, entouré de plantations de café. Les bretelles de mon sac à dos pèsent sur mes épaules. Je ne suis pas si vieille et pourtant j'ai le dos d'une femme de quatre-vingts ans et une tendinite au bras gauche, celui dans lequel je t'ai bercée en continu pendant des semaines. Même si je n'ai jamais réussi à te consoler d'être venue au monde ou de m'avoir pour mère. Je ne saurai peut-être jamais pourquoi tu pleurais. Je ne sais pas pourquoi moi-même je pleure.

Je m'arrête dans le premier hôtel, où je paye la nuit d'avance. Le propriétaire m'explique qu'il y a un départ pour le volcan à 4 heures du matin. Pour contempler le lever du soleil à l'arrivée, l'ascension se fait de nuit. Il propose de me réveiller à 3 h 30. J'accepte. L'hôtel est sordide, les toilettes au bout du couloir empestent dans tout l'étage, le drap sur le matelas est taché et froissé, comme s'il avait déjà été utilisé des dizaines de fois sans être lavé. Je me couche toute habillée, mes baskets encore aux pieds.

On frappe à ma porte à l'heure prévue. Je me réveille en sursaut. Le propriétaire me tend une tasse de café brûlant que j'avale prestement. Je suis frigorifiée. Nous sommes quatre à nous retrouver à la réception, trois Suédois et moi. Je leur adresse un signe de tête avant de me plonger dans mon guide pour ne pas avoir à leur parler. On nous emmène dans une voiture brinquebalante au départ de la randonnée. J'ai empilé deux pulls sous mon K-Way. Ma lampe torche à la main, j'entame la marche d'un pas rapide, ne serait-ce que pour me réchauffer. Je n'ai pas fait de sport depuis une éternité et je m'essouffle vite. Bientôt, il ne reste des Suédois que le son lointain de leurs rires et les points lumineux de leur lampe frontale, lucioles dansantes dans la nuit noire. Je ralentis et souffle doucement. La cicatrice de ma césarienne se fait douloureusement sentir. Je n'avais pourtant pas pensé à elle depuis plusieurs jours. Les souvenirs affluent, comme s'ils sortaient de l'entaille dans mon ventre. Si on m'avait dit la première fois que j'ai rencontré ton père que, si peu de temps après, je tomberais enceinte de lui, je n'y aurais jamais cru. Je chasse son image, le sourire charmeur et la douceur du début. Je ne dois pas penser à lui. Penser à lui, c'est penser à toi.

Je m'assois sur une pierre et m'efforce de respirer. La douleur s'apaise, mais le découragement m'écrase. Comment ai-je pu être assez stupide pour croire que ce corps flasque et faible serait capable d'escalader un volcan ? Je n'y arriverai pas. Je suis une incapable. Un homme passe et me salue. Il avance vite et pieds nus. Les deux paniers vides suspendus au bâton qu'il porte en travers de ses maigres épaules se balancent au rythme de son ascension. Probablement un de ces porteurs de soufre évoqués dans mon guide. Ils font le trajet jusqu'au sommet deux fois par jour, aller et retour, portant sur leur dos des charges pesant jusqu'à cent kilos, le tout pour une poignée de roupies. Sa force me renvoie à ma propre faiblesse. Je suis pathétique.

— You OK ? *demande-t-il.*

Je hoche la tête, gênée de voir qu'il s'est arrêté.

— Un peu fatiguée, je crois que je vais faire demi-tour.

Il ne peut évidemment pas comprendre ma réponse, mais il suit mon regard, tourné vers la direction d'où je viens et il sourit.

— Small steps, slow, one at a time[1].

Puis, avec un naturel désarmant, il me tend la main. Je contemple cette paume brune, maigre et calleuse, qui raconte la pauvreté, la fatigue et le travail. Les larmes me montent aux yeux quand mes doigts touchent les siens. Cela fait si longtemps qu'on ne m'a pas tendu la main. Ma gorge est tellement nouée que je n'arrive pas à le remercier.

Il pointe le doigt vers le sommet, poursuivant dans un langage que je ne comprends pas avant de reprendre son chemin. Je le suis des yeux, j'hésite. Il fait encore nuit, mais l'obscurité se teinte de gris. Je prends une grande inspiration, me répète le conseil

---

1. « Petits pas, lentement, un à la fois. »

de l'homme : des petits pas, doucement, un à la fois, et me remets en marche. Je m'arrête régulièrement, les mains sur les hanches pour respirer. Le chemin est raide, les pierres roulent sous les semelles trop lisses de mes baskets. Parfois, des touristes ou des porteurs de soufre me dépassent et disparaissent dans la brume matinale de l'aube. Je m'interdis de regarder en arrière. Je laisse mes pensées errer et bien sûr, je reviens à toi. Je ne peux pas pleurer, j'ai besoin de mon souffle. Je me concentre sur mes pieds qui avancent, un pas après l'autre. Je ne suis pas faite pour être mère, mais tu me manques.

J'arrive au sommet en sueur, malgré le froid matinal. J'entends des applaudissements et le groupe des Suédois me fait signe en riant. La fille brandit un thermos avec un air interrogateur. Je hoche la tête et elle verse du thé encore chaud dans une tasse en plastique qu'elle me tend. Je la remercie et m'assois un peu plus loin, pour observer le paysage. Le soleil se lève et les nuages s'écartent, laissant apparaître le lac vert émeraude au fond du cratère. Je n'ai jamais rien vu d'aussi beau que les nuances de bleu et de vert de ce lac acide d'où s'échappent des vapeurs blanches. Puis, mon regard tombe sur les porteurs qui descendent jusqu'en bas, malgré les éboulis et les vapeurs de soufre. Ils ont recouvert leur bouche et leur nez d'un chiffon sale, pour tenter de se protéger des émanations toxiques. Ils remontent lentement vers le haut du cratère, leurs corps maigres courbés sous le poids des paniers désormais remplis d'épaisses plaques jaunes. Leur misère, en contraste avec la splendeur du paysage, me fait l'effet d'une gifle. Pourquoi la beauté cohabite-t-elle si souvent avec la souffrance ? Je cherche des yeux l'homme qui m'a encouragée pour le remercier. Je ne le vois nulle part. Mon cœur se serre brusquement. Un trop-plein d'émotions à canaliser. Un verre d'eau qui déborde. Incapable de rester plus longtemps, j'entame le trajet retour.

De retour au village, je m'arrête dans le premier restaurant que je croise. Je me laisse tomber, épuisée, sur une chaise bancale, à l'une des tables de bois installées à l'extérieur. La serveuse me recommande l'ayam goreng, du poulet frit dans de l'huile de coco avec des épices. Elle me l'apporte, accompagné d'un jus d'avocat. Affamée, je dévore le tout en quelques minutes. À une autre époque, j'aurais adoré goûter ces mets inconnus. Désormais, je mange sans envie ni plaisir. Juste pour survivre. Après mon repas, je reste quelque temps assise sur ma chaise, à contempler le chemin que j'ai emprunté quelques heures plus tôt. Pour la première fois depuis longtemps, je ressens un certain contentement. Aujourd'hui, j'ai escaladé un volcan. J'ai affronté la réalité et surtout, j'ai appris quelque chose d'important. Avant d'oublier, je sors mon carnet de mon sac et j'écris :

« Petits pas.
Doucement.
Un à la fois. »

Voilà exactement ce qu'il faut que je fasse. J'allume mon walkman et, mon casque sur les oreilles, je reprends, un peu plus légère qu'à l'aller, le chemin de Yogyakarta. Je n'ai pas pleuré une seule fois depuis ce matin.

CLAIRE

Coquillette fait désormais la taille d'une noix de coco. Je continue de prendre une photo de mon ventre chaque matin, ravie de le voir s'arrondir et d'avoir pris trois bonnets de soutien-gorge. Je ne porte plus que des vêtements de grossesse. Les gens me sourient dans la rue, ils me tiennent la porte, proposent de m'aider à porter mes sacs de courses… Thomas me traite comme une princesse des *Mille et Une Nuits.* J'ai l'impression d'être précieuse et choyée, je voudrais être enceinte toute ma vie.

Éléonore m'envoie régulièrement chez Eva sous prétexte de l'assister. En réalité, elle veut à tout prix savoir si Eva travaille sur son livre. Bien qu'elle prétende avancer, je ne la vois jamais écrire. Elle se promène dans le jardin du Luxembourg, boit des litres de thé et de café, le regard perdu sur les toits parisiens. Elle passe des heures avec son mari à la terrasse du bistrot en bas de chez elle, fredonne en fumant des cigarettes, joue ou sort avec ses enfants.

Puisqu'elle refuse tout ce que je lui propose en matière de communication sur les réseaux sociaux, je profite d'être encore capable de monter sur l'échelle de bois blanc de sa bibliothèque pour classer les milliers de livres qu'elle possède. Je réalise que tout un pan de mur est réservé à ses propres livres, les différentes éditions de ses romans et leurs traductions dans des dizaines de langues. Tout en haut, j'aperçois de gros classeurs poussiéreux. Curieuse, je monte sur le dernier barreau de l'échelle et tire le premier à moi. À l'intérieur, je constate avec étonnement qu'elle a imprimé et annoté toutes les critiques qu'elle a reçues dans la presse depuis la publication de son premier livre. Elle a souligné certains passages et pris des notes dans la marge : « vrai », « à réutiliser », « n'a pas compris ». Des centaines de critiques sont classées par ordre chronologique. En replaçant le classeur, je remarque qu'un livre plus fin a été dissimulé au fond de l'étagère, derrière les classeurs. Je l'attrape avec difficulté, il s'agit d'un roman intitulé *Feuilles d'automne*, écrit par un certain Douglas Martin. C'est le seul livre de toute l'étagère qui n'est pas signé Eva Díaz. Je ne peux m'empêcher d'être intriguée. Je le retourne et consulte la quatrième de couverture. C'est l'histoire d'une immigrée espagnole qui reconstruit sa vie en France à la fin des années 1980. Je fronce les sourcils. Il me semble que c'est exactement l'histoire du premier roman d'Eva, celui qui a fait son succès. Je l'avais adoré. Assise en haut de mon échelle, j'ouvre et feuillette *Feuilles d'automne*. Un inextricable malaise m'envahit. Le roman de

Douglas Martin est annoté à chaque page, des phrases sont reformulées au crayon à papier, d'autres barrées, la marge est noircie de commentaires illisibles, le tout sur deux cents pages. Je lis le premier chapitre et j'ai l'impression de relire un roman que je connais. De plus en plus troublée, je trouve sur l'étagère le premier roman d'Eva, lui-même intitulé *Et virevoltent les feuilles mortes*, et lis le premier chapitre. Les mots sont différents, mais la scène d'ouverture est la même. Après un moment d'hésitation, je saisis les deux romans, descends de mon échelle et vais les glisser dans mon sac à main. La porte s'ouvre à ce moment-là et Eva apparaît. Je sursaute et fais un pas de côté pour dissimuler mon sac, gênée.

— Tout va bien ? demande-t-elle, les sourcils légèrement froncés.

Elle m'examine avec attention et j'ai le sentiment que mon malaise est palpable.

— Oui, oui.

— Tu es toute rouge.

— C'est parce que j'ai des bouffées de chaleur… la grossesse… je suis un peu fatiguée.

Elle lève les yeux au ciel.

— Tu es négative, Claire, c'est une grande chance d'être enceinte, les enfants sont un cadeau du ciel.

— Je sais bien, je suis très heureuse, mais…

— Pense à toutes ces femmes qui essayent désespérément de tomber enceintes, coupe-t-elle, et qui n'y arrivent pas ! Tu risques de contaminer ton bébé avec toute cette négativité, assieds-toi, je vais te mettre un peu de musique classique et te faire un thé déthéiné.

Trop abasourdie par son impolitesse pour réagir, je la laisse m'installer dans un fauteuil comme si j'étais une petite fille malade. Quelques minutes plus tard, je me retrouve une tasse fumante à la main, en train d'écouter du Vivaldi.

— Pose tes mains sur ton ventre, m'ordonne-t-elle.

J'obéis de mauvaise grâce. Comme si tu savais que j'ai besoin d'un peu de réconfort, tu te retournes dans mon ventre. Une vague de chaleur, un gonflement sous mes paumes, tout mon corps se détend sous cette caresse.

— Tu vois, poursuit Eva qui examine mon visage, tu ne peux pas te plaindre de vivre ça, c'est une des choses les plus merveilleuses qui puisse t'arriver.

Je soupire, ma colère est retombée comme un soufflé raté. Elle a raison. Tu es la chose la plus merveilleuse qui me soit arrivée, ma Coquillette. En revanche, je ne sais pas comment Eva arrive à être à la fois aussi intrusive, désagréable et exaspérante. Je trempe mes lèvres dans mon thé déthéiné, tandis qu'elle me contemple avec un air satisfait et horripilant.

— Finis ton thé et rentre chez toi, tu as besoin de te reposer, tu n'as pas à crapahuter sur les échelles à sept mois de grossesse. Quand seras-tu en congé maternité ?

— Dans trois semaines.

— Si tu veux, tu peux travailler de chez toi, c'est mieux de ne pas prendre les transports et d'en faire le moins possible, maintenant.

J'ai beau être d'accord avec elle, dans ma tête, je pense : *Bla-bla-bla-bla. De quoi tu te mêles ?*

— Éléonore m'a demandé une fois de plus si ton roman avançait, tu veux que je lui réponde quoi ?

— Dis-lui que ça suit son cours, mais je suis encore un peu coincée, pour le moment elle ne peut toujours pas le lire.

— OK.

— Précise-lui bien que je travaille toute la journée.

— Écoute, Eva, je ne veux pas mentir à Éléonore, c'est ma meilleure amie… Ça fait plus de trois mois que je viens régulièrement ici et je ne t'ai pas vu écrire une seule fois.

Eva a un geste nonchalant de la main qui balaye mon reproche comme un insecte inopportun.

— Tu ne comprends rien au processus créatif, tout se passe dans ma tête. Ce n'est pas parce que je ne suis pas devant un écran à aligner des phrases que je ne travaille pas. Est-ce que tu veux que Jérôme te raccompagne en voiture ?

— C'est gentil, mais ce n'est pas la peine de le déranger, j'ai juste deux stations de métro.

Quand je rentre chez moi, l'appartement est vide. Thomas rentre tard depuis qu'il a été promu sous-chef dans son restaurant et ses horaires ont empiré. Il travaillait déjà beaucoup avant, mais maintenant, il cuisine jusqu'à soixante-dix heures par semaine. C'est une belle opportunité et je suis heureuse que ses efforts soient récompensés. Mais je passe mes soirées seule devant la télévision et son absence me pèse. J'enfile un pyjama confortable et je réchauffe le pot-au-feu qu'il m'a gentiment préparé avant de partir. Une fois mon repas terminé, la main sur mon gros ventre, j'entame la relecture du premier roman d'Eva.

Je ne relève la tête que trois heures plus tard. Je n'ai pas vu le temps passer. Même moi qui l'ai déjà lu, j'ai été happée dans son univers, émue par ses personnages et les aléas de leur vie de fiction. Je ne suis pas fatiguée et je décide donc de poursuivre avec le roman de Douglas Martin. Thomas rentre vers 2 heures du matin, il est épuisé, nous échangeons vaguement deux mots et il va se coucher. À 4 heures, j'ai fini les deux romans et je les pose devant moi, choquée. L'histoire est exactement la même. Les noms des personnages ont été changés, le roman d'Eva est plus court et plus intense, mieux écrit et beaucoup plus prenant, mais ce n'est en définitive qu'une meilleure version d'un roman publié plusieurs années avant le sien.

Je fais une recherche sur Douglas Martin et Google affiche quelques résultats, des articles dans des journaux locaux et une seule photo de l'auteur, un homme jeune, photogénique et au sourire sympathique. Son roman n'a pas marché et il n'en a jamais écrit d'autres. Facebook me remonte des centaines de Douglas Martin, impossible de cibler le bon. Je suis perplexe. Malgré le succès mondial du roman d'Eva, Douglas Martin n'aurait jamais appris qu'elle avait plagié son histoire ? Je ne suis ni écrivaine ni juriste, mais il me paraît évident, vu la ressemblance entre les deux textes, que s'il y avait eu un procès, Douglas Martin l'aurait gagné.

J'ai l'impression d'être détentrice d'un secret que j'aurais préféré ne pas connaître. Je fais une recherche « Eva Díaz, premier roman » et je tombe sur une interview d'elle à la télévision. La jeune fille sur l'écran semble extrêmement timide. Elle ne dégage rien de l'assurance de la femme d'aujourd'hui, même si ses yeux, de ce vert brumeux si singulier, ont déjà la profondeur qui frappe chez l'Eva d'aujourd'hui.

— D'où vous est venue votre inspiration pour ce sublime roman ? demande le journaliste avec gentillesse, conscient du malaise de son interlocutrice.

— Les personnages viennent à moi, explique timidement Eva. Ils sonnent un jour à la porte et c'est comme un ami qui s'invite à dormir sur votre canapé. Vous ne savez pas s'il va rester une nuit ou un an. La seule façon pour qu'ils me laissent en paix, c'est d'écrire leur histoire.

— Vous écrivez depuis longtemps ?

— Depuis que j'ai su tenir un stylo, c'est ma façon de communiquer, mais j'ai attendu d'avoir une idée de roman vraiment originale et personnelle, avant de chercher à être publiée.

Je n'en crois pas mes oreilles. C'est carrément de la provocation, l'hypocrisie de ses propos me dégoûte. L'interview se poursuit sur le même ton, Eva et son regard d'ange, extraordinairement douce et attachante, qui ment, encore et encore, mettant en avant un roman qu'elle a plagié de la première à la dernière page.

Incapable de trouver le sommeil, je me retourne dans mon lit jusqu'à l'aube. J'ai beau essayer de lui trouver des excuses, sa jeunesse, son talent, son manque de confiance en elle à l'époque, je sais bien qu'elle n'en a aucune. Cette femme, que j'admirais à tort depuis des années, est non seulement hautaine et désagréable, mais elle a aussi construit toute sa carrière sur un mensonge.

De : eleonore.thibaut@editionsdupontel.com
À : eva@evadiaz.fr
Sujet : RE : ton prochain roman

Ou si elle assassinait le prof ? Et toute sa famille ? Un bon thriller, ça plaît toujours.

De : eleonore.thibaut@editionsdupontel.com
À : eva@evadiaz.fr
Sujet : RE : ton prochain roman

Eva ? Tu es toujours là ?

De : eva@evadiaz.fr
À : eleonore.thibaut@editionsdupontel.com
Sujet : RE : ton prochain roman

OK.

OCÉANE

Comme d'habitude, Océane assistait à son cours d'écriture créative assise au dernier rang. Depuis la conversation qu'ils avaient eue dans son bureau, Jonathan Harris ne lui avait plus adressé la parole. Comme Océane, consciente de l'illégitimité de sa présence dans cette classe, ne levait jamais la main, ils ne s'étaient pas reparlés. Elle avait rendu trois exercices d'écriture depuis le début de l'année. Elle avait eu un A aux deux premiers avec comme seule remarque : « Pensez à couper. » Elle en avait déduit que son professeur lui mettait A sans même prendre la peine de la lire, parce qu'elle était la fille de son supérieur hiérarchique. Aussi afficha-t-elle un air ravi quand Jonathan Harris posa sur sa table son travail de la semaine précédente, noté d'un D+ et agrémenté du commentaire : « Totalement hors sujet. »

— Quelque chose vous amuse dans le fait d'avoir une mauvaise note, mademoiselle Vasseur ? interrogea Jonathan Harris.

Le sourire d'Océane s'évapora d'un coup et elle vira rouge écarlate, tandis que tous les regards se tournaient vers elle. Comme elle était incapable de répondre, Jonathan Harris poursuivit :

— Vous viendrez me voir à la fin du cours.

Océane ne put se concentrer durant le reste de l'heure. À la place, elle lista mentalement toutes les façons d'échapper à cette convocation malvenue sans en trouver une seule qui fonctionne. Ce fut donc la mort dans l'âme, après avoir rangé ses affaires, qu'elle s'arrêta devant le bureau du professeur Harris.

— Je suis désolée, dit-elle.

Il leva la tête et la dévisagea avec curiosité. Il avait un regard intelligent. Le regard d'un professeur qui s'intéresse à ses élèves.

— De quoi donc êtes-vous désolée ?

— D'avoir souri… et d'avoir raté l'exercice.

Une expression amusée traversa le visage de Jonathan Harris et les muscles d'Océane se détendirent.

— Pourquoi avez-vous écrit une poésie ?

— Je ne sais pas… C'est ce qui m'est venu, murmura-t-elle.

— Ce qui vous est venu ? L'exercice était de raconter un événement historique majeur en vous mettant dans la peau d'un journaliste du *New York Times*, et ce qui vous vient, c'est une poésie sur un enfant qui souffle des bulles de savon à la fenêtre ? Vous avez déjà lu un journal ?

Les yeux sombres de Jonathan Harris la mettaient mal à l'aise.

Océane inspira profondément et, le regard fixé sur le carrelage, expliqua :

— Je me suis mise dans la peau d'un journaliste qui doit écrire un article sur la mort de Pablo Neruda. Pendant que j'écrivais, j'ai réalisé que le journaliste avait toujours rêvé d'être poète et que la mort de ce poète qu'il admirait lui rappelait son propre échec. Nostalgique du passé, il rédige ce poème sur son enfance.

Jonathan Harris haussa les sourcils avec un léger sourire. Océane poursuivit :

— Et les bulles de savon, c'est… comment dire… une sorte de passion personnelle.

— La mort de Pablo Neruda, c'est un événement historique majeur pour vous ?

— Ça l'était pour le journaliste, se justifia Océane. Je me suis mise dans la peau du personnage.

— Mais vous êtes consciente que vous n'évoquez même pas cet événement dans votre poème ?

— Il y était au début, mais quand j'ai eu terminé, ça ne me paraissait plus être le sujet principal, et comme vous nous conseillez de couper ce qui est inutile, j'ai supprimé le passage.

Il l'écoutait avec fascination. Océane ne savait plus s'il la trouvait tellement stupide qu'il en restait sans voix ou si sa démarche l'intéressait. En dépit de son embarras, elle ne pouvait s'empêcher de le trouver beau. Elle n'y avait pas fait attention jusqu'à présent, mais quelque chose, dans l'intensité de son regard, l'attirait et l'affolait tout à la fois.

— Ça fait longtemps que vous écrivez de la poésie ?

— C'est la première fois.

Il la dévisagea en silence pendant un moment avant de répondre avec une certaine douceur.

— OK. C'est une très belle poésie, et si le sujet avait été d'écrire une poésie, vous auriez eu A+. Mais par souci d'équité par rapport aux autres, votre devoir est trop loin du sujet pour que je vous donne la note que vous méritez.

— Je comprends.

— Je vous propose donc de faire un devoir supplémentaire de rattrapage pour la semaine prochaine de façon à pouvoir effacer ce D+ de votre moyenne, si vous le souhaitez. Le sujet est libre, écrivez-moi deux pages sur ce que vous voulez, OK ?

Océane hocha la tête.

— Merci…

Il avait un beau sourire, communicatif et chaleureux. Elle s'apprêtait à sortir quand il lui jeta d'un ton pensif :

— Vous avez une jolie plume, mademoiselle Vasseur, très jolie, même.

Océane fut incapable de prononcer un « au revoir », elle resta plantée quelques secondes devant le bureau avant de se retrouver dans le couloir, éberluée. Elle avait l'impression de flotter sur un nuage. *Vous avez une jolie plume, très jolie, même.* Elle ressentait les émotions des autres parfois aussi nettement que les siennes et elle n'avait aucun doute sur le fait que Jonathan Harris était sincère. Cela signifiait que les excellentes notes qu'il lui avait décernées pour ses précédents devoirs étaient, elles aussi, méritées. Les mots de son professeur faisaient gonfler un pur bonheur dans son ventre. Elle repensait à ses yeux qui s'étaient adoucis en lui parlant. Son regard était une caresse qui avait fait frissonner la peau d'Océane. Il suffisait qu'elle se rejoue la scène pour que la vie semble soudain supportable. Elle décida de rentrer à pied chez elle pour savourer en solitaire ce petit rayon de chaleur.

L'été indien se terminait et les feuilles qui pleuvaient par milliers au moindre coup de vent recouvraient le sol d'un épais tapis doré sur lequel Océane osait à peine marcher, de peur d'accélérer leur inévitable décomposition, annonciatrice de l'hiver. Morton Hills, le lieu-dit où habitait Océane, se situait à quelques kilomètres du centre de Kefalonia. Ce quartier résidentiel très prisé s'étendait en bordure d'une épaisse forêt où se mêlaient pins blancs, sycomores et érables flamboyants. Il fallait traverser les chutes d'eau par le pont suspendu pour y parvenir depuis le campus. Les luxueuses maisons victoriennes aux façades de bois et aux jardins soigneusement entretenus étaient habitées par les notables du coin et les professeurs les plus renommés de Bronwell. Loin des colocations étudiantes bruyantes et festives de Collegetown, ils venaient y chercher le calme, la nature et la fraîcheur de la forêt lors des grosses chaleurs d'été. Pour faire ses courses, il fallait prendre sa voiture et rouler jusqu'au supermarché Whole Foods ou attendre le samedi matin pour aller à vélo s'approvisionner au marché fermier bio organisé par des producteurs locaux. Morton Hills possédait une sorte de minuscule centre-ville où se dressait une petite église blanche en bois (qu'on pouvait encore louer pour des mariages, bien qu'elle ne fût plus consacrée), une épicerie fine hors de prix où l'on trouvait du vin français et de la charcuterie italienne sept jours sur sept et un adorable café, *The Little Café Bleu*, qui, comme son nom ne l'indiquait pas, avait une devanture rouge. Océane passait régulièrement devant en bus et n'avait jamais osé s'y arrêter, mais ce jour-là, forte de l'énergie insufflée par le compliment du professeur Harris, elle décida de se récompenser avec une boisson chaude. La porte tinta en se refermant derrière elle. Un jeune homme, accoudé derrière la caisse sur le comptoir de bois, pianotait sur son téléphone portable. Océane se racla la gorge et s'approcha.

— Un café latté et un muffin pomme-cannelle, s'il vous plaît.

Il leva la tête. Il portait un sweat-shirt bleu sur lequel s'étalait le logo de l'équipe de hockey sur glace de l'université. Il semblait plus âgé, probablement un étudiant en quatrième année. Il scruta Océane d'un regard clair et inquisiteur qui contrastait avec le châtain foncé de ses cheveux coupés court. Sans se presser, il glissa le téléphone dans la poche arrière de son jean.

— Il n'y a plus de pomme-cannelle, tu veux un myrtilles à la place ?

Cette situation mit Océane très mal à l'aise. Elle aurait voulu commander, dire « merci », « au revoir » et disparaître sans laisser la moindre trace dans la journée de ce jeune homme.

— Un cookie, chocolat au lait, souffla-t-elle paniquée.

Le serveur esquissa un sourire.

— Plus de chocolat au lait, non plus, ce n'est pas ton jour de chance, on dirait… Chocolat blanc ?

Elle détestait le chocolat blanc, elle hocha toutefois la tête en fixant le carrelage. À Chicago, elle pouvait aller dix fois de suite dans le même café, sans même qu'on lui lance un regard. Elle n'avait pas prévu cette familiarité. Si elle avait su, elle serait rentrée directement chez elle.

— Sur place ou à emporter ?

— À emporter.

Il glissa le cookie dans un sac en papier et saisit derrière lui un gobelet en carton et un feutre.

— Comment tu t'appelles ?

Cet interrogatoire allait-il prendre fin un jour ? songea-t-elle en examinant l'établissement aux trois quarts vide. Était-elle transparente au point qu'il ait peur de ne pas la reconnaître le temps qu'elle arrive au bout du comptoir ?

— C'est la règle, dit-il avec nonchalance comme si elle avait posé la question à voix haute, si tu veux une boisson, tu donnes ton prénom.

— Océane.

Puis, elle l'épela en omettant toutefois l'accent sur le *e* difficilement compréhensible pour les Américains. Il griffonna sur le gobelet.

— C'est mignon.

— C'est français, précisa-t-elle automatiquement, comme pour se justifier.

— Je me disais bien que tu avais un petit accent.

Elle rougit. C'était faux. Elle était arrivée très jeune aux États-Unis et n'avait pas le moindre accent. Il lui fit un clin d'œil charmeur et encaissa ses quatre dollars. Puis, il se retourna pour préparer sa boisson. Océane se rendit au bout du comptoir et se perdit dans la contemplation des pâtisseries dans la vitrine.

— Tu veux autre chose ?

Elle sursauta, elle n'avait pas réalisé que le jeune homme avait posé son café devant elle. Elle secoua la tête et saisit le sachet qu'il lui tendait.

— Heu, non… merci, bonne journée !

— *Au revoir, mademoiselle…* dit-il en français avec un accent somme toute acceptable pour un Américain, tout en agitant un chapeau imaginaire, ce qui fit, presque malgré elle, sourire Océane.

Dehors, elle porta le café à ses lèvres : il était chaud et délicieux. Elle termina ce goûter imprévu avant d'arriver chez elle et rentra par le garage afin de pouvoir dissimuler l'emballage et le gobelet au fond de la poubelle. En écrasant le carton pour le glisser sous un paquet de lessive vide, elle remarqua les mots que le jeune serveur avait écrits au feutre noir. Il n'avait pas inscrit « Oceane » sans accent comme elle s'y attendait, mais « Ben », suivi d'un numéro de téléphone. Océane considéra le gobelet quelques secondes, hésita longuement, et le laissa finalement tomber dans la poubelle, presque à regret.

J'ai accouché et rien ne s'est passé comme je l'avais prévu. Personne ne m'avait préparée à ton arrivée. Loin de moi l'idée de te blesser, mais je me dois d'être sincère, parce qu'en définitive, je crois que c'est le cœur du problème : la malhonnêteté de notre société sur ce qui touche à la maternité. On voudrait qu'une naissance, l'arrivée d'un bébé dans le monde, soit un moment doux et merveilleux. À grands coups de phrases toutes faites et d'images d'Épinal, on explique que l'amour maternel est immédiat et absolu, que ce sentiment est si fort qu'une mère aurait naturellement envie de s'effacer devant son enfant. On voudrait que ses rêves, ses ambitions, ses aspirations, son bien-être physique et moral soient relégués de bonne grâce au second plan. Autant de sacrifices qu'on ne demandera bien sûr jamais à un père. L'arrivée d'un bébé dans le monde est quelque chose d'extraordinaire, c'est vrai. Cela peut aussi être un événement d'une violence inouïe, une violence dont personne ou presque ne parle et face à laquelle je me suis retrouvée seule et désemparée.

Comme je m'y attendais, notre première rencontre a été le moment le plus émouvant de ma vie. Je me souviendrai toujours de cet instant où on t'a posée sur moi, la façon dont, aussitôt, tu t'es arrêtée de pleurer, comme si tu croyais être désormais en sécurité. Comme si moi, qui n'ai jamais eu aucun pouvoir, j'avais celui de te sauver de la cruauté du monde. La violence, en revanche, physique et psychologique, la façon dont ta naissance, avec une brutalité inimaginable, est venue m'arracher ce qui me restait de mon enfance, m'a prise par surprise. L'ampleur de ma responsabilité m'est apparue à l'échelle de ta confiance : infinie. Et terriblement angoissante. Je ne savais pas non plus qu'on pouvait rater son accouchement : des douleurs de contractions pendant trente-six heures pour finir en césarienne d'urgence. Cette césarienne, c'était mon premier échec. Ce fut mon premier mensonge. J'avais tellement honte, que je n'ai osé l'avouer à personne. Alors, j'ai commencé à servir des répliques toutes faites et des sourires factices à ces questions bateau dont on écoute la réponse d'une demi-oreille, penché sur un berceau qui accapare toute l'attention. « Ça s'est bien passé ? — Oui », « Comment vas-tu ? — Très bien », « Tu n'es pas trop fatiguée ? — Un peu, mais c'est pour la bonne cause », « Comment ça se passe ? — C'est merveilleux. »

Merveilleux. *Le nombre de fois où j'ai prononcé ce mot. En quelques semaines, je l'avais utilisé plus souvent que pendant toutes les années qui ont précédé ta naissance. Je l'ai usé, consumé, dépecé, je l'ai dépouillé de ses paillettes et de sa douceur. Je l'ai tué.*

Je savais que je n'étais pas supposée regretter mon ancienne liberté, la possibilité de décider sur un coup de tête de sortir faire un tour, d'être réveillée par autre chose que des pleurs ou de dormir plus de deux heures d'affilée. J'avais cependant le sentiment que ma vie ne m'appartenait plus, d'être prise en otage. J'aimais être libre et je souffrais de toutes les contraintes de la maternité, de la longue liste d'obligations perpétuellement renouvelée qu'était devenue ma vie : accourir, nourrir, changer, bercer, débarrasser la table du petit déjeuner, sortir le linge de la machine à laver, le tout pendant que tu t'agitais dans le porte-bébé, tenter de prendre une douche quand par miracle j'arrivais à te poser dix minutes. J'avais tellement mal au dos, au ventre, aux seins. Pourquoi personne ne m'avait avertie que ce serait aussi dur ? Je n'avais plus le courage de passer l'éponge sur le plan de travail de la cuisine. Les miettes qui s'accumulaient étaient synonymes de mon échec. Chaque semaine je me disais : « Je devrais ranger le placard de la salle de bains, je devrais changer l'éponge de la cuisine. » Je ne le faisais jamais. Je n'avais même pas la force d'ouvrir le courrier. Les lettres s'amoncelaient sur la tablette de l'entrée. J'errais, hagarde, en te berçant. Le soir, j'endurais en silence les reproches de ton père. Je croisais mon reflet en sortant de la douche, ma cicatrice, ces bourrelets, ce ventre flasque devenu inutile. Instinctivement, je pensais : « Immonde, tu es immonde. » J'étais en colère contre la Terre entière. Je rêvais à tous ces voyages que je ne ferais plus, aux rêves que je ne réaliserais pas, à ce nouveau statut de mère qui avait effacé ma véritable identité. Tu avais pris la relève. Maintenant, c'étaient tes rêves qui comptaient, plus les miens. Je pensais à mon corps faible et détruit, à ma jeunesse anéantie, évaporée dans la stratosphère. Et personne ne m'avait prévenue. Je me sentais terriblement coupable d'oser avoir de telles pensées. J'ai accouché de la culpabilité en même temps que j'ai accouché de toi. Je la traînais avec moi comme une valise sans roulettes, un boulet dont le poids m'enfonçait encore plus profond dans les sables mouvants où je me débattais. Parfois, allongée sur le canapé, je rêvais d'être un homme, d'être libre. Elle était tellement simple, la vie de ton père, tellement peu de choses avaient changé dans son quotidien. Est-ce un crime de vouloir vivre sa maternité comme n'importe quel père ? De vouloir être le « parent 2 » sur les formulaires de personnes à contacter en cas d'urgence ?

Si tu savais comme j'aurais aimé rayonner de bonheur, m'épanouir dans la maternité, être une mère comme les autres. Je n'ai pas réussi, alors je suis partie. Aujourd'hui, avec le recul, je me dis qu'avec plus de trois milliards de femmes sur Terre, je n'étais sans doute pas la seule à ressentir une telle souffrance. Qui sait, peut-être que si j'avais eu quelqu'un à qui me confier, si j'avais osé parler, si on m'avait tendu la main, si je m'étais sentie moins seule, moins nulle, j'aurais trouvé la force de rester. Mais rien de tout cela n'est arrivé.

De : eleonore.thibaut@editionsdupontel.com
À : eva@evadiaz.fr
Sujet : RE : ton prochain roman

Je peux dire aux libraires qu'il y a quand même un côté tragique ?

De : eva@evadiaz.fr
À : eleonore.thibaut@editionsdupontel.com
Sujet : RE : ton prochain roman

OK.

De : eleonore.thibaut@editionsdupontel.com
À : eva@evadiaz.fr
Sujet : RE : ton prochain roman

Je déteste quand tu me dis OK !!!! Je sais très bien que ce n'est pas OK du tout et que tu veux juste mettre fin à la conversation !

De : eleonore.thibaut@editionsdupontel.com
À : eva@evadiaz.fr
Sujet : RE : ton prochain roman

Eva ?

De : eva@evadiaz.fr
À : eleonore.thibaut@editionsdupontel.com
Sujet : RE : ton prochain roman

OK.

OCÉANE

Océane s'habituait peu à peu à sa nouvelle vie, en grande partie grâce à Mei. Celle-ci était tenue d'obtenir une moyenne minimale pour conserver sa bourse et travaillait par conséquent beaucoup. Elle n'avait qu'un cours en commun avec Océane, mais les deux jeunes filles se retrouvaient régulièrement pour étudier à la bibliothèque, boire un café ou manger un sandwich dans un des restaurants universitaires du campus. Mei avait même invité Océane à passer un week-end à New York chez une de ses tantes, mais Océane avait refusé. Son père pensait que c'était une mauvaise idée.

Océane avait toujours été une élève studieuse. Toutefois, ses deux heures hebdomadaires d'écriture créative et les devoirs supplémentaires que lui donnait désormais Jonathan Harris grignotaient sur ses cours d'anatomie ou de biochimie. Elle n'avait toujours pas avoué à son père qu'elle suivait un cours d'écriture, alors que c'était paradoxalement celui dans lequel elle s'investissait le plus. Et lui, qui surveillait de très près les résultats de sa fille, s'agaçait de ses résultats moyens.

— Heureusement que nous ne sommes pas restés à Chicago, avait-il même affirmé, tu n'aurais jamais obtenu ton diplôme. Quand on est médiocre, mieux vaut fréquenter une université de seconde zone.

En temps normal, l'idée d'avoir déçu son père aurait coûté à Océane une nuit blanche de sanglots étouffés dans son oreiller. Mais ces derniers temps, elle était ailleurs, dans la lune, à côté de la plaque. Elle oubliait de laisser les clés sous le paillasson du garage pour la femme de ménage, elle rendait ses devoirs en retard, elle ne rappelait pas Jess quand celle-ci lui demandait des nouvelles. Elle ne soufflait même plus de bulles de savon. Toute sa concentration, son énergie et ses pensées étaient désormais tournées vers le point culminant de sa semaine : le mardi à 16 h 10. Elle s'était mise à écrire tout le temps. Elle avait pris dans le bureau de son père un de ses carnets Moleskine dans lesquels il griffonnait sans cesse et elle avait commencé un journal. Elle écrivait la beauté d'une feuille voletant sur le chemin de l'université, les reflets de la rosée du matin, le fracas des chutes d'eau sur la pierre humide, le goût prolongé dans sa bouche du brownie du *Little Café Bleu* qui était rouge, et surtout, Jonathan. Il y avait des pages et des pages sur Jonathan Harris, sommairement rebaptisé « J. », puisque jamais elle n'aurait osé écrire son prénom en entier. Océane ne pensait plus du tout à Nate. Elle était amoureuse. Au début, elle ne s'en était pas formalisée.

Jonathan Harris était un homme brillant et le cours d'écriture créative était de loin son préféré. Il était donc naturel qu'elle l'apprécie. Pourtant, depuis quelque temps, il lui avait fallu admettre que ses sentiments pour Jonathan Harris dépassaient largement la simple admiration d'une élève pour son professeur. Quand elle le voyait, un nœud se formait dans son ventre et tendait tous les nerfs de son corps. Quand elle entendait sa voix grave évoquer les arcs narratifs ou la caractérisation des personnages chez Nabokov, un millier de papillons se mettaient à voleter dans sa cage thoracique et elle se trouvait dans l'incapacité de respirer. Elle connaissait désormais son odeur, la petite cicatrice blanche qui barrait sa main droite, la tache de naissance à peine visible, juste au niveau de l'ouverture de ses chemises à carreaux, sur laquelle elle rêvait de poser ses lèvres. Elle notait chacune de ses phrases comme s'il s'agissait de paroles sacrées. Elle passait des heures sur chaque devoir, peaufinant chaque mot, réécrivant chaque texte dix fois s'il le fallait, toujours avec le sentiment d'avoir échoué. Elle rendait son devoir la mort dans l'âme, honteuse de présenter un travail à peine passable. Et chaque fois, elle obtenait la meilleure note et il la félicitait. Il était particulièrement attentif à Océane, et cela la troublait. Il l'appelait désormais « Océane » et plus « Mademoiselle Vasseur ». Il avait toujours une bonne raison de la convoquer après la classe, pour discuter de son devoir, lui proposer un sujet supplémentaire ou lui conseiller une lecture. Un jour, il avait même posé la main sur son bras. Elle ne l'avait jamais vu se conduire ainsi avec les autres étudiants.

— Océane, vous viendrez me voir à la fin du cours, murmura-t-il au moment où il passait devant elle alors qu'il distribuait l'extrait qu'il comptait analyser pendant la séance.

Il avait parlé d'une voix basse, une confidence, un secret entre elle et lui. Océane avait acquiescé avant de détourner les yeux, rougissante. Elle s'était rejoué la scène tout le reste du cours. Il avait souri et son regard sombre s'était adouci tandis qu'il la fixait avec insistance. Sa voix grave l'avait fait frissonner. Elle sentait quelque chose entre eux, un lien invisible, comme une main protectrice posée sur son épaule, le sentiment de ne plus être seule. Elle mit longtemps à ranger ses affaires pour faire durer l'attente délicieuse de leur conversation. Il ne la lâcha pas des yeux tandis qu'elle approchait, et sous ce regard elle se sentait spéciale, admirée, digne d'être aimée, malgré ses kilos en trop, ses émotions encombrantes et ce malaise permanent qui la suivait partout, comme un nuage au-dessus de sa tête.

— Océane, je voulais vous demander si vous comptiez poursuivre le niveau deux de ce cours au second semestre. Il n'est en théorie pas ouvert aux première année, mais je vous y réserverai évidemment une place si vous souhaitez poursuivre. J'ajouterais même, continua-t-il, que je vous y encourage fortement.

Océane mit quelques secondes à répondre.

— Ce serait avec plaisir.

— Parfait, je vous inscris dès ce soir, le cours est très demandé et je veux être sûr que vous obteniez une place.

Il sourit, son corps s'était détendu imperceptiblement. Il paraissait soulagé qu'elle ait accepté.

— Je ne sais pas quel est votre niveau dans les matières scientifiques que vous suivez, mais vos textes sont tous excellents.

— Merci, balbutia Océane.

Elle était toute gonflée de joie, si légère qu'elle aurait pu s'envoler comme un ballon à l'hélium. Il voulait qu'elle poursuive son cours. Il s'était inquiété du second semestre, quand ils ne se verraient plus tous les mardis à 16 h 10, pensée qui la torturait, elle aussi, depuis quelque temps.

Satisfait, Jonathan rassembla les papiers épars devant lui en un tas net et les glissa dans sa sacoche.

— J'en ai parlé à votre père d'ailleurs, je l'ai croisé ce matin dans le couloir.

Instantanément, tout sentiment de légèreté se volatilisa. Océane dévisagea Jonathan Harris avec effroi.

— À mon père ? Je vous avais demandé de ne pas lui en parler.

Jonathan Harris ne semblait pas se rappeler cette requête qui datait de leur première rencontre catastrophique. Il se caressa le menton, trahissant son embarras.

— Je suis désolé si j'ai été maladroit. Si cela peut vous consoler, il a été charmant…

— Je… je dois y aller, à la semaine prochaine.

Océane s'enfuit de la salle de classe. Son père était au courant. Son cœur battait à tout rompre. Elle n'était pas capable de l'affronter. Elle allait le décevoir, il ferait exploser ce petit paradis des mardis à 16 h 10. Il comprendrait pourquoi ses notes dans les autres matières avaient chuté. Il exigerait d'en discuter avec elle et, à la fin de la conversation, elle se sentirait ridicule, grosse et nulle, comme chaque fois. Il ne faisait pas exprès, mais c'était l'effet qu'il avait sur elle. Elle consulta son téléphone. Aucun message. Toute à son euphorie du cours d'écriture, elle n'y avait pas prêté attention. Ce n'était pas normal. En général, son père écrivait sans cesse, pour lui demander ce qu'elle faisait, où elle était, avec qui... En temps normal, il lui aurait déjà demandé à quelle heure elle rentrait. Il avait toujours été très protecteur, trop même, selon Mam's. C'était un sujet de dispute récurrent entre ses parents. Elle sursauta quand son téléphone sonna.

— Océane, ça va ? Tu as une voix bizarre, s'exclama Mei.

— Oui, souffla Océane, tout va bien.

— On se retrouve à la bibliothèque demain ?

— Oui, bien sûr... Au fait, tu ne voudrais pas venir dîner chez moi ce soir ?

— Oh, mais oui, avec plaisir, ça me touche beaucoup que tu m'invites chez toi ! répondit Mei avec un enthousiasme sincère.

— Tu es encore sur le campus ? On fait le trajet ensemble ?

Elles convinrent d'un point de rendez-vous et raccrochèrent. Océane poussa un soupir. Elle avait gagné un peu de temps.

Quand j'étais petite, mon père partait parfois en voyage pendant plusieurs jours. C'était formidable. Maman m'emmenait faire les boutiques après l'école, elle m'offrait des vêtements de marque et nous buvions des chocolats chauds aussi épais que de la crème fraîche. Je savais qu'il fallait stocker ces souvenirs, qu'ils m'aideraient à supporter ce qui viendrait après. J'ai mis quelques années à comprendre le prix à payer pour ces virées entre filles. Plus mon père tapait fort, plus il se confondait en excuses. Et dans son langage, « excuses » signifiait cadeaux, argent, autorisation de sortir boire des chocolats chauds ou de faire du shopping. Je me demande si les moments de bonheur n'étaient pas d'autant plus beaux que je savais que le malheur nous attendait au coin de la rue. Dès que l'avion de mon père atterrissait sur la piste de l'aéroport, je voyais ma mère jeter des coups d'œil à sa montre, et l'atmosphère se remplissait d'une nervosité électrique. Au fur et à mesure que la distance entre elle et lui se réduisait, son corps se tendait. La clé tournait dans la serrure et elle se ratatinait. Elle rasait les murs, comme si elle rêvait de se fondre dans le plâtre dont elle prenait la pâleur maladive. Parfois, tout allait bien, il nous rapportait des souvenirs, sa conférence s'était déroulée à merveille et il avait bien dormi dans l'avion. Il nous embrassait en nous disant que nous lui avions manqué. Ma mère souriait. Elle se risquait même à faire une plaisanterie et j'étais heureuse : nous formions une belle famille, tout le monde l'affirmait. D'autres fois, il suffisait d'un grain de poussière dans l'engrenage, une minuscule remarque pour déclencher l'explosion. Comme cette fois où le voisin nous a salués dans l'ascenseur avec un sourire trop chaleureux, ce qui a valu à ma mère une épaule démise. La réalité, c'est que Maman passait tout son temps libre à s'occuper de moi ou à lire. Il ne lui serait jamais venu à l'esprit de gaspiller ces précieux instants de liberté avec un amant. Elle a porté plusieurs semaines son bras en écharpe, utilisant pour ce faire le foulard Hermès que mon père lui avait acheté pour s'excuser. J'avais lu en cachette le mot qui l'accompagnait, soigneusement rangé dans sa table de nuit : « Je suis jaloux parce que je t'aime trop. Pardonne-moi. » J'avais huit ans. J'avais trouvé ça beau. Pour moi, les monstres étaient verts et couverts de pustules. Je ne savais pas encore que, parfois, ils se déguisent en papa souriant qui lit des histoires le soir et rapporte des souvenirs de voyage.

En dehors de ce foulard Hermès, qu'elle a porté uniquement jusqu'à ce que son épaule soit soignée, je n'ai jamais vu ma mère exhiber les bijoux ou les vêtements que mon père lui offrait après ce qu'ils appelaient « leurs disputes ». Une fois, je lui ai demandé si c'était parce qu'elle lui en voulait d'avoir été méchant et elle m'a répondu :

— Quand on s'aime, on pardonne tout. Ce n'est pas facile pour lui non plus, tu sais, c'est quelqu'un de très impulsif.

CLAIRE

— J'en peux plus, je vais péter un câble ! s'exclame Éléonore en entrant en trombe dans mon bureau.

Travailler dans la même entreprise qu'Éléonore est extraordinaire : j'ai l'impression d'être de retour à l'école et de passer de nouveau toutes mes pauses avec elle. C'est d'autant plus précieux qu'une distance s'est installée entre Thomas et moi depuis quelque temps. Il travaille de plus en plus, son restaurant a obtenu une étoile au Guide Michelin et ne désemplit plus. Heureusement, je peux parler avec Éléonore et elle m'écoute. Elle pose les mains sur mon ventre et, quand tu bouges, elle oublie ses commentaires cyniques et sourit avec douceur avant de faire une blague bien grasse pour dissimuler son émotion.

Je lève les yeux de mon écran.

— Qu'est-ce qui se passe ?

Éléonore se laisse tomber sur la chaise devant mon bureau qui n'est là que pour elle puisque chez

Dupontel Éditions, personne ne prend vraiment au sérieux tout ce qui touche à Internet ou aux réseaux sociaux. Traduction : personne ne me prend au sérieux, mais ce n'est pas grave. Je suis bien décidée à leur montrer que même les livres peuvent bénéficier du marketing sur Internet.

— La direction me met une pression de dingue concernant le prochain roman d'Eva. Ça fait trois fois que je la déprogramme pour la décaler, ils pensent qu'elle me prend pour une imbécile.

— Tu veux aller boire un café ?

— J'en ai déjà pris douze aujourd'hui, si je continue je n'arriverai pas à dormir avant l'année prochaine. Les jumeaux sont malades, Jean-Marc est en déplacement, ma belle-mère les garde, en échange de quoi je dois écouter patiemment pendant quarante-cinq minutes tous les soirs en rentrant du boulot en quoi je suis, de très loin, la pire mère au monde. Elle est à deux doigts d'alerter les services sociaux. C'est ingérable.

— Tu n'as jamais pensé à ralentir ? Tu as l'air fatiguée, tu sais…

Éléonore me dévisage, interdite.

— Ralentir quoi ?

— Le boulot… T'arrêter un an ou deux ou te mettre à mi-temps, pour passer plus de temps avec les enfants.

Elle éclate de rire.

— Jamais de la vie, tu sais très bien que j'ai beau me plaindre tout le temps, j'adore mon travail.

— Plus que tes enfants ?

— Bien sûr que non, mais ce n'est pas la question. Je préfère mes enfants à mes jambes, ça ne veut pas dire que je vais me faire amputer des deux jambes pour eux si je peux l'éviter. Tu as demandé à Jean-Marc s'il compte ralentir et sacrifier sa carrière pour s'occuper d'eux ?

— Non, mais…

— Mais quoi ? Ce n'est pas pareil parce que c'est *seulement* leur père, c'est ça ? Je suis là à tous les moments importants, je les fais passer avant moi, toujours, même quand c'est insurmontable de tout concilier. Ce boulot, non seulement je l'adore, mais en plus je le fais bien, et un jour, j'espère même monter ma propre maison d'édition. D'ailleurs, je considère que c'est la meilleure chose que je puisse faire pour mes enfants : leur donner l'exemple, leur apprendre qu'ils sont libres d'avoir une vie riche et passionnante, de s'épanouir en tant qu'individus et de réaliser leurs rêves. Et si cet épanouissement signifie pour eux s'investir totalement dans leur famille, très bien, je les soutiendrai. Mais, pour moi, ce n'est pas le cas, alors je ne vais pas faire semblant. Se sacrifier totalement pour ses enfants, c'est un poids très lourd à leur faire porter, tu sais.

— Excuse-moi, ce n'était pas une critique, juste une question.

Éléonore hausse les épaules.

— Je sais, désolée de m'être emportée, mais j'ai trop de choses à gérer en ce moment, je suis fatiguée. Eva me fait tourner en bourrique. Bref… Je voulais te demander si elle t'avait parlé de son roman ou si tu avais la moindre information sur le sujet.

Je secoue la tête.

— Pas vraiment, je suis chez elle tous les lundis, et je ne l'ai pas vue une seule fois devant son ordinateur.

— Tu ne voudrais pas faire un truc pour moi ?

— Quoi ?

— Quand tu y vas, tu as accès à son ordinateur, j'imagine ?

Je sens que je ne vais pas aimer ce qui va suivre.

— Oui…

— Est-ce que tu peux juste jeter un coup d'œil et essayer de trouver son manuscrit ?

— Écoute, Éléonore, elle me fait confiance, je ne me vois pas fouiller dans ses dossiers.

— Je ne te demande pas de lire, juste de vérifier que le manuscrit existe et regarder combien de pages elle a écrites… Je t'en supplie… C'est mon poste qui est en jeu ! Je la connais, elle est tout à fait capable de n'avoir rien fait et de me mener en bateau depuis trois ans.

Je pousse un soupir. C'est juste un livre, après tout… Et puis, une partie de moi voudrait savoir ce qu'il en est. Si Eva a plagié son premier roman, peut-être qu'elle a fait de même avec tous les autres. Cela expliquerait que je ne la voie jamais écrire et qu'elle soit incapable de donner plus d'informations : elle n'a pas encore décidé qui elle allait copier. Je n'ai pas osé révéler à Éléonore l'existence du roman de Douglas Martin. Elle respecte et aime beaucoup Eva et je ne sais pas comment elle le prendrait.

— Bon, je ne lis rien, OK ? Je regarde juste s'il y a un fichier. C'est quoi, le titre ?

— La seule chose que je sais, c'est que son héroïne s'appelle Océane…

— OK, je dois passer lui déposer son courrier, j'en profiterai pour faire une recherche.

Plus tard, je passe chez Eva sous prétexte de lui installer une application pour suivre ses statistiques sur les réseaux sociaux. Une fois dans son bureau, je jette un coup d'œil dans le couloir, vérifie qu'il n'y a personne, puis j'allume son ordinateur. Depuis que j'ai installé sa messagerie sur mon téléphone, je n'ai pas touché à l'ordinateur d'Eva. Je sais pertinemment que je ne suis pas supposée y accéder, mais je trouve le mot de passe sur un Post-it collé sous l'écran et je ne veux pas laisser Éléonore dans cette incertitude.

Je m'apprête à faire une recherche « Océane » quand je m'aperçois que je n'en ai pas besoin : en haut à gauche de l'écran se trouve un dossier sobrement intitulé « Océane ». Immédiatement, j'appelle Éléonore.

— Alors ?

— Il y a un dossier « Océane » sur son ordinateur si ça peut te rassurer.

— Parfait, ouvre-le.

Je clique sur le dossier, une fenêtre s'ouvre.

— Il est protégé par un mot de passe…

— Zut !

— OK, je tente le même que pour déverrouiller son ordi.

L'écran me renvoie un nouveau message d'erreur.

— Désolée, ça ne marche pas. Attends, j'essaye autre chose.

Je clique sur le dossier et sélectionne « informations ».

— Bonne nouvelle : je ne parviens pas à ouvrir le dossier, mais je peux voir qu'il pèse plus de deux gigaoctets, le roman existe, Éléonore. Je ne sais pas pourquoi elle ne veut pas te le faire lire, mais il est bien là et c'est un gros dossier. À mon avis, elle avance bien !

OCÉANE

Parce qu'elle était accompagnée de son amie, Océane gravit les marches du porche plutôt que de passer par le garage comme elle le faisait d'ordinaire. Elle avait envoyé un SMS à son père pour le prévenir que Mei viendrait dîner avec eux, prétextant un coup de déprime de son amie pour justifier l'invitation. Il n'avait pas répondu et elle était un peu angoissée en poussant la porte d'entrée. Le hall était illuminé quand elles arrivèrent. La chaleur de la maison contrastait avec le froid extérieur.

— C'est super sympa chez toi ! s'exclama Mei en retirant son manteau jaune vif et en l'accrochant au portemanteau.

— Merci, je vais te présenter à mon père, déclara Océane, un peu rassérénée par la bonne humeur de son amie.

Toutes les lumières étaient allumées, la table était mise pour trois personnes, il avait sorti les verres à vin en cristal et les couverts en argent. Mei ouvrait des yeux impressionnés alors qu'elle suivait Océane jusqu'à la cuisine où flottait une odeur d'épices et de viande grillée.

Alain Vasseur se tenait de dos, il faisait rissoler un mélange de steak haché et de champignons dans une poêle, tandis qu'une sauce tomate frémissait dans une casserole. Ses épaules se découpaient dans la lumière de la hotte d'aspiration.

— Bonjour, professeur Vasseur, dit Mei avec déférence.

Il posa la poêle et s'essuya les mains sur un torchon avant de se retourner lentement, à la manière d'un comédien qui soigne son entrée sur scène. Son regard s'arrêta sur Mei et, pour la première fois depuis qu'elle la connaissait, Océane vit les joues de son amie rosir comme celles d'une adolescente.

Alain Vasseur était ce qu'on appelle un homme charismatique. Il possédait ce genre de beauté qui met tout le monde d'accord : un corps grand et mince dégageant un mélange d'assurance et d'élégance, des traits réguliers de statue grecque, un regard d'un bleu très pur capable d'hypnotiser le plus venimeux des serpents d'Afrique et un sourire qui respirait le charme et l'intelligence. Il avait passé sa jeunesse à entendre qu'il était le sosie de Robert Redford, ce qui l'avait poussé à entretenir avec grand soin son physique. Les années n'avaient fait qu'améliorer ce que la nature avait si parfaitement créé et, à cinquante-huit ans, on lui en donnait dix de moins.

Ignorant la main que Mei lui tendait, il ouvrit les bras et l'embrassa sur les deux joues comme cela se faisait en France, donnant tout loisir à la jeune fille de goûter la douceur de ses joues rasées de près et le parfum raffiné de son after-shave.

— Bonsoir, Mei, dit-il avec un sourire empreint de bienveillance, Océane m'a énormément parlé de toi, je suis ravi de pouvoir enfin te rencontrer.

— Moi de même.

— J'espère que tu aimes les lasagnes à la bolognaise.

— J'adore ça ! répondit Mei, ravie.

Océane sentit les muscles de son corps se détendre imperceptiblement.

— Je vous offre un verre de vin ? demanda-t-il. J'ai un excellent saint-émilion venu tout droit de Bordeaux.

Sous le regard ébloui de Mei, il ouvrit la bouteille avec habileté et versa le vin dans une carafe tout en explicitant les particularités du cépage. Puis, il se versa un fond de verre et l'observa à la lumière avant de le respirer à la manière d'un œnologue.

— La robe est rubis, avec des nuances violettes et le nez généreux, vous devriez goûter des arômes de fruits noirs et quelques notes de vanille sur la fin.

Il avala une gorgée, hocha la tête en connaisseur, puis il servit un verre et le tendit à Mei qui rougit de nouveau, hésitante.

— J'aurais adoré, mais je n'ai pas vingt et un ans.

Il lui fit un clin d'œil.

— Disons que cela restera entre nous.

Rassurée, Mei saisit le verre.

— Merci beaucoup, je n'ai jamais bu de vin français.

— Il faut un début à tout, répondit Alain avec bonhomie.

Pour la première fois, il se tourna vers Océane, assise au comptoir de la cuisine américaine qui observait la scène, mal à l'aise, sans qu'elle puisse expliquer pourquoi. Il posa un verre devant elle et, à la grande stupéfaction de sa fille, la servit aussi. Il avait pourtant toujours refusé qu'elle boive de l'alcool. Il se montrait ulcéré quand Mam's faisait goûter à Océane une gorgée de champagne. Une fois, il l'avait même traitée d'irresponsable. Mais il ne laissa pas à sa fille le temps d'exprimer sa surprise :

— Une fois n'est pas coutume, nous fêtons l'entrée de Mei dans la famille !

Mei sembla toute émue de cette marque d'affection. Heureuse de voir son amie détendue, Océane plongea les lèvres dans son verre et oublia son malaise.

Le dîner fut très agréable, Alain ne cessait de remplir leurs verres tout en racontant gaiement des anecdotes sur l'époque où il enseignait à la Sorbonne. Mei, sous le charme, riait aux éclats. Au grand soulagement d'Océane, personne ne remarqua qu'elle ne s'était pas servie de lasagnes. Elle était végétarienne depuis un reportage sur le fonctionnement des abattoirs qu'elle avait vu trois ans plus tôt. Elle en avait pleuré pendant des semaines. Son père l'oubliait régulièrement. L'alcool sur les trois feuilles de salade que contenait son estomac vide lui faisait tourner la tête. Elle avait été idiote de se mettre une fois de plus dans un état pas possible. Son père n'avait jamais voulu que son bien, et l'air heureux de Mei n'était qu'une preuve supplémentaire de la bonté naturelle d'Alain Vasseur. Océane flottait sur un petit nuage chaud et alcoolisé, sans vraiment participer à la conversation. Elle se repassait sa discussion avec Jonathan Harris – *vos textes sont excellents.* Elle rembobinait la cassette dans sa tête et appuyait sur « play » de nouveau. *Vos textes sont excellents.* C'était délicieux. Personne ne lui avait jamais fait si beau compliment. Mam's, évidemment, la complimentait souvent sur tout et n'importe quoi, mais elle n'était pas objective. Encourager est juste une chose que les mères font pour faire plaisir à leur enfant.

Pour le dessert, Alain avait acheté un cheesecake au *Little Café Bleu* de Morton Hills. Quand elle aperçut le gâteau blanc et lisse, l'estomac vide d'Océane se contracta de désir. Le cheesecake était son dessert préféré, et elle eut un élan de reconnaissance envers son père qui s'en était souvenu. Elle pouvait déjà sentir la douceur de la texture dans sa bouche et la croûte sucrée s'émietter sur sa langue. Elle alla chercher les assiettes à dessert et Alain posa le gâteau sur la table. Tout en devisant, il servit une énorme part à Mei.

— Avec tout ce que j'ai mangé, je vais exploser ! s'exclama-t-elle en riant.

Océane tendit son assiette à son père et il lui servit une part si fine qu'elle s'écroula en un petit tas de crème et de miettes au moment où il la déposa sur la porcelaine. Océane ouvrit la bouche pour en demander un peu plus, mais déjà son père s'était levé pour replacer le dessert dans le réfrigérateur. Mei ne remarqua rien et Océane n'osa pas interrompre la conversation.

Il était presque 23 heures quand elle raccompagna son amie à la porte.

— Merci beaucoup, j'ai passé une excellente soirée, dit Mei en serrant Océane dans ses bras, ton père est génial ! Et en plus, ajouta-t-elle à voix basse, il est canon !

— Je suis contente que tu sois venue, répondit Océane sans relever cette dernière remarque.

Pourtant, elle était fière de l'admiration qu'elle pouvait lire dans le regard de Mei. Elle savait bien que tout le monde n'avait pas la chance d'avoir un père comme le sien. Depuis le *scandale*, elle avait eu tendance à l'oublier. Mais sa gentillesse constituait la preuve que toutes les rumeurs qui avaient couru sur son compte à Chicago étaient sûrement infondées. Océane referma la porte à regret. Elle avait envie de monter dans sa chambre et de se laisser tomber sur son lit. Une migraine, causée par la fatigue et le vin, commençait à poindre. Elle avait déjà monté les premières marches de l'escalier quand la voix de son père la rappela à l'ordre.

— Océane, viens ici.

Elle soupira et fit demi-tour, tout en songeant qu'elle se relèverait un peu plus tard pour se couper une part de cheesecake et la déguster tranquillement. Quand elle pénétra dans la cuisine, elle constata avec effarement que son père avait ressorti le gâteau du réfrigérateur et qu'il était en train de le faire glisser dans la poubelle. Elle fixa en silence le délicieux dessert qui s'écrasa au milieu des ordures. Un frisson remonta sa colonne vertébrale. Elle leva les yeux sur son père, il ne souriait plus, il la scrutait, le visage fermé.

— C'est pour ton bien, Océane, comme ça, il ne te viendra pas à l'idée de descendre t'empiffrer au milieu de la nuit. J'ai aussi fait un tour dans ta chambre et jeté tous les paquets de biscuits dissimulés jusque dans ton tiroir à sous-vêtements. Tu devrais avoir honte. Est-ce que tu savais que l'obésité est la première cause de mortalité aux États-Unis ?

Océane, écarlate, secoua la tête. Elle n'aimait pas cette intonation. Surtout quand Mam's n'était plus là pour la défendre. Les lèvres de son père se détendirent, mais son sourire n'atteignit pas ses yeux.

— Assieds-toi.

Et, avec ces deux mots et le ton sur lequel ils avaient été prononcés, Océane eut l'impression que la température dans la pièce venait de chuter de dix degrés.

J'avais neuf ans quand je suis tombée amoureuse pour la première fois. Il s'appelait Mathéo. Mathéo ignorait totalement mon existence, et un jour j'ai décidé que cela ne pouvait plus durer. Afin de lui déclarer ma flamme, j'ai eu l'idée de lui glisser une lettre d'amour dans son sac à dos. J'ai profité d'une récréation pour me faufiler dans la salle de classe. Mathéo m'a trouvée avec son cartable ouvert sur les genoux au moment où je m'apprêtais à y déposer la lettre. Incapable de lui avouer mon vrai dessein, je suis restée muette face à ses questions et il en a déduit que j'étais en train de lui voler ses affaires. Il m'a collé une grande claque en travers de la figure, a déclaré qu'il ne me dénoncerait pas parce que j'étais jolie, mais que je n'avais pas intérêt à recommencer.

Le soir, quand ma mère a vu la marque de la gifle sur ma joue, elle a paniqué. Je lui ai expliqué que Mathéo m'avait frappée sur un malentendu et que c'était sans importance, puisqu'il avait dit que j'étais jolie. Ma mère s'est emportée et s'est exclamée, furieuse, qu'elle allait parler à la maîtresse dès le lendemain. Je la dévisageais sans comprendre, sa colère me semblait disproportionnée.

— Mais enfin, Maman, ce n'est pas grave, je l'aime, et quand on s'aime on pardonne tout. C'est toi qui m'as appris ça.

Elle est restée bouche bée. Elle était si pâle que je me suis demandé si elle était malade.

— Je... je ne t'ai pas appris ça, a-t-elle balbutié.

J'ai haussé les épaules et répondu pour la rassurer :

— Si, mais t'inquiète pas, Mathéo est très gentil, c'est juste quelqu'un de très impulsif, comme Papa.

Soulagée qu'elle n'ait plus parlé d'appeler la maîtresse, je n'ai pas prêté attention au fait que ma mère n'a quasiment plus prononcé un mot ce soir-là. Le lendemain, mon père est parti travailler à 8 heures comme d'habitude. Quand je suis arrivée dans l'entrée avec mon cartable, prête pour l'école, ma mère m'attendait avec une valise.

— On s'en va, a-t-elle dit.

— Où ?

— On verra bien.

L'idée de sécher l'école m'enchantait, je n'ai pas cherché plus loin. Elle n'a emporté aucun de ses bijoux, pas plus que les beaux vêtements de marque, le foulard Hermès, le manteau en vison ou la valise Vuitton. Elle a laissé son alliance et sa bague de fiançailles sur la table de la salle à manger, à côté de l'assiette et du journal qu'elle disposait tous les jours pour son mari sur la nappe blanche. Même le jour du grand départ, elle n'avait pas pu se résoudre à ne pas mettre le couvert pour son retour.

Nous n'avions pas un sou. Après deux ans de galère, de jobs au noir sur les marchés et de ménages sous-payés, elle s'est fait embaucher comme caissière dans un supermarché et elle est restée caissière jusqu'à la fin de sa vie. Elle avait étudié la philosophie avant de rencontrer mon père, mais elle n'était pas diplômée et elle n'avait jamais travaillé. Ce contrat à durée indéterminée, pour elle, c'était la liberté et la sécurité. Deux choses dont elle avait cruellement manqué. Pour rien au monde elle n'aurait pris le risque de démissionner pour un meilleur salaire ou un autre travail moins stable.

Elle a investi tout son temps et toute son énergie dans ma scolarité. Elle voulait que je passe un baccalauréat scientifique, elle me rêvait P-DG, ingénieure, comptable, médecin, chirurgienne. Tous ces métiers dont personne n'est très sûr de comment ils se prononcent au féminin. Elle me répétait constamment :

— Il faut être indépendante, tu ne dois jamais dépendre financièrement de qui que ce soit, jamais t'arrêter de travailler. Travailler, pour une femme, c'est être libre. On aura beau brûler des soutiens-gorge, tant qu'une femme dépend financièrement d'un homme, elle n'est pas libre.

Au début, j'ai gardé contact avec mon père. Je lui envoyais de longues lettres pour lui donner des nouvelles. J'ai reçu en retour quelques brèves missives, traitant principalement de la météo et une carte d'anniversaire laconique rédigée par sa secrétaire. Je les ai gardées précieusement. Ma mère me tendait ces courriers sans un mot. Elle n'a jamais fait le moindre commentaire, et même au plus profond de notre misère, quand je lui demandais un timbre et une enveloppe, elle ne me les a jamais refusés. Un jour, un paquet plus volumineux est arrivé pour moi et j'ai reconnu l'écriture nerveuse de mon père sur le papier kraft. Noël approchant, je l'ai ouvert avec excitation, persuadée de trouver à l'intérieur un cadeau, comme ceux qu'il me rapportait parfois de ses voyages. Il s'agissait en fait des papiers du divorce que, pour une raison que j'ignore, il avait envoyés à mon intention, accompagnés d'un simple Post-it « pour ta mère ». Mes lettres suivantes et son cadeau de fête des Pères me sont revenus. Il avait refait sa vie, déménagé et oublié de me transmettre sa nouvelle adresse. C'était la dernière fois qu'il me brisait le cœur. J'ai fait comme tout le monde, j'ai attendu que le temps en recolle les débris épars. Cependant, depuis, il en manque un petit morceau que je n'ai jamais retrouvé. À cause de mon père, j'ai vécu toute ma vie avec un cœur ébréché.

Si je te raconte l'histoire de mon enfance, ce n'est pas pour me trouver des excuses, mais parce que je voudrais que tu comprennes. L'amour, pour moi, n'a jamais été une jolie chose, un refuge, un espace où on peut s'épanouir d'égal à égal dans la douceur et le respect réciproque. L'amour, tel que je l'ai expérimenté petite, était un concept effrayant et violent. Il était sacrifice de soi, de son individualité, de sa liberté. Une guerre, avec un gagnant et un perdant. Ma mère est partie pour me protéger d'un modèle familial violent et malsain. Elle a passé le reste de sa vie à essayer de m'inculquer d'autres normes, d'autres valeurs. Elle était terrifiée à l'idée que je reproduise ses erreurs, que j'accepte que les hommes me traitent comme mon père la traitait. La façon dont s'est déroulée ma vie sentimentale a prouvé par la suite qu'elle avait échoué. Sans doute était-elle partie trop tard. Le mal était fait. Je n'ai pas voulu faire la même erreur avec toi.

OCÉANE

Océane s'assit avec précaution sur le tabouret de bar. Alain Vasseur rassembla les couverts sales et empila les assiettes.

— Tu es contente de ta soirée ?

Elle hocha la tête.

— Oui, merci pour le dîner, Mei était très heureuse, sa famille lui manque beaucoup.

— Si j'étais toi, je ne lui ferais pas trop confiance.

Il avait prononcé ces mots avec nonchalance, tout en alignant les assiettes dans le lave-vaisselle. Océane fit mine de se lever.

— Tu ne veux pas que je t'aide ?

— Reste assise. Ton amie boit beaucoup trop et toi-même, tu as trop bu.

Océane se souvint du sourire de son père quand il avait servi Mei, la chaleur et la bienveillance qu'il dégageait à ce moment-là. Le contraste la mit mal à l'aise.

— Évidemment, j'ai été accueillant avec elle, par gentillesse, poursuivit-il comme s'il avait lu dans ses pensées, car sa famille doit lui manquer, mais je l'ai trouvée bizarre. Cette façon dont elle m'a interrogé sur les cours de littérature, tu ne crois pas qu'elle espérait obtenir un passe-droit ?

Machinalement, Océane faisait rouler sur le plan de travail un couvercle de conserve qui traînait.

— Je ne pense pas, elle ne sait pas encore ce qu'elle veut faire, elle explore ses options.

En silence, il ouvrit une nouvelle bouteille et se resservit un verre de vin.

— J'espère que c'est le cas, murmura-t-il, songeur, comme s'il se parlait à lui-même, mais je ne la sens pas… Et je détesterais qu'elle ne s'intéresse à toi que par intérêt personnel et pour pouvoir rentrer en contact avec moi.

Comme d'habitude, les mots de son père pleuvaient sur Océane comme de petites lames de rasoir qui venaient écorcher sa peau. Était-ce normal que l'amour fasse si mal ? Elle gardait les yeux fixés sur le cercle de métal qui roulait sous ses doigts. Il y avait quelque chose de rassurant dans ce mouvement régulier de va-et-vient. Elle imagina la valse lente des bulles de savon devant sa fenêtre, espérant provoquer un soulagement qui ne venait pas.

— Au fait, j'ai croisé ton professeur d'écriture.

Le couvercle de la boîte de conserve dérapa et Océane étouffa un petit cri. Alain Vasseur leva les yeux au ciel.

— Tu t'es coupée, ce que tu peux être maladroite, ma pauvre fille !

Il saisit le rouleau d'essuie-tout et en arracha une feuille qu'il enroula autour de la paume d'Océane.

Il serra très fort et elle ravala un gémissement de douleur.

— Je ne savais pas que les cours d'écriture rapportaient des crédits pour l'école de médecine.

— Non, c'est un cours supplémentaire... juste comme ça, c'est sans importance...

— Ah bon ? Jonathan Harris avait l'air de croire que tu poursuivrais peut-être au second semestre.

Océane haussa les épaules.

— Je ne sais pas, il dit que... que...

— Quoi ?

— Que j'écris bien.

Son père eut un rire moqueur et reprit une gorgée de vin.

— Océane, dans ce domaine, je pense être mieux placé qu'un professeur de seconde zone pour juger ton travail. Va donc me chercher quelque chose que tu as écrit, nous allons le lire ensemble.

Océane hésita, son père souriait, confiant.

— Vas-y, répéta-t-il sur un ton encourageant, c'est une grande chance pour toi de pouvoir bénéficier de mon expertise.

Elle hocha la tête et, la mort dans l'âme, monta dans sa chambre. Du tiroir de sa table de nuit, elle tira le carnet dans lequel elle griffonnait des nouvelles et des poèmes, puis elle se ravisa. Elle sortit d'une pochette cartonnée les devoirs notés par Jonathan Harris. Elle en sélectionna deux notés A+ et les descendit à son père. Celui-ci sirotait son verre de vin dans la cuisine, l'air ailleurs. Elle posa les feuilles devant lui, il enfila ses lunettes et les parcourut rapidement, les sourcils froncés. Océane pianotait sur le plan de travail, attendant son retour avec angoisse. Il reposa les deux textes devant lui. Dans le silence qui suivit, Océane scruta son visage à la recherche d'un indice quant à ce qu'il pensait, mais la seule émotion qu'elle arrivait à décrypter sur ses traits harmonieux était un combat interne. Il paraissait hésiter sur la conduite à adopter. Il dévisagea Océane, avec curiosité, comme s'il la voyait pour la première fois.

— Océane, dit-il enfin avec lenteur, quelle est la nature de ta relation avec Jonathan Harris ?

Océane rougit, elle ne s'attendait pas à cette question.

— Je... je ne sais pas... Il est mon professeur...

Il avala une gorgée de vin, fit claquer sa langue contre son palais et reposa son verre.

— Il met facilement des A+, ton professeur ? Les autres sont aussi bien notés ?

Sous le bar, Océane se tordait les mains avec nervosité.

— Non... je... je crois que je suis la seule à avoir déjà eu des A+.

Alain la fixait toujours avec la plus grande attention, les yeux plissés.

— Est-ce qu'il t'a déjà fait des avances ?

Océane dévisagea son père avec stupéfaction.

— Non... jamais... c'est...

Il hocha la tête avec un air entendu. Océane commençait à se sentir oppressée. Son père pensait que Jonathan Harris cherchait à la séduire. Quelques heures plus tôt, cette idée l'aurait rendue heureuse. Cependant, la seule chose qu'elle ressentait à cet instant précis était un sentiment d'humiliation si brûlant qu'il lui coupait la respiration. Alain Vasseur fixa le visage écarlate de sa fille avant de murmurer avec un air faussement affligé :

— Ma pauvre fille, je suis désolé d'être franc, mais ces devoirs ne méritent pas les notes que tu as reçues. À vrai dire, le style est médiocre et gâcherait le fond, s'il y en avait un. Et vu la réputation de Jonathan Harris, je suis inquiet pour toi.

— Je…

— Je ne vois pas d'objection à ce que tu t'amuses à gribouiller ces textes quand tu en as l'envie, à condition que ça ne nuise pas à tes notes. En revanche, je pense sincèrement que ce serait dangereux, compte tenu de ta fragilité, que tu continues à fréquenter le cours de ce…

Il eut un geste évasif de la main et laissa sa phrase en suspens avec une moue méprisante plus éloquente que n'importe quel qualificatif.

Océane avait le sentiment d'être le cheesecake dans la poubelle : passée de la lumière à l'obscurité, elle était venue s'écraser sur un tas d'ordures. Elle était si heureuse quelques heures plus tôt. « Vu la réputation de Jonathan Harris. » Que voulait-il dire ? Ce cours lui avait apporté tant de bonheur ces dernières semaines, comment pouvait-il lui sembler aussi sale à présent, souillé par les sous-entendus et le doute ?

— C'est un excellent professeur.

Elle avait parlé à voix basse, avec un sursaut de combativité qu'elle n'aurait jamais eu pour se défendre elle-même, mais qui, pour Jonathan, lui était venu spontanément. Elle avait beau aimer son père, il n'avait pas le droit de toucher à son amour secret. C'était tout ce qu'elle avait depuis le déménagement, ce cours et Jonathan, ces heures passées à rêver à leur amour platonique ou à écrire, dans une bulle de bonheur.

Une grande tristesse sembla envahir le regard bleu d'Alain Vasseur.

— Mon Dieu, tu es amoureuse de lui... Ma pauvre chérie, tu es tellement crédule, comment peux-tu avoir la naïveté de croire qu'il s'intéresse réellement à toi ?

Il avait accompagné ses propos d'un regard de haut en bas, comme si, au lieu d'examiner le corps d'Océane, il avait considéré une crotte de chien collée à la semelle de sa chaussure. Océane eut l'impression de se prendre une gifle.

— Tout le monde n'est pas comme toi !

Elle tremblait. C'était sorti tout seul, incontrôlable.

— Qu'est-ce... qu'est-ce que tu as dit ?

Elle ne savait pas s'il bégayait de colère ou de stupéfaction. Elle déglutit péniblement. Elle aurait voulu ravaler les mots qu'elle venait de prononcer, mais c'était trop tard. Ils restaient suspendus entre son père et elle, menaçants et lourds de sens.

— Tu sais bien... souffla-t-elle. Ton étudiante... à Chicago...

Alain Vasseur ouvrit la bouche et la referma. Il prit le temps de boire une gorgée de vin avant de répondre froidement :

— Cette pauvre fille était idiote et très instable, elle m'a couru après jusqu'à ce que je cède, ta mère ne pensait qu'à son travail et n'était jamais là... Je le regrette, crois-moi, mais j'ai payé très cher ce petit incident : j'ai perdu mon travail, ma famille, ma femme et ma réputation... Tout ça pour un moment d'égarement !

Océane ferma les yeux pour encaisser le choc. Voilà. Cet espoir qu'elle avait entretenu qu'il soit le seul à dire la vérité, que tout le monde mente, qu'il soit la victime de fausses rumeurs s'était évanoui. Il ne niait pas. Pire encore, il rejetait la faute sur cette fille et sur Mam's au lieu d'assumer ses actes. Le mépris était une émotion visqueuse qui donnait la nausée. Elle la repoussa de toutes ses forces. Son père se prit la tête dans les mains.

— Tu me blesses terriblement, après tout ce que j'ai fait pour toi… Même ma fille se retourne contre moi…

La culpabilité déferla aussitôt sur Océane, balayant au passage le dégoût que lui avaient inspiré les paroles précédentes. Elle resta quelques secondes interdite, le temps de reprendre ses esprits, puis elle saisit les mains de son père dans les siennes.

— Je ne suis pas contre toi, je ne serai jamais contre toi, Papa.

Alain Vasseur reprit contenance et se redressa.

— C'est vrai ? Alors tu pourrais faire quelque chose pour moi ?

— Oui, bien sûr.

— Ne poursuis pas ce cours au second semestre. Tu n'es pas assez douée. Je te dis ça pour ton bien, je n'ai pas envie que tu souffres ou que tes espoirs soient déçus.

Il paraissait triste et abattu et le cœur d'Océane se serra. S'il ne pouvait pas compter sur elle, il n'aurait plus personne. Lui, ne l'avait jamais laissé tomber, elle n'avait pas le droit de le décevoir. Alors, la mort dans l'âme, elle accepta.

CLAIRE

Ma fille est née hier à 17 h 11. Elle s'appelle Marine. Le soleil tape sur le carreau, il n'y a pas de climatisation. La chaleur est étouffante pour un mois de septembre. Je ressens une immense fatigue, comme jamais auparavant. Effondrement de mon corps et de mon âme. Dégoût de mon ventre encore gonflé comme si j'étais à sept mois de grossesse, de mon utérus qui saigne en continu sous le drap d'hôpital. Inutile et vide.

Depuis ce matin, je me répète cette information en boucle. Comme une donnée un peu absurde à laquelle je n'arrive pas à croire. *C'est ma fille. Elle s'appelle Marine. Elle est née hier à 17 h 11.* Hier, quand on me l'a posée sur la poitrine, c'était une évidence : Coquillette était enfin là, c'était elle. Pendant une minute, peut-être deux, j'ai connu ce sentiment de plénitude et d'amour absolu dont on parle dans les films, les livres et les publicités pour lait en poudre.

Aujourd'hui, je ne sais plus trop ce que je ressens. Pas grand-chose, à vrai dire.

Moins de deux heures après mon accouchement, nos deux familles étaient déjà dans ma chambre. On ne m'avait pas demandé mon avis, ils voulaient voir le bébé. Ils avaient apporté des cadeaux et une bouteille de champagne dont la simple vision me soulevait le cœur. On m'a demandé des détails sur l'accouchement, trop intimes pour que j'aie envie de les dévoiler. Thomas s'en est chargé à ma place, avec un grand sourire. On a évoqué mon corps comme celui d'une personne absente, un bien public, un papier d'emballage qui n'intéresse plus personne depuis qu'il a été vidé de son contenu. Thomas a annoncé fièrement :

— Tout s'est bien passé !

Je me suis demandé de quel droit il affirmait cela, sans même me regarder, les yeux fixés sur sa fille qu'il ne lâchait plus avec l'expression d'un fanatique religieux arrivé au paradis. Un paradis dont, étrangement, je suis exclue. Pourquoi faisaient-ils tous semblant d'ignorer la réalité de mon état actuel ? Pourquoi personne ne s'est inquiété de la douleur du cathéter planté dans ma chair, des points de suture dans mon intimité déchirée, et de tout ce sang qui coule à flots entre mes jambes et déborde de la couche géante dont on m'a affublée comme une vieille femme incontinente ? J'avais mal. J'avais envie de leur hurler de sortir de cette chambre et de me ficher la paix. Je n'avais pas dormi depuis quarante-deux heures. J'ai eu des contractions régulières pendant vingt-huit heures. Un train m'est passé sur le corps. Je ne sais même pas comment mes yeux pouvaient rester ouverts. Mais rien de tout cela n'intéresse ceux qui me rendent visite. Ce n'est plus moi qui compte, maintenant. Alors, je mens. J'affirme que tout est merveilleux, puisque c'est ce qui se dit quand on vient d'avoir un enfant. Vers 22 heures, tout le monde semblait installé dans ma chambre comme à un spectacle. Alors que je me demandais quand cette torture prendrait fin, l'infirmière m'a proposé d'emmener Marine pour la première nuit.

— On peut vous l'amener quand elle se réveille pour que vous lui donniez le sein et vous pourrez dormir un peu, votre accouchement n'a pas été facile.

J'ai accepté avec un soulagement immense. Quand elle a emporté le berceau transparent, j'ai murmuré qu'elle allait me manquer. En réalité, j'ai eu l'impression de mieux respirer en la voyant s'éloigner.

Depuis ce matin, de nouveau, ma chambre s'est transformée en hall de gare. Ma mère, mes beaux-parents, Éléonore, des amis, les sœurs de Thomas… Il a même réussi à négocier avec le personnel hospitalier de laisser passer ses cousins en dehors des horaires de visite. Je n'ai aucune envie de voir tous ces gens. J'ai envie d'être seule. Quand ils partent enfin, même Thomas, je ressens un léger apaisement. J'ai besoin de silence pour intégrer cette nouvelle incroyable : il n'y a plus de Coquillette, il n'y aura plus de galipettes dans mon ventre, de conversations avec mon nombril, allongée sur le canapé. Maintenant, j'ai une fille, elle s'appelle Marine. Elle est née hier à 17 h 11.

Et Coquillette me manque.

Quand je la prends pour qu'elle tète, elle s'énerve sur mon sein. La sage-femme, appelée pour une césarienne d'urgence, me laisse me débrouiller seule. Je ne sais pas comment positionner Marine. J'ai peur de l'éblouir avec la lumière du néon. Elle me fait mal. Elle pleure. J'essaye de la bercer, mais ses cris empirent. Désemparée, j'appuie sur le bouton d'appel. Personne ne vient. J'éclate en sanglots, impuissante. Elle finit par boire un peu et elle se calme. Je reste seule dans la chambre, hébétée. J'éteins la lumière. J'écoute. Je n'arrive pas à fermer les yeux, terrifiée à l'idée qu'elle arrête de respirer. J'ai beau être épuisée, il m'est impossible de dormir. *C'est ma fille, elle s'appelle Marine. Elle est née hier à 17 h 11.* Je n'y crois pas. Je ne la connais pas. Je pose les mains sur mon ventre, surprise de ne plus sentir tes mouvements, ta présence. C'est la première fois depuis neuf mois que je suis seule. J'ai l'impression que tu m'as abandonnée. Je t'ai perdue, ma Coquillette.

OCÉANE

Mam's avait essayé de convaincre Océane de venir la rejoindre pour Thanksgiving. Elle avait proposé de lui prendre un billet d'avion pour Chicago. Elle avait appelé et écrit encore plus que d'habitude. Elle lui avait envoyé des photos de la chambre qui l'attendait dans le nouvel appartement et que Mam's et Amanda avaient mis des heures à décorer. Océane, touchée, avait longuement hésité. Elle avait toutefois fini par répondre qu'elle ne pouvait pas laisser son père tout seul. Elle n'avait pas osé lui proposer d'inviter sa mère et sa sœur à Kefalonia. Pour la première fois depuis la naissance d'Amanda, les deux sœurs avaient fêté Thanksgiving l'une sans l'autre, ce qui avait profondément déprimé Océane. Elle avait envie d'appeler sa mère, de s'excuser, d'entendre sa voix. Mais elle craignait de rendre la situation entre ses parents encore plus compliquée.

Quelque chose avait changé dans sa relation avec son père, depuis la soirée qu'ils avaient passée avec

Mei. En temps normal, Océane aurait spontanément rangé le souvenir de cet événement dans le coin de son cerveau qu'elle appelait le grenier de l'oubli. Mais Mei ne lui en avait pas laissé la possibilité : elle reparlait sans cesse du dîner avec des étoiles dans les yeux. Mei était une personne fondamentalement franche. Parfois un peu trop, comme quand elle commentait les habits d'Océane, beaucoup trop sobres selon elle. Il faut préciser que Mei se considérait vêtue sobrement dans toute tenue qui ne la faisait pas ressembler à un panneau de signalisation réfléchissant. Elle avait trouvé la maison magnifique, le repas délicieux et, surtout, Alain Vasseur absolument adorable, cultivé, passionnant et généreux. Elle était tout à fait sincère. Comme un musicien né avec l'oreille absolue, Océane repérait la moindre fausse note dans l'intonation d'un interlocuteur. Chaque fois que Mei prononçait une parole gentille à propos du père d'Océane, cette dernière repensait à la dureté des critiques d'Alain Vasseur après son départ. C'était comme tirer sur un petit fil qui dépasse de la manche d'un pull. Elle ne pouvait pas s'en empêcher. Et d'autres propos, d'autres événements, remontaient alors à la surface sans qu'elle arrive à repousser leur souvenir. L'aveu de l'idylle de son père avec cette étudiante venait se confronter à une dispute violente, qu'Océane avait surprise entre ses parents quelques mois plus tôt. Elle avait entendu son père jurer qu'il ne s'était rien passé avec cette fille, que Mam's était folle, hystérique, que sa jalousie devenait maladive. Pouvait-il vraiment avoir menti avec un tel accent de vérité ? Ou Océane avait-elle cru ce qu'elle voulait croire, parce qu'elle n'avait pas le choix ? S'il avait menti à ce sujet, peut-être avait-il menti sur d'autres points ? Et puis, elle n'aimait pas la façon dont il avait qualifié sa maîtresse : *idiote* et *instable.* Comme s'il n'avait aucune responsabilité dans toute cette histoire. C'était à la suite de cette conversation que Mam's avait décidé de divorcer. S'il avait menti, peut-être sa mère avait-elle ses raisons de ne pas lui pardonner. Et de souvenir en souvenir, Océane finissait par se demander si son père, ce héros persécuté par l'univers, n'était finalement pas un menteur ; voire, comme l'avait hurlé Mam's en projetant le vase chinois du salon contre le buffet français hérité de Mamie, un « séducteur de gamines paumées ». Elle essayait de ne pas y penser, mais elle revenait toujours dans le grenier de l'oubli, et c'était comme si les cartons poussiéreux se mettaient à vibrer et la suppliaient de les ouvrir enfin. Elle ne voulait pas. Il y avait des informations dans cet endroit qu'elle n'était pas capable d'assumer. Une en particulier. La vraie raison pour laquelle, entre Mam's et son père, quelle que soit la situation, elle devrait toujours choisir son père.

Alors, elle ouvrait la fenêtre à guillotine, s'allongeait sur la moquette de sa chambre et soufflait des bulles de savon. Elle les regardait s'envoler vers la cime des érables centenaires. Quand elles disparaissaient de son champ de vision, rondes et lumineuses, elle pouvait s'imaginer qu'elles n'éclataient jamais, et qu'elles volaient jusque dans les nuages pour parcourir le monde et les océans. Elles avaient trouvé le moyen de résister aux cruelles lois de la physique. Et un jour, si les bulles y arrivaient, Océane y parviendrait aussi.

Océane s'était beaucoup rapprochée de Mei, à tel point que Jess avait déclaré en riant, mais avec tout de même une pointe de tristesse, qu'elle avait été « remplacée ». Océane n'osait toutefois pas réinviter Mei chez elle. Elle avait trop peur de ressentir de nouveau ce décalage entre l'attitude de son père et la réalité de son opinion sur son amie. Elle fréquentait désormais régulièrement le *Little Café Bleu*, où elle pouvait boire ses chocolats chauds et manger de délicieux cupcakes ou muffins sans crainte d'entendre les réflexions de son père. Elle décida donc de proposer à son amie de s'y retrouver. Mei avait la même passion pour les pâtisseries qu'Océane, à ceci près qu'elle n'en subissait pas les conséquences. Elle courait dix kilomètres dans la forêt tous les matins avant son petit déjeuner, quelles que soient les conditions météorologiques. Océane arriva en retard. Elle avait oublié l'heure, occupée à visionner sur YouTube des vidéos de chatons déguisés en citrouilles envoyées par sa petite sœur.

En la voyant entrer dans le café, Ben leva les yeux et sourit.

— Un muffin double chocolat et un chocolat chaud supplément chantilly ?

Elle hocha la tête. Après avoir méthodiquement testé l'intégralité des gâteaux et des boissons chaudes du *LCB*, comme l'appelait Ben, elle était arrivée à la conclusion que rien ne valait le combo muffin double chocolat et chocolat chaud chantilly. Une fois, Ben avait fait une remarque totalement absurde sur le fait que, tout de même, c'était beaucoup de chocolat… Comme si quoi que ce soit pouvait contenir trop de chocolat. Après cette remarque, Océane aurait pu légitimement se méfier du jeune homme. D'autant plus qu'elle avait compris quelques jours plus tard que Ben laissait son numéro de téléphone sur tous les gobelets de toutes les étudiantes qui mettaient un pied dans le *Little Café Bleu.* Toutefois, Océane aimait bien Ben. Elle passait au café le mercredi et le vendredi, parce que le bus qui la ramenait chez elle s'arrêtait en face du *LCB* pile à l'heure du goûter. Deux ou trois fois, elle était arrivée trop tard, et, petite tragédie du quotidien, le stock de muffins double chocolat du jour était épuisé. Depuis, Ben lui en mettait toujours un de côté. Quand elle commandait, son muffin était déjà dans un sac en papier, posé au-dessus de la machine à café. Ce qui la touchait le plus, ce n'était pas tant l'attention, mais le fait qu'il ne l'ait jamais fait remarquer. Il tendait son muffin à Océane, comme s'il était parfaitement normal d'anticiper les jours de passages et les commandes de tous les clients du *Little Café Bleu.* Pour le remercier, elle avait proposé, pour lui faire gagner du temps, d'inscrire à l'avance son numéro de téléphone sur une cinquantaine de verres en carton. Il avait ri sans la moindre gêne et expliqué qu'il était indispensable à sa tactique de demander le prénom de la jeune fille qu'il draguait et de prétendre l'écrire sur le gobelet. L'effet de surprise, à la découverte du numéro, étant un élément crucial de sa stratégie de séduction. Cette conversation avait définitivement brisé la glace et ils avaient fait connaissance. Il était étudiant en physique, en dernière année à Bronwell. Il se passionnait notamment pour la tension superficielle des liquides et le hockey sur glace. Deux sujets qui n'intéressaient pas le moins du monde Océane. Ben était cependant si enthousiaste quand il évoquait l'un ou l'autre qu'il était agréable de l'écouter parler.

Son chocolat dans une main et son muffin dans l'autre, Océane vint s'installer en face de Mei.

— Regarde, chuchota celle-ci avec un sourire, il m'a laissé son numéro.

Océane expliqua alors à Mei qu'il ne fallait pas trop compter sur l'amour transi de Ben et demanda à celui-ci de venir expliquer son stratagème. Ben leur offrit un cookie pour se faire pardonner.

— Tu n'as pas honte ? demanda Mei, vexée (mais pas suffisamment pour refuser le délicieux cookie aux noix de pécan caramélisées de la réconciliation).

Ben haussa les épaules et, l'établissement étant vide, il s'installa sur une chaise voisine.

— Pas du tout, je crée juste des opportunités. Si une fille a envie de m'appeler, elle m'appelle, sinon, je ne lui en reparle pas, je ne suis pas lourd : je n'insiste jamais.

Mei leva les yeux au ciel.

— Enfin, tu ne peux pas faire comme tout le monde et sortir avec une fille de ta promo à une soirée ?

— Je suis en spécialité physique : il y a une moyenne de quatre-vingt-sept pour cent de garçons dans mes cours…

— Je vois, dit Mei avec un air pensif, tu devrais assister à mon cours du lundi, on est vingt-deux filles, pas un seul garçon.

Océane assistait à la conversation avec un certain intérêt. Ben se pencha en avant, subitement très curieux.

— Vingt-deux filles ? C'est une excellente idée ! Il faudrait que je m'inscrive au second semestre.

Mei eut un grand sourire hypocrite.

— Oh, mais n'attends pas le second semestre, je peux demander à la prof que tu y assistes comme simple spectateur, si tu veux.

— Ce serait génial ! Ta copine est trop sympa, s'exclama Ben en se tournant vers Océane.

— Parfait, c'est décidé, dit Mei, rendez-vous lundi à 11 heures au pied de la tour de l'horloge.

Un client arriva et Ben dut reprendre sa place derrière le comptoir.

— C'est quoi exactement, ton cours du lundi ? demanda Océane.

— « Révolution féministe et lutte contre le patriarcat ».

Mei rajusta son écharpe vert pomme et croqua dans son cookie avant de poursuivre avec un petit sourire satisfait :

— Il va se faire massacrer.

J'ouvre les yeux. Ma chambre aux murs blanchis à la chaux est simple et propre. Deux grandes fenêtres s'ouvrent de chaque côté du lit et les rayons du soleil caressent le blanc des draps, quelle que soit l'heure de la journée. Je suis arrivée à Bali, « l'île des dieux », l'une des plus petites îles d'Indonésie, comme l'indique mon guide. Sur les conseils de Liberty, qui m'a déconseillé de loger au bord de la mer où pullulent les touristes, j'ai pris un ferry puis un bus jusqu'à Denpasar. Le jour même, je suis montée dans un bemo en direction d'Ubud, un village traditionnel hors du temps dans la montagne, entouré de temples et de rizières. J'ai réservé une chambre individuelle dans un losmen tenue par une famille balinaise. La mère cuisine, le père gère les réservations, le fils et la belle-fille s'occupent du ménage. Un petit garçon de quatre ou cinq ans, nommé Bayu, surgit parfois sans prévenir, essoufflé et heureux. Il m'adresse un sourire et quelques *mots en indonésien avant de repartir à la poursuite d'un ballon, d'un papillon ou d'un dragon imaginaire. Quant à la grand-mère, assise sur une chaise de jardin dont l'emplacement varie selon les jours, elle contemple, paisible, le temps qui passe avec un sourire de Joconde.*

Je suis la seule occupante des lieux et le propriétaire m'a non seulement fait un prix, mais aussi donné la plus belle chambre. Je n'avais pas négocié et cette marque de gentillesse m'a fait monter les larmes aux yeux. Je ne pensais pas mériter la moindre compassion. Cinq nuits sont passées et je n'ai pas envie de partir. Je me sens bizarrement à ma place dans cet endroit calme et verdoyant.

Dans le jardin qui entoure le bâtiment se trouvent une mare recouverte de fleurs de lotus roses et un autel surmonté d'une statue avec une tête d'éléphant. « C'est Ganesh, le dieu protecteur des foyers », m'a expliqué le propriétaire, quand il a surpris mon regard curieux. À ses pieds, on a disposé des fleurs, des bougies et des bâtonnets d'encens. Tous les matins, les habitants d'Ubud déposent des offrandes devant leur porte ou les autels qui se dressent un peu partout : de petits paniers de bambou, ou de simples feuilles de cocotier, remplis de fleurs colorées, d'un peu de riz et d'encens pour contenter les esprits. J'ai lu que ce rituel servait à remercier les dieux bienfaisants et à apaiser les mauvais esprits. Il ne s'agit pas de demander quoi que ce soit, mais de montrer sa reconnaissance pour ce que l'on a reçu.

J'ai rêvé de toi. Tu dormais paisiblement dans un couffin au bout du monde. Je t'observais à travers la vitre épaisse qui nous séparait. J'avais du mal à reconnaître ton visage, tu as dû beaucoup changer depuis mon départ. Tu ne pouvais ni me voir ni m'entendre. Tu avais l'air parfaitement sereine sans moi.

J'enfile un sarouel et un tee-shirt et je sors pieds nus dans le patio. La grand-mère, ses mains parcheminées posées sur les genoux, observe le ciel. Devant le seuil de la cuisine, Bayu est assis par terre à ses pieds, l'air maussade. Pas de dragons imaginaires à pourfendre aujourd'hui. Quand il me voit, il me tend un mot en anglais manifestement rédigé à la hâte par ses parents avant un départ précipité : « Problème dans famille, pas possible petit déjeuner aujourd'hui. Désolés. » Un coup d'œil autour de moi me confirme que seuls l'enfant et la grand-mère sont restés. Je décide de retourner dans ma chambre, quand la pluie se met à tomber. La vieille femme ne fait pas un geste pour rentrer à l'intérieur et, à l'expression inquiète de l'enfant, je comprends qu'elle est incapable de se déplacer.

En montrant l'intérieur de la cuisine, je lui demande si elle veut que je l'aide à rentrer. Elle hoche la tête et Bayu semble soulagé. Je la porte avec sa chaise à l'abri des gouttes. Une fois dans la cuisine, elle me parle dans sa langue avec douceur. Je pourrais sortir et m'acheter à manger dans n'importe lequel des innombrables cafés et restaurants du quartier, mais il est probable que s'il n'y a pas de nourriture pour moi, ils n'auront rien non plus. Je fais signe de porter quelque chose à ma bouche.

— Manger ?

Ils secouent la tête.

— Sorry, *murmure le garçonnet.*

Ils n'ont pas compris. J'hésite, saisis une casserole, me désigne du doigt tout en mimant l'action de cuisiner. Son visage s'illumine et il dodeline de la tête en signe d'assentiment. Je me tourne vers la vieille femme, qui m'offre un sourire encourageant. La pluie crépite à l'extérieur, éclaboussant le seuil de la porte et le rebord de la fenêtre ouverte. J'ouvre les placards, les tiroirs et le vieux réfrigérateur qui ronfle. Je déniche des œufs, du lait, de la farine, du sucre et de l'huile. Assis à table, la grand-mère et son petit-fils observent chacun de mes gestes avec fascination. Dans un saladier, je verse de la farine, j'y creuse un puits pour y casser mes œufs. Je mélange, ajoute progressivement le lait et un peu de sucre. Mon étrange public échange avec animation. Je ne comprends pas leur discussion, mais j'imagine qu'ils font des hypothèses ou commentent mes actions. Sur une étagère remplie d'épices, je m'empare d'une gousse de vanille. Je la coupe en deux et racle l'intérieur au-dessus de mon saladier. Je fais chauffer la poêle avec un peu d'huile, regrettant de n'avoir pas de beurre à disposition. Bayu s'est approché, les sourcils froncés. L'odeur des crêpes envahit la cuisine. La première est dorée, ronde et lisse. Quand je tente de la retourner, elle se déchire. Une moitié trop cuite, l'autre encore collante. La déception me serre la gorge, mais en voyant le visage de l'enfant s'affaisser, je lui explique :

— C'est normal, la première est toujours ratée.

Mon ton doit être suffisamment rassurant, car il me sourit.

Je recommence, cette fois en centrant la poêle. J'attends d'être sûre que la pâte soit cuite, puis je saisis le manche d'une main ferme.

— Regardez bien !

Mon auditoire écarquille les yeux, conscient que quelque chose d'important va arriver. D'un geste sec du poignet, j'envoie la crêpe dans les airs, elle fait un double salto et je la rattrape de justesse dans ma poêle cabossée. Bayu éclate de rire. Ils applaudissent et une fierté un peu absurde fait rosir mes joues. J'en fais deux d'affilée, les dispose dans des assiettes, saupoudre de sucre. Dans un élan de créativité, j'ajoute de la noix de coco râpée sur l'une et un soupçon de cannelle sur l'autre. Je les roule avec soin et les place cérémonieusement devant mes hôtes. Timidement, Bayu goûte. Son visage s'illumine, puis il engloutit le reste de sa crêpe en quelques secondes. Sa grand-mère, plus raisonnable, mange par petites bouchées, non sans me remercier abondamment.

Rassérénée, je poursuis mes crêpes, les fais sauter de plus en plus haut, pour la plus grande joie de Bayu, jusqu'à ce que, rassasié, il reparte jouer dehors où la pluie, aussi intense que brève, a cessé. La grand-mère prend l'assiette que je lui tends, tout en tapotant son ventre pour signifier qu'elle n'a plus faim. Elle saupoudre la crêpe de sucre et de noix de coco, la roule, avant de me l'offrir avec un sourire. Je n'ai même pas pensé à les goûter. Plus pour lui faire plaisir que par réelle envie, je la remercie et sans réfléchir, je prends une bouchée. Elle est chaude, parfaitement cuite, moelleuse et dorée. Je ferme les yeux, prise par surprise. Je laisse le sucre et la noix de coco fondre dans ma bouche. J'avais oublié à quel point j'aimais les crêpes. Celle-ci a le goût des fous rires dans la cuisine avec ma mère, de l'insouciance et de l'enfance. Le goût du plaisir partagé. Je laisse monter la vague de chaleur dans ma poitrine, cette sensation à la fois si familière et si lointaine qui fait briller les yeux et donne envie d'être heureux sans aucune raison valable. Et quelque part au fond de moi, une petite flamme s'allume : la vie ne peut pas être si triste, si je suis capable de partager quelque chose d'aussi bon avec des inconnus dont je ne parle même pas la langue. À l'idée que tous les paysages magnifiques que j'ai découverts depuis mon arrivée, les temples, les volcans, les plages de sable fin m'ont apporté moins de plaisir qu'une bouchée de crêpe, j'ai presque envie de rire. Sous le regard attentif et bienveillant de la vieille femme, je termine mon repas en silence. Je repense à ce que m'a appris cet homme, lors de l'ascension du volcan : des petits pas, un à la fois, doucement. Je me répète désormais souvent ces mots comme un mantra. Et je comprends que je viens d'en faire un vers l'avant, presque par inadvertance.

Plus tard, je sors dans le jardin. La chaleur est revenue. L'humidité flotte toujours dans l'air, accompagnée par une odeur de fleurs et d'herbe mouillée. Je m'assois sur une pierre plate que le soleil a déjà séchée. Il plane dans l'atmosphère une sérénité contagieuse. Dans une feuille de cocotier, je dépose une fleur de jasmin, une autre de bougainvillier et un morceau de mangue. Je m'approche de la statue de Ganesh, le dieu protecteur du foyer. En déposant mon offrande parfumée à ses pieds, je murmure :

— Merci pour les crêpes.

Et, en silence, dans le fond de mon cœur, je lui demande de te protéger.

CLAIRE

J'avais besoin de sortir de la maternité, de revenir à la maison, de retrouver mes repères. Pourtant, je suis encore plus désemparée chez moi. À l'hôpital, j'avais la possibilité d'appeler l'infirmière quand j'étais perdue. Ici, je suis seule. Assise sur le canapé, j'observe Marine qui dort dans son couffin à côté de moi. Machinalement, je pose la main sur mon ventre vide. Thomas cuisine en fredonnant. Il m'a demandé si je n'étais pas trop fatiguée pour accueillir nos parents et Éléonore, je n'ai pas eu le cœur de refuser. Il a l'air tellement heureux.

Tout le monde débarque en retard, ma mère a apporté une moussaka. « J'ai hâte de cuisiner pour ma petite-fille. » Éléonore et Jean-Marc, un tiramisu. « Tu es sûre que tu n'es pas trop épuisée, ma chérie ? Tu nous dis quand tu veux qu'on parte. » Mes beaux-parents, Christine et Pierre, deux bouteilles de champagne et un foie gras. « Maintenant que tu as le droit d'en manger. »

— Je n'en reviens pas que vous nous receviez le jour de ta sortie de la maternité, dit Jean-Marc, impressionné, en m'embrassant. Quand Éléonore a accouché, elle n'a voulu voir personne pendant deux semaines.

— Peut-être, mais j'en ai eu deux d'un coup ! proteste Éléonore en se penchant sur Marine. Oh là là, elle est tellement mignonne ma filleule, on oublie à quel point c'est minuscule, à cet âge-là.

— Vous ne vous posez pas la question d'un petit troisième ? lui demande Christine, ma belle-mère.

Éléonore éclate de rire.

— La seule question que je me pose, c'est de savoir si je prends la pilule en plus de mon stérilet pour être sûre que le petit troisième n'arrive jamais !

Éléonore se sert un verre de sancerre et m'entraîne sur le balcon pour fumer une cigarette. Elle me tend une enveloppe dorée.

— Tiens, c'est pour toi. Il n'y a pas de raison que ce soit Marine qui récupère tous les cadeaux alors que c'est toi qui as fait tout le travail.

Dans l'enveloppe, je trouve un bon pour un massage dans un spa où nous sommes allées toutes les deux, juste avant que je tombe enceinte. Ce n'est pas si vieux, pourtant j'ai l'impression que c'est arrivé dans une vie antérieure, ou à une autre personne.

Éléonore m'examine les sourcils froncés.

— Tu es sûre que ça va ? Tu es toute pâle. Il faut se reposer, tu sais, c'est fatigant, d'avoir un bébé.

J'entends le bruit du bouchon de champagne, les rires des invités à l'intérieur. À travers la vitre, j'observe le bonheur fuser de toutes parts. Je le vois, partout autour de moi, je ne le ressens pas.

— Oui, il faut que je m'habitue.

— C'est difficile, le début, mais tu peux m'appeler à n'importe quelle heure et me poser toutes les questions que tu veux ! Et puis, si tu veux passer une soirée tranquille, je viens te la garder, j'en ai eu deux, je gère les nouveau-nés aussi bien que le chardonnay !

Son insistance m'agace, je ne suis pas une incapable, je n'ai pas besoin de tous ces conseils non sollicités dont tout le monde m'abreuve depuis trois jours. Elle avale une gorgée de son verre, me sourit avec douceur et je me souviens qu'il s'agit d'Éléonore, ma meilleure amie, ma sœur. Je peux lui faire confiance. Prudemment, je lui demande :

— Est-ce que… est-ce que tu te sentais vide après avoir accouché ?

— Vide ? (Elle réfléchit quelques secondes, l'air surpris.) Non, je me sentais crevée. Mais tu sais, la grossesse c'était pas mon truc, entre la sciatique, les hémorroïdes, les varices, les interdictions de boire, de fumer, de manger et mes vingt-trois kilos en plus, je me suis surtout sentie soulagée ! Et puis, je les surkiffais tellement, ces deux petits gnomes, ça compensait tout le reste !

Je hoche la tête. Ma belle-mère ouvre la porte, Marine pleure dans ses bras.

— Elle s'est réveillée, je crois qu'elle a faim, annonce-t-elle avec un grand sourire.

Je lui réponds d'un air furieux :

— Ça ne va pas, de la sortir dehors comme ça, Christine ! Elle a quatre jours, elle pourrait prendre froid !

J'ai presque crié et tout le monde me dévisage avec les yeux ronds. J'arrache Marine à ma belle-mère, éberluée par mon agressivité et l'emmène dans la chambre pour l'allaiter. Une fois seule, je colle Marine contre mon sein douloureux et elle ne tarde pas à se calmer. *Je les surkiffais tellement, ces deux petits gnomes.* Je baisse les yeux sur Marine. Est-ce que moi, je *surkiffe tellement* ma fille ? Je n'ai pas le temps de répondre à la question, ma mère entrebâille la porte.

— Mais pourquoi tu te caches ? Dans le noir, en plus ! Ça ne choque personne ici, tu sais bien.

Elle s'assoit sur le lit à côté de moi et caresse avec douceur la tête de mon bébé à trois millimètres de mon sein. Le geste, mélange de tendresse naturelle et de sans-gêne, me hérisse. Elle ne s'en rend pas compte et pousse un soupir de contentement.

— Je viendrai la garder, d'accord ? Comme ça tu pourras te reposer et moi je profiterai de ma petite-fille. Christine sera ravie de s'en occuper aussi. D'ailleurs, tu y es allée un peu fort sur le balcon, non ? Il fait trente degrés, elle ne risque pas de prendre froid.

Je l'écoute à peine, terrifiée par tous ces gens qui veulent s'approprier mon bébé. Et s'ils la sortaient sans la couvrir ou oubliaient de se laver les mains avant de préparer un biberon ? S'ils la laissaient dormir sur le ventre et qu'elle arrêtait de respirer ? S'ils s'en occupaient mieux que moi et qu'elle les aimait plus ?

— Pour le moment, la seule chose dont j'ai besoin, c'est d'être tranquille.

J'ai parlé de nouveau de cette voix sèche qui n'est pas la mienne et la surprise se peint sur le visage de ma mère.

— Oui, bien sûr…

Elle hésite avant de poursuivre :

— Tu sais, tu fais peut-être un peu de baby blues, c'est normal après la naissance, mais d'ici quelques jours, tu nageras dans le bonheur, je te le promets.

— Maman, je vais très bien, OK ? Je n'ai pas besoin d'aide ou de conseils. J'aimerais juste, quand je vais m'enfermer dans ma chambre, que les gens aient la délicatesse de saisir que c'est parce que j'ai besoin d'être seule !

Elle reste interdite quelques secondes, puis elle se lève et sort sans un mot. Je me retrouve seule avec Marine. Le soulagement que j'attendais ne vient pas. Je ne comprends pas la multitude de sentiments contradictoires qui m'agitent. Je ne sais pas pourquoi j'ai accepté ce dîner. Je ne sais pas pourquoi j'en veux à la Terre entière. Je ne sais pas pourquoi je ne *surkiffe* pas ma fille, ni pourquoi je voudrais que ma maman revienne alors que je viens de la mettre à la porte. Je ne sais pas pourquoi je sanglote comme une petite-fille enfermée dans une chambre obscure avec l'impression d'avoir le cœur brisé, tandis que, dehors, tout le monde se réjouit de ce qui était supposé être le plus beau jour de ma vie.

OCÉANE

Il avait commencé à neiger à Kefalonia deux semaines après Thanksgiving, ce qui était remarquablement tard pour la région. Une épaisse couche de blanc s'était formée sur les arbres, les routes et les toits des maisons. Kefalonia hibernait sous sa couette blanche. Une seule sensation subsistait : celle du froid sec qui transperçait les manteaux de ski et les bottes fourrées, l'uniforme désormais de rigueur des étudiants de Bronwell, que ce soit pour aller en cours ou sortir le samedi soir en boîte de nuit. Océane se surprenait à aimer cet hiver radical, les chutes d'eau gelées en stalactites de glace pure qui scintillaient au soleil, le sucre glace immaculé qui, à perte de vue, avait recouvert les sapins jusqu'à leurs plus frêles brindilles. Tout ce qui l'agressait avant – le gris, le sale, les odeurs, le bruit – avait disparu sous un linceul blanc d'une douceur infinie.

Elle vérifia pour la quinzième fois son reflet dans la glace. Maquiller ses yeux suffirait. On lui avait répété toute son enfance qu'elle avait des yeux magnifiques. C'était d'ailleurs la seule caractéristique physique d'Océane qui ait jamais attiré un compliment par quelqu'un d'autre que sa mère. Ils étaient d'une couleur changeante selon le temps et les saisons, du bleu-vert des eaux chaudes et transparentes qui bordent les plages des îles désertes et dont la teinte varie au gré des bancs de sable fin. Ce qui était d'autant plus saisissant qu'Océane était brune. Le reflet que lui renvoya la glace lui sembla pour une fois acceptable. Océane se maquillait peu, sa peau était trop réactive. Un fond de teint mal choisi pouvait générer des plaques qui la démangeraient pendant des semaines. Même quand elle portait les produits cent pour cent naturels achetés à prix d'or par Mam's au Bloomingdale's de Magnificent Mile, sa peau la tirait. Pour une fois, toutefois, elle avait fait une exception. Ce soir, elle dînait avec Jonathan Harris. Elle n'en revenait pas, mais c'était arrivé. Il l'avait convoquée, mardi, à la fin du cours et lui avait dit :

— Océane, que diriez-vous de passer chez moi à 18 heures samedi prochain ? Je voudrais vous parler de quelque chose.

Océane était restée figée pendant quelques longues secondes, le temps de laisser la déferlante qui s'était levée dans sa poitrine se déployer et retomber dans un bouillonnement de sentiments aussi violents que merveilleux. Excitation et épouvante. Éblouissement et effarement. Elle était à peu près sûre qu'elle avait accepté, puisqu'il avait griffonné son adresse sur un Post-it jaune, qu'elle avait rangé dans son portefeuille, juste à côté de la citation de Gustave Flaubert qui l'avait tant bouleversée, des années plus tôt. Depuis mardi, elle avait ressorti le Post-it, unique preuve qu'elle n'avait pas imaginé cette invitation, environ deux cent cinquante mille fois :

Samedi — 6 p.m.
67 West Buffalo Street
Appartement 201

Elle avait caressé chaque mot comme s'il s'était agi d'une déclaration enflammée, effleuré de la pulpe de son doigt l'inflexion nerveuse des *f* et la plénitude du *o*. Elle savait qu'elle aurait dû être déçue. Son père, comme d'habitude, avait raison : elle n'avait aucun talent. Jonathan Harris s'était intéressé à elle pour les mauvaises raisons. Pourtant, elle s'en fichait. Elle pouvait très bien écrire seule, sans talent et sans espoir que quiconque lise et s'intéresse un jour à ses textes. Que représentaient ses rêves d'écriture ou ses projets d'études face à l'Amour, le vrai, celui que certains cherchent toute leur vie sans jamais l'atteindre ? Alors, Jonathan pouvait bien la séduire, la mettre dans son lit ou ne jamais la rappeler... Elle était prête à prendre tous les risques. Elle était amoureuse. Évidemment, le commentaire de son père concernant la réputation de Jonathan Harris avait ressurgi quelques fois dans les projections folles qui dansaient devant ses yeux pendant ses nuits d'insomnies. Mais elle l'avait remisé dans le grenier de l'oubli, là où elle stockait les informations trop compliquées à gérer, émotionnellement parlant ; à côté de cette conversation horrible que ses parents avaient eue avec elle le jour de ses sept ans et qui avait changé sa vie, ou encore des mots qui avaient été employés pour qualifier son père et sa relation avec cette étudiante restée quatorze jours dans le coma après sa tentative de suicide. Ce coin de cerveau envahi d'un brouillard salvateur commençait cependant à être sérieusement encombré de souvenirs indésirables. Océane descendit les escaliers à toute vitesse. Elle était très en avance, mais elle voulait à tout prix éviter de croiser son père ; or il ne tarderait pas à rentrer de l'université.

Il était 17 heures et la nuit commençait à tomber. Océane s'était emmitouflée sous de nombreuses couches de pulls, sous-pulls et doudoune, son écharpe qui recouvrait son nez et son bonnet enfoncé au maximum ne laissaient visibles que ses yeux. Il neigeait et la vision des flocons voltigeant dans les cônes de lumière des réverbères l'enchantait. Elle marcha jusqu'à l'arrêt de bus, émerveillée par le son feutré de ses pas sur le tapis blanc et la légèreté des flocons qui venaient se poser dans le creux de ses gants. La devanture rouge du *Little Café Bleu* était éclairée. Le café était vide à l'exception de Ben, derrière le comptoir, concentré sur son téléphone portable. Océane sourit en apercevant, depuis le trottoir d'en face, le slogan écrit en travers de son pull. La stratégie de Mei pour ridiculiser Ben en l'invitant à son cours « Révolution féministe et lutte contre le patriarcat » avait lamentablement échoué. Au lieu de draguer ses camarades de classe, Ben, qui avait toujours détesté l'injustice, s'était révolté en réalisant qu'une moitié de l'humanité ne bénéficiait pas des mêmes droits que lui. En quelques semaines, il avait englouti une bonne partie de la littérature féministe américaine et européenne et était devenu membre de l'association de défense des droits des femmes de l'université. Il avait même participé à quatre manifestations, dont une pour laquelle il lui avait été demandé de venir déguisé en pénis, ce qu'il avait accepté de bonne grâce. Depuis quelque temps, il ne portait plus que ce genre de sweat-shirts aux messages plus ou moins percutants, à l'image de celui du jour : « Ovaires et contre tous ».

Océane hésita, mais elle arriverait avec plus de quarante minutes d'avance si elle prenait le premier bus et, frileuse comme elle l'était, attendre dans la rue n'était pas une option. Le bus suivant, en revanche, lui permettait d'arriver à 18 heures pile chez Jonathan Harris. Elle traversa la rue et entra dans le café. La sonnette tinta et Ben ne leva pas la tête. Ce qu'il regardait sur son téléphone paraissait le captiver. Océane dut se racler la gorge à deux reprises pour qu'il réalise sa présence.

Il sourit en l'apercevant.

— Salut, abominable femme des neiges ! Un chocolat chaud supplément chantilly et un muffin double chocolat ?

Océane déroula son écharpe, secoua son bonnet et accrocha la doudoune recouverte de flocons au portemanteau.

— Juste un thé, j'ai un dîner.

Ben haussa un sourcil amusé.

— Un dîner ? Avec un mec ?

Océane rougit et haussa les épaules. Ben saisit un gobelet qu'il remplit d'eau brûlante et vint le poser devant la jeune fille, les yeux pétillants de malice.

— Alors, qui est l'heureux élu ?

— Pas envie d'en parler, murmura-t-elle en examinant les thés sur le comptoir.

— OK, tu veux voir un truc vraiment cool, alors ?

Il saisit son portable et le tourna vers Océane qui abandonna sa sélection de thé pour suivre la vidéo que Ben avait lancée. Elle s'intitulait : « Ainsi gèlent les bulles de savon ».

— Regarde.

Sur l'écran, on voyait une bulle de savon posée sur de la neige. Devant les yeux étonnés d'Océane, elle se couvrit peu à peu de cristaux très nettement dessinés, en forme d'étoiles et de délicates plumes blanches avant de geler complètement. Océane était sidérée. Elle pensait être l'unique personne au monde à s'intéresser aux bulles de savon. Or cette vidéo extraordinaire possédait des milliers de vues.

— Comment ça marche ? demanda-t-elle, fascinée.

— Il y a trois couches dans la membrane d'une bulle de savon : une couche de molécules d'eau prisonnières de deux couches de molécules de savon. Elles gèlent à moins quinze, expliqua Ben avec ardeur, la forme des cristaux de glace se modifie en fonction du climat, notamment de l'humidité ou du vent, et la couleur aussi en fonction de la lumière. Il suffit de la bonne température et des bonnes conditions au bon moment et les bulles gèlent, comme des globes de verre finement ciselés.

— C'est magnifique, murmura Océane.

— Oui, et ça les rend beaucoup plus résistantes, on peut même les toucher sans les faire éclater.

Ils étaient tous les deux penchés sur le comptoir pour mieux voir la vidéo, une mèche de cheveux d'Océane frôlait la main de Ben, mais elle était bien trop concentrée pour remarquer cette proximité inhabituelle. Cette cristallisation des bulles l'hypnotisait. Personne ne savait que les bulles pouvaient geler. Le monde entier pensait que rien n'était plus fragile, plus éphémère et délicat qu'une bulle de savon. Et c'était faux. À la bonne température et dans le bon environnement, elles savaient résister. Soudain, tous les espoirs étaient permis. Peut-être qu'Océane n'était pas aussi fragile qu'elle le pensait. Peut-être qu'elle avait beaucoup plus de ressources que ce qu'elle croyait. Peut-être qu'à la bonne température et dans le bon environnement, Océane pouvait être bien plus forte que ce que le monde entier imaginait.

— Comment tu as trouvé cette vidéo ?

— Je m'intéresse aux bulles de savon, répondit Ben, les yeux fixés sur son écran.

Océane tourna la tête vers lui.

— Tu t'intéresses aux bulles de savon ? répéta-t-elle lentement.

— Oui, la bulle de savon est un objet aux propriétés physiques passionnantes. Plus tard, j'aimerais faire une thèse sur la tension superficielle des bulles de savon…

— La tension superficielle des bulles de savon… répéta à voix basse Océane qui n'avait pas la moindre idée de ce que cela signifiait, mais qui adorait l'idée malgré tout.

— Tu sais, c'est beaucoup plus intéressant qu'il n'y paraît. La bulle de savon est un organisme fragile en apparence, mais dans les bonnes conditions, capable de s'étirer et de se déformer bien plus que ce que la finesse de sa membrane ne pourrait le laisser supposer au premier abord.

Il se lança dans un discours passionné rempli de mots merveilleux et inconnus tels que « tensioactifs », « molécule amphiphile », « tête hydrophile » et « chaîne carbonée hydrophobe ». Océane, subjuguée, avait l'impression d'écouter un poème.

— Ton maquillage a coulé, s'interrompit soudain Ben.

Et du bout du pouce, il essuya une légère trace noire sous l'œil d'Océane. Le geste prit la jeune fille par surprise. Un minuscule contact, même pas un centimètre carré de leurs peaux qui s'étaient touchées, pendant moins d'une seconde. Et pourtant, l'énergie changea dans l'espace. Une petite décharge de chaleur se répandit sur sa joue et se diffusa dans son corps. Le silence prit une autre consistance, celle d'une mince pellicule à trois couches qui isole de la réalité, comme s'ils étaient deux figurines, figées dans le monde miniature idéal d'une boule à neige, entourés de paillettes et de flocons tourbillonnants.

Derrière la vitrine, deux gros yeux jaunes vinrent déchirer l'obscurité et les ramenèrent à la réalité.

— Je dois y aller, réalisa Océane, je vais rater le bus.

— Bonne chance pour ce soir, lança Ben.

Il sembla à Océane qu'il avait mis dans ce « bonne chance » plus de regrets que de conviction.

Sur le comptoir, le thé fumait encore, intact. La clochette tinta, une bourrasque de froid et quelques flocons envahirent l'espace et la porte claqua. C'était terminé.

Océane traversa la rue en courant, son manteau ouvert, son écharpe volant au vent. Le bus était aux trois quarts vide et elle choisit une place sous le chauffage, loin des quelques étudiants qui discutaient au fond. D'ici une demi-heure, elle serait avec Jonathan Harris, seule chez lui. En attendant, elle pensait aux bulles de savon dont la membrane si fine était capable, en givrant, de se recouvrir de cristaux magnifiques et, surtout, de ne plus éclater au moindre contact.

CLAIRE

Marine a les yeux fermés, sa respiration est régulière. Elle a eu huit semaines aujourd'hui. Avec une lenteur et une délicatesse extrêmes, de celles qu'utiliserait un démineur pour manipuler une bombe au plutonium, je la dépose dans son couffin. Pliée en deux, malgré mon dos douloureux, j'attends quelques secondes avant de retirer mon bras, millimètre par millimètre, terrorisée à l'idée de la réveiller. Elle a pleuré toute la journée. J'ai tout essayé. Je l'ai mise au sein vingt fois, je lui ai donné un bain, je l'ai bercée, je lui ai chanté des chansons, j'ai appelé le pédiatre en pleurant. Elle n'a pas de fièvre. Je ne sais pas ce qu'elle a. Les bonnes mères savent probablement pourquoi leur nouveau-né pleure. Moi, je n'en ai pas la moindre idée. Et je suis terrifiée par ses cris. Ils agissent sur moi comme une râpe sur mes nerfs à vif, tout mon corps se bloque, ils me transpercent. C'est le signe que je vais de nouveau me retrouver impuissante à la calmer, incapable de la réconforter. Chaque fois qu'elle pleure, je suis en situation d'échec.

J'ai le bras ankylosé à force de l'avoir bercée, j'ai mal au dos et à la tête. Ce sont les premières minutes de liberté auxquelles j'ai droit depuis ce matin et je panique. Je pourrais me reposer, boire un café, manger, prendre une douche, remplir les papiers de la Sécurité sociale. Impossible de me décider. Je panique à l'idée de perdre ce temps précieux. Je devrais faire une sieste. J'ai accouché il y a huit semaines et depuis, je n'ai pas fait une nuit de plus de trois heures. Quand Marine dort, je me mets tellement de pression pour m'assoupir à mon tour que je n'y arrive jamais. Et si finalement j'arrive à m'endormir, elle se réveille dix minutes après. J'entends la porte d'entrée se refermer et Thomas fait irruption dans le salon.

— Elle dort ? demande-t-il.

Il ne m'a même pas dit bonjour, ni même embrassée, alors que nous ne nous sommes pas vus de la journée. Je me contente de hocher la tête en lui faisant signe de parler à voix basse.

— Elle s'est endormie il y a cinq minutes, ne la réveille pas, s'il te plaît.

Il se penche sur le couffin.

— Tu m'as tellement manqué, Marinette-chou, chuchote-t-il avec un sourire émerveillé. Je voudrais rester toute la journée avec toi.

Tous les surnoms dont il l'affuble m'horripilent. Son bonheur dégouline de lui comme un cornet de glace en plein soleil. Moi, j'ai l'impression de tout donner depuis des semaines à ce bébé, qui en retour ne fait que pleurer. J'ai un terrible sentiment d'injustice. Je suis jalouse, parce que le lien qu'il construit avec sa fille relève de l'évidence, il ne se pose aucune question. Il est devenu père en un battement de cils le jour où j'ai accouché. Pas moi. Et contrairement à ce que m'a promis ma mère, les choses, loin de s'arranger, ne font qu'empirer.

— Je suis crevé, annonce Thomas en se laissant tomber sur le canapé. Au fait, tu es allée chez le pédiatre ? Il l'a pesée ?

— Oui, elle est toujours en dessous de la courbe.

J'en rêve la nuit, de cette courbe. Je suis les petites croix sur le carnet de santé. Je cours chez le pédiatre juste après la tétée, en priant pour qu'elle ne salisse pas sa couche, histoire de gagner cinquante grammes. Le résultat est toujours décevant et affreusement culpabilisant.

Thomas fronce les sourcils.

— Tu es sûre que tu manges assez ?

Sa question m'exaspère. Il enfonce le clou : si ma fille ne grossit pas, c'est à cause de moi. Pas fichue de produire du lait assez nourrissant. Je suis tellement fatiguée que je n'ai plus la sensation de faim. Alors, je grignote n'importe quoi à droite à gauche. Je lui réponds sèchement :

— Je vais prendre une douche, je n'ai pas eu le temps depuis ce matin.

Je vais m'enfermer dans la salle de bains et je me glisse sous l'eau chaude. Je profite du bruit du jet pour sangloter. Comment ai-je pu devenir aussi négative, aussi pessimiste, aussi aigrie ? Pourquoi est-ce que je me sens aussi vide ? J'ai un amoureux prévenant, une petite fille en bonne santé, un joli appartement, le soutien de ma mère et de mes amis.

Ma vie est parfaite et pourtant j'ai l'impression de devenir folle. Je n'ai pas envie d'éteindre l'eau, j'ai peur de tourner le robinet et d'entendre les pleurs de Marine. Je les perçois même quand elle dort, une sorte d'écho angoissant qui ne me quitte jamais, qui me réveille en sursaut quelques minutes après que j'ai enfin réussi à m'endormir.

Quand je sors, je réalise avec soulagement que le silence règne toujours dans l'appartement. J'entends le bruit étouffé de la télévision dont Thomas a baissé le volume au minimum. J'enfile un pyjama, une paire de chaussettes et un sweat confortables. Je vérifie mes e-mails rapidement sur mon téléphone et reste stupéfaite : la mairie nous a attribué une place en crèche. J'ai fait le dossier à mon cinquième mois de grossesse pour les quatre mois de Marine. Pas parce que j'avais l'intention de la mettre en crèche à quatre mois, mais sur les conseils d'Éléonore qui m'avait affirmé que j'aurais plus de chances d'avoir une place plus tard en demandant le plus tôt possible. Je fixe l'e-mail, en état de choc. Je ne m'attendais pas à cette nouvelle. J'avais oublié ces histoires de crèche, de gardes et de nounous. Je n'arrive plus du tout à me projeter dans l'avenir, je me concentre sur comment tenir la journée et ce simple objectif épuise déjà l'intégralité de mon énergie. Tout à coup, cette place en crèche me semble être une issue, la perspective de pouvoir reprendre le travail plus tôt que prévu, une libération.

Je rejoins Thomas dans le salon. Il a posé Marine sur son épaule et regarde la télévision. Je m'assois à côté de lui et râle :

— Pourquoi tu l'as sortie du couffin ? Elle n'est pas supposée voir d'écrans, c'est mauvais pour elle.

— Elle ne le voit pas, répond-il agacé, elle tourne le dos, et de toute façon elle dort. J'avais envie de la prendre, je ne l'ai pas vue de la journée.

— On a eu une place en crèche.

— Ah oui ? C'est génial, ça !

— Pour dans deux mois.

Thomas me dévisage en fronçant les sourcils.

— Mais... elle aura à peine quatre mois.

— Je sais... Mais si on la refuse, on perd la place et il faudra recommencer les démarches à zéro.

— Claire, on ne va quand même pas la mettre à la crèche à quatre mois ? Elle est beaucoup trop petite. En plus, ça voudrait dire que tu arrêtes d'allaiter, non ?

Il a l'air complètement incrédule, comme si je venais de proposer quelque chose d'aussi absurde que de vendre Marine sur eBay. Sa réaction me met en colère. Il a eu une augmentation la semaine dernière et il est sollicité par plusieurs restaurants étoilés. Il continue à vivre sa passion et à s'épanouir dans son travail. Je trouve cette situation horriblement injuste. Un père a le droit de choisir quel père il veut être. Celui qui travaille dur pour gagner de l'argent ou le papa poule qui reste à la maison, voire, celui qui ne fait ni l'un ni l'autre, se contentant de ne servir à rien depuis le canapé du salon. Il a cette liberté immense de choisir son degré d'implication dans l'éducation de ses enfants. On peut être considéré comme un père correct en se contentant de jouer une heure ou deux avec ses enfants le week-end, sans avoir la moindre idée de la date du prochain vaccin ou de la fête de l'école. Les mères, elles, ne bénéficient pas de ce droit-là.

Je croise les bras sur ma poitrine douloureuse.

— C'est ce que font toutes les femmes qui travaillent : le congé maternité, c'est dix semaines après la naissance !

— Mais puisqu'on a les moyens de le rallonger, je ne comprends pas, Claire… On s'est organisés financièrement, tu as toujours voulu t'arrêter au moins un an. Tu étais la première à dire que tu n'as jamais compris pourquoi Éléonore travaillait autant au lieu de s'occuper de ses enfants, et maintenant tu veux mettre ta fille à la crèche à quatre mois ?

— Alors d'abord ce n'est pas « ma » fille. C'est autant la tienne que la mienne, tu en es tout aussi responsable que moi. Et ensuite, je n'avais aucune idée de ce que c'était… Je pète un câble. Je suis toute seule toute la journée, Marine ne fait que pleurer, je ne dors pas, je ne mange plus, c'est à peine si j'arrive à prendre une douche. Je me suis trompée, je pensais que j'adorerais être en congé maternité, que j'aurais envie de prolonger, mais je ne suis pas faite pour ça. Je pense au contraire que je serais une mère plus épanouie si je reprenais le travail.

— Je ne sais pas… Franchement, je crois surtout que tu es fatiguée… Tu sais que ma mère n'arrête pas de me demander quand elle peut venir la garder ? Ta mère, pareil. Même Éléonore serait ravie si tu la lui laissais deux heures. Tu refuses l'aide de gens qui aiment Marine et tu veux la confier à des inconnus ?

Je sens mes ongles s'enfoncer dans mes paumes, j'essaye toutefois de conserver mon calme, parce que Thomas a l'air profondément désemparé. Il poursuit :

— Tu as besoin de te reposer, pas de travailler. Après la grossesse et l'accouchement, il faut prendre le temps de récupérer.

J'éclate de rire. Un rire nerveux, incontrôlable, généré par l'absurdité de sa remarque.

— Me reposer ? Tu es sérieux ? Tu crois que je me repose ? Tu es conscient que je dors en moyenne trois heures toutes les vingt-quatre heures ? Que je passe mes journées entières à faire des allers-retours dans l'appartement pour bercer Marine qui hurle parfois pendant des heures ? Que quand j'ai une minute de libre parce qu'elle accepte par hasard que je la pose, je suis supposée faire les courses, le ménage, la cuisine ? Que j'ai le dos et les seins détruits ? À côté de mes journées à la maison, mes journées de travail ne sont ni plus ni moins que d'excellents souvenirs de vacances !

— OK, OK... C'est juste que je pensais qu'on voulait faire les meilleurs choix pour Marine.

Je lui jette un regard assassin.

— Tu sais, je ne suis pas la seule à pouvoir m'arrêter ; en France, le congé parental est accessible aux pères, donc si c'est si important pour toi, je te suggère de t'arrêter et de t'occuper de notre fille. Et accessoirement, je ne pense pas qu'avoir une mère dépressive et au bout du rouleau, ce soit « faire les meilleurs choix pour Marine ».

Thomas saisit la télécommande et éteint la télévision, Marine toujours sur son épaule, il se tourne vers moi, tentant de contenir son énervement.

— Qu'est-ce que tu veux que je te dise ? De toute façon tu as déjà pris ta décision...

— Je suis sérieuse, Thomas, si je reprends le boulot, tu peux t'arrêter quelques mois.

— M'arrêter en ce moment, ce serait terrible pour ma carrière, ce n'est pas juste de me demander ça au moment où elle décolle enfin !

Je m'apprête à répondre vertement que moi aussi j'avais un travail que j'aimais pour lequel je m'étais battue, quand je réalise que Marine a les yeux ouverts. Elle me fixe quelques secondes, l'air perdu et elle se met à pleurer.

— C'est malin, on l'a réveillée, râle Thomas.

Il la prend contre lui et quitte la pièce. Je devrais profiter de ce moment pour me reposer, mais je reste sur le canapé, assaillie par une angoisse inexpliquée. Je laisse mes larmes couler en silence. Avant, Thomas me comprenait. Je sors mon téléphone et renvoie un e-mail à la crèche pour refuser la place. Je voudrais partir, loin d'ici, revenir en arrière. Mais c'est trop tard. Je suis coincée dans cette vie qui m'étouffe, dont je n'arriverai jamais à m'échapper.

Je me suis lancée dans mon histoire avec ton père la tête la première, sans aucune ceinture de sécurité. J'avais trouvé mon âme sœur, il m'offrait des fleurs, m'emmenait dans les meilleurs restaurants, me faisait découvrir des gastronomies étrangères, des vins délicats et des gens passionnants. J'avais la tête qui tournait vingt-quatre heures sur vingt-quatre, grisée par ce monde merveilleux, par ses mots, par cette nouvelle vie, tellement plus excitante que tout ce que j'avais vécu jusqu'ici.

Puis je suis tombée enceinte.

Je m'en souviens comme si c'était hier. Assise sur les toilettes, je fixais le bâtonnet d'un air hagard. Le « plus » était en train d'apparaître dans la petite fenêtre rectangulaire, une bombe nucléaire déguisée en un trait rose pâle, inoffensif en apparence.

— Merde…

J'ai plaqué la main sur ma bouche. Trop tard. Je l'avais pensé. Je l'avais même dit à voix haute.

La réaction spontanée générée par ton existence, le premier mot qui a accueilli ton apparition dans l'univers : merde.

Le cœur battant, j'ai rassemblé le test et son emballage et fourré le tout dans la poubelle. Je me suis lavé les mains avant d'enfin oser affronter mon regard dans la glace. Je n'avais pas du tout l'air d'une femme enceinte. Rien n'avait changé en apparence. J'étais une fille amoureuse, avec des projets, des rêves, des ambitions. Je ne m'étais encore jamais considérée comme une « femme », alors une femme enceinte, voire une mère…

Absurde.

J'ai posé les deux mains sur le bord du lavabo et j'ai fermé les yeux. J'ai pensé à l'échange universitaire au Japon pour lequel je venais de postuler, à mes études qu'il me faudrait forcément interrompre… Et pourtant, l'idée d'avoir un bébé avec ton père me plaisait, l'idée que notre amour donne naissance à une personne qui serait un peu lui et un peu moi… Je l'aimais tellement. Ce jour-là, je me suis regardée dans la glace et, après avoir à peine tergiversé quelques minutes, j'ai décidé de te garder.

Ton père était ravi. Il a accueilli la nouvelle comme si nous essayions d'avoir un enfant depuis dix ans. Il m'a avoué en riant qu'il était soulagé à l'idée que j'abandonne mon projet d'aller au Japon. Il n'aurait ainsi pas à soudoyer la fille de l'administration pour que mon dossier soit refusé. J'ai fait le choix de considérer cette remarque comme une plaisanterie. De la même manière que j'avais fait le choix de voir des preuves d'amour dans ses crises de jalousie et ses commentaires quand je venais en cours avec une jupe trop courte ou que je rentrais trop tard à son goût...

Je me rends compte qu'il va falloir que je te parle de ton père à un moment ou à un autre, au lieu de tourner autour du pot. Mais à vrai dire, je ne sais pas vraiment comment aborder le problème.

CLAIRE

Je n'ai plus goût à rien. La seule chose que je voudrais, c'est dormir. Mais même quand Marine s'assoupit, je n'y arrive plus. Je ne savais pas qu'on pouvait être trop épuisé pour dormir. Pour la première fois de ma vie, et alors que je n'ai jamais autant eu besoin de sommeil, je souffre d'insomnies. J'ai perdu onze kilos en douze semaines. Mon lait ne la nourrit toujours pas assez. La petite croix au crayon à papier sur son carnet de santé reste en dessous de la courbe rose. Chaque fois que le pédiatre ajoute un point sur la courbe, j'ai l'impression qu'il me le grave au cutter sur la poitrine.

— Il va falloir la passer au biberon, rien ne sert de s'obstiner, vous l'affamez.

Vous l'affamez.

Certains mots sont plus violents que des coups. Il n'y a pas grand-chose à faire, pourtant, avec un nouveau-né : le bercer, le nourrir, le changer.

Toutes les mères du monde y arrivent sauf moi. Moi, je m'obstine. J'affame mon enfant.

Au supermarché en bas de chez moi, j'achète une boîte de lait premier âge. Marine hurle dans la poussette. Je n'ai pas le courage de la sortir pour la calmer. Les gens me dévisagent.

— Vous devriez la prendre, déclare une femme d'un ton péremptoire, elle a besoin d'être rassurée.

Je me tais, honteuse. Je sais bien que je suis nulle. Je n'ai pas besoin qu'on me le rappelle. Je pose ma boîte de lait sur le tapis roulant. J'imagine la caissière qui doit penser que si je n'allaite pas, je suis une mauvaise mère. Je sens le poids des regards, le jugement de gens qui ne me connaissent pas sur mes épaules. Retenir mes larmes requiert l'intégralité de mon énergie. Je n'aurais jamais dû avoir d'enfant. Tout le monde le pense. Moi comprise. Si j'avais su… Je n'ai pas le droit de penser ça. Je suis un monstre. J'ai envie de mourir. Ce serait mieux pour elle comme pour moi.

Dehors, je pleure. Ce n'est pas très grave, la rue est vide. Les gens sont au travail. Ils voient des collègues, des amis, ils discutent, ils rigolent. Moi, ma vie est terminée. Mon téléphone sonne. Je ne décroche plus depuis des semaines. C'est plus simple de mentir par texto. Ma mère et Éléonore insistent. Elles proposent leur aide. Je refuse. Même si je n'en parle à personne, j'ai suffisamment de mal à créer un lien avec mon enfant pour ne pas prendre le risque de laisser Marine, ne serait-ce qu'une heure ou deux. Avoir besoin d'aide ne serait qu'une preuve supplémentaire de mon incapacité à faire ce que toutes les autres mères font naturellement. Surtout face à

Éléonore, qui a géré des jumeaux, et à ma mère, qui m'a allaitée jusqu'à l'âge d'un an et qui a dû pallier l'absence de mon père. J'ai peur qu'elles réalisent mon échec et mon inaptitude. J'ai peur que Marine, sentant mon extraordinaire incompétence, s'attache à d'autres plus qu'à moi. Alors, je les envoie promener. Moi qui étais toujours prête à rendre service, gentille, ouverte, j'en deviens méchante, agressive. Je ne me reconnais plus. Je veux qu'on me fiche la paix. Je devrais être heureuse, épanouie, comblée, et la seule chose qui me retient de me jeter par la fenêtre est le fait que j'habite au deuxième étage. J'ai bien trop peur de me louper.

L'appartement est vide. Thomas n'est jamais là. Il bosse comme un fou, il poursuit sa vie et ses rêves. Moi, je ne poursuis plus rien, je voudrais dormir. Je me souviens qu'Éléonore et Jean-Marc se partageaient les nuits après la naissance des jumeaux. Je pourrais tirer mon lait, mais je n'ose pas demander à Thomas de prendre le relais pendant ses jours de repos. Il travaille énormément et à quoi sert mon congé maternité si je ne suis même pas fichue de m'occuper de mon bébé ?

— Pourquoi tu ne fais pas des siestes quand elle dort la journée ? demande-t-il.

J'ai abandonné l'idée de lui expliquer, il ne comprend pas que je suis devenue insomniaque, que l'angoisse m'empêche de trouver le sommeil.

— On a tout pour être heureux, répète-t-il en souriant.

Et cette affirmation ne fait que m'enfoncer un peu plus sous l'eau. J'ai tout pour être heureuse alors pourquoi ne le suis-je pas ?

— Mais qu'est-ce qui se passe ici ?

J'ai l'impression de me réveiller en sursaut. Pour une fois, je m'étais endormie. Thomas est penché sur moi. Je me redresse sur le canapé. La boîte de lait, intacte, est sur la table basse du salon. Marine hurle dans son couffin où je l'ai posée en rentrant du supermarché. Dehors, la nuit est tombée. Paniquée par les cris, je me lève d'un bond.

— Je… je ne sais pas… je dormais.

Thomas me fixe, l'air ébahi.

— Mais comment tu peux dormir alors qu'elle hurle comme ça ? Combien de temps ça fait que tu ne l'as pas nourrie ?

Je n'en sais rien. Je n'ai aucune idée de l'heure. Je tente de coller Marine contre mon sein, mais elle est en colère et je tremble tellement qu'elle se débat et hurle de plus belle. Thomas saisit la boîte de lait et part avec dans la cuisine. Quelques minutes plus tard, il revient avec un biberon à la main. Sans un mot, il m'enlève Marine des bras et lui colle la tétine dans la bouche. Instantanément, elle se calme et commence à boire bruyamment. Thomas me dévisage avec stupeur, comme si j'étais une étrangère.

— Je ne comprends pas, Claire… Tu l'as laissée pleurer combien de temps ?

Son intonation exprime la sidération plus que la colère. Je me mets à pleurer, à balbutier des phrases inintelligibles en me tordant les mains.

— Arrête, tu la stresses, soupire-t-il.

Il me mettrait des gifles, ce serait pareil. Je m'enfuis dans la chambre et claque la porte. Je me laisse glisser sur le sol, en larmes. Je n'y arrive pas. Je n'y arriverai pas. Je ne vais pas tenir. Je l'ai laissée avoir faim, pleurer pendant des heures peut-être. Je ne suis pas faite pour être mère. Je suis trop nulle pour donner à ma fille le minimum dont elle a besoin, trop nulle pour tenir physiquement. Je lui fais du mal. Elle aurait pu mourir de faim. Mon téléphone vibre. Je l'avais laissé sur le lit. Je fixe l'écran, hagarde, je n'ai même pas allumé la lumière. Éléonore. Je décroche.

— Claire ?… Claire ? Tu pleures ? Qu'est-ce qui se passe ?

Je ne peux pas répondre. J'arrive à peine à respirer entre deux sanglots.

— OK, ça suffit maintenant, j'arrive, déclare Éléonore.

Je raccroche. Je ne veux pas qu'elle vienne. Je veux que tout s'arrête. Je veux revenir en arrière. Je ne veux plus d'enfant. Je veux retrouver mon insouciance, ma liberté, ma joie de vivre. Je pleure en continu, incapable de me lever. Puis, je repense aux mots de la conseillère en lactation.

« Ça suffit. Rien ne sert de s'acharner. »

Elle a raison, bien sûr. Rien ne sert de s'acharner. Je me suis trompée de chemin. Je ne peux pas me le cacher plus longtemps. La maternité n'est pas pour moi. Mon regard tombe sur la valise en haut de l'armoire. Cette valise que je n'ai pas touchée depuis si longtemps, symbole de tous ces voyages dont je rêvais petite et que je n'ai jamais faits. Je la descends, je l'ouvre et la pose sur le lit. Je commence à jeter dedans, pêle-mêle, des vêtements au hasard, ma trousse de toilette, n'importe quoi. Il faut que je parte. C'est une évidence. Marine est malheureuse avec moi et moi je suis malheureuse avec elle. Je ferme la valise et je la tire vers la porte. Marine ne pleure plus, le silence règne dans l'appartement.

— Qu'est-ce que tu fais ? demande Thomas dans l'entrée, en fixant ma valise.

Marine boit goulûment dans le creux de son bras.

— Tu vois, elle prend bien le biberon, poursuit-il, elle avait faim, c'est tout. Désolé de m'être énervé, j'ai eu peur.

Je n'ai pas le temps de répondre, on sonne à la porte. Thomas ouvre. Éléonore est sur le palier. Elle fixe la valise, moi, Thomas, puis moi à nouveau d'un air effaré :

— Mon Dieu, Claire, qu'est-ce que tu as maigri !

Il y a de l'inquiétude dans sa voix. C'est sans doute la première fois depuis mon accouchement que quelqu'un a l'air de se faire du souci pour moi. C'est trop tard. Je ne ressens plus rien, si ce n'est la nécessité vitale de m'enfuir.

— Qu'est-ce qu'il y a ? poursuit-elle. Pourquoi la valise ?

— Je pars.

Dans le sac d'Éléonore, une sonnerie de téléphone se fait entendre, mais elle ne fait pas un geste pour décrocher, elle m'examine les yeux ronds, comme si elle ne me reconnaissait pas.

— Où ?

— Je ne sais pas, loin.

— Comment ça ? demande Thomas, les yeux écarquillés.

— Je m'en vais, je vous laisse, je ne peux plus faire semblant.

C'est étrange comme je suis calme, soudainement. La solution était si simple. Partir. Effacer les derniers mois. Refuser ce rôle qui n'a rien à voir avec moi. Le téléphone d'Éléonore sonne de nouveau. Thomas lui jette un regard assassin et elle décroche.

— Quoi ?!… Pas maintenant, Eva, merde ! Tu as vu l'heure ? Je suis en train d'empêcher Claire d'abandonner sa fille, alors tu sais quoi, pour une fois, démerde-toi !

Je note que pour qu'Éléonore parle de cette manière à Eva, elle doit être dans un état de stress extrême. Thomas se tourne vers moi :

— Tu plaisantes ?

— Non.

— Tu pars ? Comme ça ?! Tu abandonnes ta fille ? Mais quelle mère fait ça, Claire ?!

— Une mère qui n'a pas dormi depuis trois mois ! rétorque Éléonore à ma place avec une agressivité qui prend Thomas de court. Tu ne vois pas qu'elle est au bout du rouleau, elle a perdu dix kilos, on dirait un cadavre ! Je ne l'ai jamais vue comme ça et toi tu l'engueules ?

Elle se tourne vers moi :

— Claire, ma chérie, il faut que tu te reposes, viens passer la nuit à la maison sans Marine, je…

— Ce n'est pas possible, je commence très tôt demain, annonce Thomas.

Éléonore se retourne vers lui :

— On n'en a rien à foutre de ton boulot, pose un jour de congé ! Tu es aveugle ou quoi ? Elle va tomber par terre si personne ne l'aide !

Marine se met à pleurer.

— On est tous crevés, s'énerve Thomas, et arrête de crier, tu fais pleurer Marine !

Éléonore le fusille du regard.

— Tu ne vois pas que Claire a besoin de toi ? Ça fait combien de temps qu'elle est comme ça ?

Étonnamment, Thomas prend l'air vaguement coupable.

— Moi aussi, je suis fatigué, je travaille, marmonne-t-il.

Éléonore se calme d'un coup, elle croise les bras sur sa poitrine.

— Tu es fatigué ? Vraiment ? Pauvre chou, tu veux que je te fasse un massage ? Laisse-moi deviner, tu as fait trois nuits en trois mois, tout le monde te regarde comme un héros quand tu changes une couche et tu es fatigué parce que tu travailles ! Tu crois que c'est anodin, une grossesse, un accouchement, un bébé difficile à gérer toute seule toute la journée et toute la nuit pendant que tu continues à mener ta petite vie tranquille ?

Marine hurle. Le téléphone d'Éléonore sonne. Probablement Eva qui n'a pas supporté de se faire raccrocher au nez. Éléonore et Thomas crient encore plus pour couvrir les pleurs. Je ne sais pas trop combien de temps cette scène surréaliste dure. J'ai conscience qu'au fur et à mesure qu'Éléonore expose ses arguments, Thomas se fait moins véhément. Ils sont tellement occupés à se disputer que je me glisse dehors sans même qu'ils s'en rendent compte. Je prends l'ascenseur comme un zombie et sors dans la rue. Dehors, règne un froid humide. Je n'ai pas pris mon manteau. Il me faudrait un taxi ou un métro. N'importe quoi qui m'emmène loin d'ici.

Une voiture déboule à fond dans la rue et s'arrête en double file dans un crissement de freins. La portière s'ouvre, Eva apparaît. Il ne manquait plus que ça. Elle me scrute quelques longues secondes, puis son regard tombe sur la valise à mes pieds. Je n'ai jamais vraiment compris ce qui se passait dans la tête d'Eva. Dans son regard bleu-vert, je lis un mélange d'inquiétude et de compassion.

— Éléonore est en haut, dis-je avec lassitude, c'est ma faute si elle t'a parlé sur ce ton. S'il te plaît, ne lui en tiens pas rigueur.

— Alors, c'est vrai ce qu'a dit Éléonore au téléphone ? Tu pars ?

— Oui.

Elle semble hésiter. À travers la porte vitrée de l'immeuble, je vois l'ascenseur s'ouvrir. Éléonore et Thomas, qui tient Marine enveloppée dans une couverture, se précipitent dehors.

— Claire !

— Monte, ordonne Eva, je t'emmène.

J'obéis, claque la portière et elle démarre en trombe. Dans le rétroviseur, je vois Éléonore et Thomas agiter les bras dans la lumière jaune des réverbères.

— Tu vas où ? demande-t-elle simplement.

Je n'y ai pas réfléchi, tout ce que je sais, c'est que je veux partir le plus loin possible, le plus vite possible. Raison pour laquelle je réponds :

— À l'aéroport.

OCÉANE

Océane hésita, faillit renoncer, puis, comme on se jette du haut d'une falaise, elle se décida enfin à appuyer sur le bouton rond et noir à côté du numéro 201. Un grésillement et la porte céda. Elle racla longuement ses bottes sur le paillasson, vérifia dans la glace du hall que son mascara n'avait pas de nouveau dégouliné. N'ayant plus d'excuses pour retarder le moment qui l'angoissait tant, elle monta dans l'ascenseur. L'immeuble de Jonathan Harris était situé en plein cœur du quartier de Collegetown, au beau milieu des bars et des colocations étudiantes, un choix étrange pour un professeur. « Vu la réputation de Jonathan Harris », avait dit son père. La nervosité crépitait au bout des doigts d'Océane comme un léger courant électrique. La moquette mauve du couloir et la façon dont elle jurait avec le bleu de ses bottes fourrées lui semblaient à la limite du tolérable. Elle n'était plus si sûre que cette rencontre soit une bonne idée.

Elle ferma les yeux et inspira profondément. Elle songea à Jess là-bas, à Chicago, au programme, à la nécessité de se confronter au monde, et elle frappa à la porte.

Quand elle rouvrit les yeux, une femme se tenait dans l'encadrement de la porte. Probablement la voisine. Océane avait dû se tromper d'appartement, elle n'était pas au 201, peut-être au 202 ou au 301.

— Océane, bonsoir, la salua en souriant la voisine de Jonathan Harris.

Ce qui n'avait absolument aucun sens. Comment la voisine de Jonathan Harris pouvait-elle connaître son prénom ? Comme celle-ci s'écartait pour laisser passer Océane, cette dernière rentra par automatisme, malgré son instinct de survie qui hurlait par tous les pores de sa peau que la conduite rationnelle à adopter était la fuite.

— Jonathan est en retard, il est descendu acheter du lait et des tomates cerise, je suis Alice, sa femme.

Une bombe explosa à l'intérieur d'Océane. Un million de fragments de verre brisé. Alice tendit la main à la jeune fille qui, ensevelie sous les décombres de ses rêves d'amours pulvérisés, trouva quelque part le courage inouï de l'effleurer de la sienne en murmurant un « enchantée » à peine audible.

— Assieds-toi, Jonathan m'a beaucoup parlé de toi, il affirme qu'il n'a jamais rencontré une élève aussi douée. Tu veux boire quelque chose ?

Alice ne se rendait pas compte que le flot de paroles dont elle abreuvait Océane revenait à lancer des briques sur la tête d'un naufragé en train de se noyer. Océane se laissa tomber sur le canapé, hagarde. Évidemment, il était possible que la voisine de Jonathan Harris, atteinte de schizophrénie, ait profité de l'absence de ce dernier pour pénétrer dans son appartement par effraction et se fasse désormais passer pour sa femme. Il était aussi possible que la femme de Jonathan Harris ait découvert l'amour passionné de son mari pour Océane, qu'elle l'ait assassiné et que son corps soit dissimulé derrière le canapé fleuri dans une flaque de sang. Mais comme disait Mei, « le plus probable est souvent le plus probable ». Or, dans cette situation, le plus probable était que la femme de Jonathan Harris soit la femme de Jonathan Harris et que ce dernier soit en retard parce qu'il était descendu acheter du lait et des tomates cerise. Situation autrement plus dramatique que toutes les hypothèses précédentes.

Alice fronça les sourcils et observa Océane.

— Ça va ? Tu es toute pâle...

Océane hocha la tête, incapable de proférer le moindre son. Alice se mordit les lèvres. La surprise laissa place à une forme de pitié sur son visage et Océane eut la certitude qu'elle avait compris le malentendu. Peut-être, d'ailleurs, était-ce déjà arrivé. Une autre étudiante, une autre année, un autre amour. Sans rien dire, la femme de Jonathan se dirigea vers le réfrigérateur et en sortit une canette de Coca-Cola. Le claquement sec à l'ouverture de l'opercule métallique fit sursauter Océane. Alice versa le Coca dans un verre et, toujours en silence, vint le poser devant la jeune fille. Océane se concentra sur le pétillement des bulles qui remontaient à la surface du verre, la condensation qui se formait sur les parois, la promesse rassurante du sucre.

Elle saisit le verre et avala trois longues gorgées. Alice la fixait avec un mélange d'agacement et de pitié, pire que tout. Sa gentillesse ne faisait qu'ajouter à l'humiliation d'Océane. Si encore, elle avait montré une once de jalousie ou d'inquiétude… Mais que Jonathan puisse avoir des sentiments pour Océane était apparemment tellement invraisemblable que son grand amour déçu ne suscitait chez sa rivale qu'une espèce de compassion maternelle, tout à fait inappropriée.

— Jonathan ne se rend pas compte, soupira Alice, que parfois il est très… intense… Il ne pense pas à mal, c'est juste qu'il est passionné par son travail et il est convaincu que tu as un vrai don…

La clé tourna dans la serrure, interrompant le monologue d'Alice, et Océane, dans un dernier réflexe de survie, réussit à balbutier :

— Je vous en supplie, ne lui dites rien.

Alice hocha la tête et se tourna pour accueillir Jonathan qui rentrait dans le salon.

Océane le suivit des yeux alors qu'il déposait un baiser sur les lèvres de sa femme et le sac en plastique sur le comptoir de la cuisine. Il salua gaiement Océane. Il parlait de tomates, de queue au supermarché, de neige et d'un voisin rencontré dans le hall. Elle regardait fondre doucement les flocons sur les épaules de son manteau, s'évaporer comme ses espoirs déçus. Elle avait besoin d'être seule pour gérer la douleur dans sa poitrine. Elle n'avait aucune idée de comment survivre à ce moment. Déjà, il déposait sur la table des chips dans un bol, des olives dans un autre et des carrés de fromage sur une planche de bois.

— Tu passes un bon week-end, Océane ? Tu as écrit un peu, j'espère. Océane écrit beaucoup sur la neige en ce moment, ça la passionne, enchaîna-t-il à l'intention de sa compagne.

Océane hocha la tête. Elle repensa à la cristallisation des bulles de savon, aux cristaux si jolis qui fleurissaient sur la membrane pour la consolider, et cette image, par sa beauté pure, la rassura un peu. Elle avala un peu de Coca, piqua un cure-dent dans une olive et répondit poliment. Elle penserait à tout cela plus tard. Pour le moment, il fallait juste tenir une heure, peut-être deux, sans s'effondrer, sans paniquer, et ce, malgré le champ de ruines qui l'habitait désormais.

Jonathan termina de dresser la table. Il servit deux verres d'eau pétillante, un pour sa femme et un pour lui et vint s'asseoir sur le canapé.

— Océane, si je voulais te parler, c'est parce que je pense que tu as un vrai talent. Je sais que tu te destines à la médecine et ce n'est pas moi qui te convaincrais qu'être médecin n'est pas un métier magnifique. Alice, d'ailleurs, est pédiatre… J'ai toutefois le sentiment que ta place est ailleurs. Tout ce que tu écris est à la fois poétique et très original. Tu as une vraie voix, probablement parce que tu as une appréhension du monde un peu… différente du commun des mortels. Tu en es consciente ?

Océane fixait Jonathan, se laissait bercer par la passion qui émanait de lui en vagues de chaleur tout en buvant son Coca-Cola. L'exaltation de son professeur lui plaisait et l'attristait tout à la fois. Elle comprenait qu'elle ne s'était pas trompée quand elle avait ressenti l'émotion de Jonathan lors de leurs discussions. Celle-ci n'était pas feinte ; simplement, ce n'était pas Océane qui la provoquait, mais ses textes. Et peut-être que même si Jonathan surestimait largement la qualité de ce qu'elle écrivait, cette sincère admiration constituait une consolation.

Elle fronça les sourcils.

— J'aime juste gribouiller des histoires dans un cahier, pour moi, pas pour que les autres les lisent.

Jonathan avala une gorgée de son eau, Alice s'affairait dans la cuisine et Océane lui était reconnaissante de n'avoir fait aucune allusion au pathétique de sa situation.

— Tu as beaucoup de talent, Océane, et je peux te le prouver.

Joignant le geste à la parole, il sortit un papier plié de sa poche et le fit glisser vers Océane, qui le déplia. Il s'agissait d'un chèque de cent cinquante dollars, au nom d'Océane Vasseur.

— Je ne comprends pas...

— Tu te souviens de ta nouvelle sur la sorcière de La Nouvelle-Orléans ?

Elle hocha la tête.

— Je l'ai envoyée à *Story Magazine*, signée de ton nom, ils m'ont répondu dans l'heure qu'ils la publieraient et t'en proposent cent cinquante dollars... Ce n'est pas le journal de Bronwell ou un papier confidentiel. C'est un hebdomadaire tiré à trois cent mille exemplaires et, crois-moi, ils en reçoivent, des candidatures d'apprentis écrivains qui rêvent d'être publiés, bien plus expérimentés que toi !

Océane contempla le chèque sans savoir quoi répondre. Elle ne savait même pas si elle était contente à l'idée que trois cent mille inconnus lisent son histoire. Elle tenta d'imaginer. Vertigineux. Trois cent mille bulles de savon. Trois cent mille personnes qui liraient ses mots et les trouveraient ridicules, nuls et sans le moindre intérêt ; qui s'arrêteraient avant la fin et estimeraient, comme son père, que le style était médiocre et aurait gâché le fond, s'il y en avait eu un. Et en jugeant son texte, c'était elle-même qu'ils jugeraient, sa personnalité, son âme, dans toute son évidente médiocrité. C'était affreux. Elle haïssait Jonathan Harris.

Ce dernier, inconscient du désarroi de son interlocutrice, s'était levé et faisait les cent pas devant le canapé, agitant les bras avec enthousiasme.

— Je sais que je n'aurais pas dû la faire lire sans ton accord, mais je ne voulais pas que tu sois déçue et j'avais besoin de m'assurer que je ne me trompais pas à ton sujet. Je l'ai donc envoyée à cinq journaux et à un agent new-yorkais dont j'ai eu le contact par la cousine d'Alice. Tout le monde m'a répondu dans les quarante-huit heures que ton texte était génial. Ils veulent soit le publier, soit, dans le cas de l'agent qui est persuadé que tu pourrais écrire un roman, te rencontrer. Tu as un vrai talent, Océane. Ça ne veut pas dire que tu n'as pas besoin de travailler, d'étudier, de mûrir et de perfectionner ton style. Mais ce que tu es capable d'écrire à dix-neuf ans, sans la moindre expérience, c'est du diamant brut. Tu comprends ?

Océane comprenait, ce qui ne signifiait pas qu'elle y croyait. Elle ne savait plus vraiment quoi penser. À peine dix minutes plus tôt, son cœur était brisé, sa vie anéantie, sa fierté piétinée. Et voilà que, subitement, elle avait un vrai talent. Personne, jamais, n'avait utilisé ce mot pour parler d'elle. Elle n'avait jamais imaginé qu'elle pouvait avoir un talent en quoi que ce soit. Cela ne rentrait pas dans l'éventail de ses possibilités. Elle n'était qu'une fille encombrante, dont l'extrême sensibilité représentait un poids pour elle-même et ses proches, à commencer par son père. Elle était inadaptée, tout simplement. En trop. Si elle disparaissait demain, tout le monde, à l'exception peut-être de Mam's, finirait par s'en remettre. Certaines personnes en ressentiraient peut-être même un soulagement coupable avant de l'oublier tout à fait. Et pourtant, même si elle n'y croyait pas, les paroles de Jonathan agissaient sur sa fierté blessée comme de petits pansements éphémères, les colorés pour les enfants qui se décollent au premier lavage de mains. Elle avait envie d'appeler Mam's pour le lui répéter. « Il a dit que j'avais un vrai talent. » Parce que Mam's, comme le soulignait souvent son père, n'était pas objective, elle pourrait abriter de ses encouragements les propos de Jonathan Harris, les faire durer quelques minutes de plus, comme on protège de ses mains une petite flamme dans un vent glacé.

— Si tu le voulais, tu aurais tout à fait ta place en spécialité littérature. Et je voudrais être sûr que tu as choisi tes études en connaissance de cause, c'est important de réfléchir à…

— Tu devrais peut-être la laisser en placer une, non ? coupa avec un sourire amusé Alice, qui les avait rejoints.

— Oui, oui, bien sûr ! Qu'est-ce que tu penses de tout ça, Océane ?

Le silence s'installa, Océane fixa tour à tour Jonathan puis Alice, suspendus à ses lèvres, attendant qu'elle exprime le fond de sa pensée.

— Tu es vraiment passionnée par la médecine ? demanda Alice avec curiosité.

— Je n'ai pas de très bonnes notes.

Cette constatation d'échec eut l'air d'enchanter Jonathan.

— Parfait ! Et tu aimes suivre mon cours, non ?

— Oh, oui c'est le meilleur moment de la semaine.

Réalisant trop tard l'intensité avec laquelle elle avait répondu, elle rougit et baissa les yeux.

— Si ça te passionne autant, pourquoi est-ce que tu ne changes pas tes projets ? Tu es en première année, tout est encore possible…

Parce que mon père ne voudra jamais, pensa Océane. Elle ne pouvait pas décemment prononcer ces mots à voix haute. Elle avait dix-neuf ans, un âge auquel des garçons et des filles s'étaient engagés dans la Résistance, étaient morts pour leurs idéaux, avaient mené des révolutions ou écrit des recueils de poèmes, des romans et des symphonies ; et elle n'était pas capable de décider elle-même de ses études parce que son père était contre ?

— Je ne suis pas certaine que mon père soit d'accord avec vous, finit-elle toutefois par avouer.

Jonathan se rassit sur le canapé et joignit les mains avec un air rassurant.

— Je comprends que ce soit angoissant de suivre les pas de ton père, mais il me semble qu'il n'a jamais écrit que des essais ?

— Il a écrit un roman sous un pseudonyme, il y a longtemps, quand on était encore en France, mais il n'a jamais été traduit.

— Et c'est ça qui t'angoisse ? De suivre la même voie que lui et d'être comparée ?

Il fixait Océane les yeux plissés, comme s'il essayait de lire en elle.

— Ou alors… C'est le contraire, murmura-t-il. Tu as peur de suivre la même voie et de le surpasser, de réussir là où il a échoué.

L'idée qu'Océane puisse réussir mieux que son père lui sembla tellement absurde qu'elle ne put retenir un sourire.

— Bien sûr que non !

— Alors pourquoi tu n'essayes pas ?

Océane poussa un soupir, elle baissa les yeux sur ses mains aux ongles ras. Elle se rongeait les ongles quand elle était nerveuse. Or elle était tout le temps nerveuse.

— J'ai peur… de le décevoir et… qu'il ait honte de moi. Il n'aime pas ce que j'écris.

Un silence suivit cette déclaration et, en relevant la tête, Océane surprit un regard entendu entre Jonathan et Alice. Quand Jonathan reprit la parole, il parlait d'une voix prudente, comme s'il avait peur de la blesser.

— Océane, je voulais te parler de quelque chose. C'est un peu gênant, mais il me semble important d'aborder le sujet. Est-ce que tu es sûre que… ton père, comment dire… te donne les bons conseils quant à ton futur ?

Océane haussa les épaules.

— Bien sûr… Il me connaît depuis que je suis née, il sait ce qui est bon ou mauvais pour moi.

— D'accord… Bon… Je croise régulièrement ton père, tu t'en doutes, on travaille dans le même département. Alors, je lui ai parlé de toi, tout ce que je t'ai dit ce soir, j'en ai discuté avec lui, il y a quelque temps déjà. Il ne l'a jamais évoqué ?

Océane leva la tête, stupéfaite.

— Non… jamais… Qu'est-ce qu'il a dit ?

— De… de ne pas prendre trop au sérieux ce que tu écrivais… Parce que…

— Parce que quoi ?

— Parce qu'il t'aidait à écrire tes textes et que, à vrai dire, il en était quasiment l'auteur.

Océane fixait Jonathan Harris sans comprendre. L'information avait du mal à parvenir jusqu'à son cerveau. Elle avait été expédiée directement dans le grenier de l'oubli, sans passer par aucune autre pièce, enterrée direct sous la poussière et les toiles d'araignées. Pas envie de savoir. Pas envie d'y penser.

Jonathan Harris l'observait attentivement.

— Océane, pour avoir vu ce que tu étais capable de rendre sur les exercices faits en cours, je crois que ton père a exagéré, je ne pense pas qu'il soit « quasiment l'auteur » de ces textes.

Elle garda le silence.

— J'ai raison, n'est-ce pas ?

Océane ferma les yeux, aucun mot ne sortit de sa bouche.

— Il est possible que ton père veuille juste te protéger, dit doucement Alice, qu'il essaye de t'éviter de prendre une voie dans laquelle il a échoué.

— Mais tu dois comprendre, poursuivit Jonathan, que tu as un don. Tu peux choisir de l'ignorer ou de l'accepter, mais c'est important que ce soit ta décision. Pas celle de tes parents ou de qui que ce soit d'autre. C'est à toi de choisir la vie que tu veux vivre, Océane.

Les mots lui parvenaient étouffés, elle était en train de sombrer. Tout était flou, les visages et les sons.

— Vous mentez, murmura-t-elle. Mon père ne dirait jamais ça.

Elle se leva, attrapa son manteau et partit en courant.

CLAIRE

Eva n'a pas dit un mot du trajet. Dans un des halls de l'aéroport Charles-de-Gaulle, je la suis comme un automate jusqu'au panneau des départs. J'examine les destinations d'un air effaré, je suis tellement fatiguée que les lettres lumineuses m'apparaissent floues, je n'arrive pas à lire.

— Indonésie ? propose Eva.

Sa voix est calme, comme s'il était tout à fait normal que je m'envole pour l'Indonésie ce soir. J'imagine des plages de sable chaud, du soleil, et surtout, la solitude, le silence, la liberté. C'est une bonne idée. Je sens les yeux d'Eva sur moi, elle me scrute avec attention. Je murmure :

— OK.

Elle se dirige vers le guichet indiqué. Je la laisse faire avec un soulagement immense, à l'idée que non seulement je n'ai plus la responsabilité de ma fille, mais qu'en plus Eva assume celle de s'occuper de moi. Je pense à Marine. Est-ce que Thomas aura le courage de la bercer toute la nuit ? Est-ce qu'elle arrivera à prendre son biberon ? Est-ce qu'elle ira vraiment mieux, sans moi ? Je chasse ces pensées. Je ne peux pas rester, c'est une question de survie.

Eva revient, elle me tend un billet d'avion. Départ dans quatre heures pour Jakarta. Je suis prise d'un vertige. Je vais vraiment partir. Je lève les yeux sur Eva et son visage indéchiffrable. Seule, je n'aurais sans doute jamais eu le courage d'aller au bout. Et je comprends qu'elle m'a accompagnée parce qu'elle aussi pense sans doute que Marine sera mieux sans moi. Eva, qui s'occupe si bien de ses enfants, a payé mon billet d'avion pour sauver ma fille. Cette constatation me fait mal. J'aurais tellement aimé être une bonne mère, une mère comme elle.

— Je vais y aller, je murmure, merci.

— Viens boire un café, on a le temps, tu ne décolles que dans quatre heures.

— Je ne sais pas, je n'ai pas très envie…

Sans répondre, elle me saisit par le bras et m'entraîne vers le premier café. Je me retrouve assise à une table. Un couple partage un hamburger et une assiette de frites, leurs valises à leur pied. Ils rayonnent à l'idée de leurs vacances prochaines.

— Tu veux manger quelque chose ? demande-t-elle en examinant la carte.

Je secoue la tête. Comme si je n'avais pas répondu, Eva commande deux club sandwichs et deux verres de vin. J'ouvre la bouche pour dire au serveur que je ne boirai pas d'alcool, puis je me souviens que je n'allaiterai pas ce soir. Ni ce soir, ni jamais d'ailleurs. Je n'allaiterai plus. Cette scène est surréaliste. Moi, partant pour l'Indonésie, quittant Marine et

Thomas sur un coup de tête, m'apprêtant à manger un club sandwich avec Eva Díaz à l'aéroport. Pour retrouver mes esprits, je trempe mes lèvres dans le verre que le serveur pose devant moi. J'avais oublié à quel point c'était bon.

— C'est fou.

— Qu'est-ce qui est fou ? demande Eva.

— Je ne sais pas… d'être là… de partir à l'autre bout du monde.

Elle hausse les épaules.

— Toutes les mères ont rêvé un jour ou l'autre de s'envoler pour Bali, toutes seules sans personne pour les emmerder. Je ne vois pas ce qu'il y a de fou.

Je reprends une gorgée de vin. J'ai faim, en fait, et la tête qui tourne. Vivement que ce club sandwich arrive. J'observe Eva, elle semble ailleurs, perdue dans ses pensées. Curieuse, je l'interroge :

— Toi, tu as déjà rêvé de partir ?

— Évidemment, très souvent.

Le serveur nous interrompt en posant nos assiettes devant nous. L'odeur des frites chaudes me fait saliver. Je n'avais pas eu faim comme ça depuis une éternité. Je croque dans une frite, tandis qu'Eva entreprend de découper son sandwich au couteau et à la fourchette. Je laisse le sel fondre sur ma langue, puis je lui demande :

— Si tout le monde en rêve, pourquoi personne ne le fait ou ne le dit ?

— Parce qu'il faut avoir les moyens et le courage de partir d'une part, et d'autre part, parce que, comme tous les fantasmes, c'est beaucoup plus beau en théorie qu'en réalité. Et si tu crois que ça va arranger quoi que ce soit, tu te trompes.

— Tu n'en sais rien ! Tu n'es pas à ma place ni à celle de ma fille, tu n'as aucune idée de la situation.

— Si, je sais.

Son ton m'exaspère. J'aurais dû me douter qu'elle ne me laisserait pas partir sans une dernière leçon de morale.

— Tu sais tout, de toute façon ! C'est facile pour toi de juger les autres, mais tu n'as aucune idée de ce que je vis au quotidien, alors tu peux remballer tes opinions de mère parfaite… Qu'est-ce que tu crois ? Que…

Eva lève les yeux au ciel et me coupe :

— Je sais, Claire.

Et je me tais. Parce que ce « je sais » ne sonnait pas comme les autres. Il ne signifie pas « tu radotes », « arrête de te plaindre » ou « fais un effort, on passe toutes par là ». Il y avait autre chose dans son intonation, une chaleur qui contraste avec la froideur habituelle d'Eva, la distance qu'elle met entre elle et le monde. On se dévisage quelques secondes et elle poursuit d'une voix plus douce sans me regarder :

— Je sais qu'à certains moments, le simple fait de te lever quand elle se met à pleurer te donne envie de mourir tellement tu es fatiguée. Je sais que tu t'es déjà demandé si elle n'était pas l'erreur de ta vie. Parfois, tu te dis : « Si j'avais su que c'était ça, avoir des enfants, pour une femme, je n'en aurais pas eu », et tu es déchirée par la culpabilité d'oser formuler des choses pareilles. Tu penses constamment à ta vie d'avant, celle qui n'existe plus, celle où tu étais libre et tu voudrais remonter le temps. Tu te passes tes souvenirs d'enfance en boucle, tu te demandes pourquoi tu as éprouvé le besoin de venir jeter une bombe pareille dans une vie qui te convenait parfaitement, mais tu n'oses pas en parler. En parler, ça voudrait dire regretter d'avoir eu Marine et ça, c'est indicible, inavouable, parce que malgré tout, tu l'aimes. C'est ce paradoxe que personne ne comprend, que toi-même tu n'arrives pas à accepter : la puissance infinie de cet amour-là et sa pesanteur sur ta vie.

Je la dévisage, un peu perdue. Comment Eva sait-elle tout ça ? Elle boit une gorgée de vin, elle a l'air un peu triste. Je vois la fêlure dans son regard bleu-vert qui s'est légèrement embrumé. Je la revois avec ses enfants, son sourire, son amour maternel qui déborde de partout, ses conseils déplacés et je ne comprends pas comment elle peut exprimer tous ces sentiments aussi clairement.

— Devenir maman, ça s'apprend. Pour certaines, c'est instantané, pour d'autres ça prend du temps, le temps d'apprendre à connaître ce bébé qu'on t'a collé dans les bras sans prévenir, de l'aimer comme on doit aimer ses enfants. Tu aimeras ta fille à la folie, Claire. Si tu étais indifférente, tu ne ressentirais pas cette culpabilité permanente, ce sentiment de toujours échouer. Quand je vois la tête que tu as, je ne sais même pas comment tu tiens encore debout et pourtant, tu continues de la bercer, de la nourrir, de t'occuper d'elle.

— Je me suis endormie sur le canapé alors qu'elle pleurait et qu'elle avait faim. Je suis la pire mère au monde.

— On ne se donne pas intégralement, comme tu le fais depuis des semaines, à quelqu'un qu'on n'aime pas. Mais on ne peut pas s'occuper de qui que ce soit quand on est dans l'état dans lequel tu es. Tu sais, c'est comme dans un avion : en cas de dépressurisation, on t'informe qu'il faut enfiler ton masque à oxygène avant d'aider tes enfants à mettre le leur. Si tu n'as plus d'oxygène, tu ne peux pas t'occuper des autres. C'est une question de survie.

Je contemple le visage d'Eva, mon cerveau n'arrive pas vraiment à trier toutes ces informations, mais sa voix est douce, compréhensive. Rien à voir avec l'Eva que je côtoyais au travail. Et j'ai le sentiment que, peut-être, elle comprendra ou que, a minima, elle ne me jugera pas. Alors, pour la première fois, je parle :

— Parfois, je ne sais plus si le bébé que j'avais dans mon ventre est vraiment Marine, tu sais, parfois, je… Je sais que c'est absurde de penser ça, mais j'ai l'impression d'avoir perdu Coquillette…

Je prends ma tête dans mes mains et je me mets à pleurer, Marine est là et Coquillette me manque à chaque instant. Je ne sais pas comment l'expliquer.

Eva pose sa main sur la mienne.

— Ce n'est pas absurde, tu fais le deuil d'une période qui a été heureuse pour toi : celle de ta grossesse. Élever un enfant, c'est lui apprendre à s'éloigner alors que tu voudrais le retenir. On parle toujours des premières fois, mais chaque première fois sera suivie d'une dernière fois. La dernière fois que tu la verras marcher à quatre pattes, la dernière fois que tu lui donneras son biberon, la dernière couche que tu changeras, la dernière fois que tu la porteras dans tes bras, la dernière fois que tu l'emmèneras à l'école, la dernière fois que tu refermeras la porte de sa chambre après lui avoir dit bonne nuit… C'est une succession de petits deuils et le premier de ces deuils, c'est l'accouchement. Et peut-être qu'une partie de toi ne se remettra jamais tout à fait de la dernière fois où tu as appelé Marine « Coquillette », ou du dernier coup de pied que tu as senti dans ton ventre… Mais tu feras ton deuil et tu trouveras un autre bonheur dans le fait de voir Marine changer, grandir, apprendre…

Je pleure. Les larmes dégoulinent le long de mes joues. Eva caresse ma main avec douceur. Les émotions traversent ses yeux verts sans filtre dorénavant.

— Tu n'as pas besoin de partir au bout du monde, Claire, tu as besoin d'aller voir un médecin. On parle de « baby blues ». C'est un joli mot, baby blues, léger et poétique, qui évoque un air de saxophone un peu mélancolique. Un mensonge ridicule et dangereux qui n'illustre en rien une situation dans laquelle tu te demandes qui, de toi ou de ton bébé, tu vas jeter en premier par la fenêtre. Tu n'es pas fatiguée, tu n'as pas besoin d'un temps d'adaptation. Tu fais ce qu'on appelle une dépression post-partum, ça arrive bien plus souvent qu'on ne le croit. Il faut que tu te fasses aider, parce que tu ne peux pas partir à l'autre bout du monde. Ta fille a besoin de toi.

— Non, je murmure, Marine sera mieux sans moi…

Eva soupire, son regard devient lointain.

— Claire, écoute-moi, si tu fais ça, tu ne pourras jamais te pardonner, tu le regretteras toute ta vie.

Je hausse les épaules, avec lassitude.

— Tu n'en sais rien.

Eva saisit mes mains dans les siennes et se penche en avant.

— Si, je le sais, tu sais pourquoi ? Parce que j'avais vingt et un ans quand j'ai eu mon premier bébé, j'ai pris le premier avion pour l'Indonésie et j'ai abandonné mon enfant. Voilà. C'était il y a dix-neuf ans, et il n'y a pas un jour, depuis, où je ne l'ai pas regretté.

Je suis allongée sur la plage, les yeux fermés. Du bout des doigts, j'effleure le sable chaud et je me laisse bercer par la musique. La voix de Bob Marley s'interrompt brutalement dans un gargouillis, je tourne la molette du son. Rien, mon walkman ne réagit pas. Évidemment, je n'ai pas pensé à prendre des piles de rechange. Je fais glisser le casque autour de mon cou. J'appuie sur « Eject » pour sortir la cassette, elle résiste. « Legend ». Bob Marley and The Wailers. Avec horreur, je constate que la bande s'est déroulée, elle s'est emmêlée dans le mécanisme et est restée coincée. « Three Little Birds ». C'était ta chanson, celle que je fredonnais en boucle pour te calmer. Je l'ai trop écoutée, trop rembobinée. Délicatement, j'essaye de la sortir, mais la bande est cassée, elle s'est effilochée comme un ruban de papier cadeau. Il n'y a rien à faire. Je n'arrive pas à retenir mes larmes. Cette chanson, c'était tout ce qu'il me restait. Les mains tremblantes, je glisse la cassette détruite dans sa boîte en plastique. J'ai l'impression de sceller mon cœur dans un cercueil. J'ai du mal à respirer entre deux sanglots.

— Eva ? Ça va ?

La voix de Liberty. Bien sûr que non, ça ne va pas. Je serre la cassette contre moi comme si je venais de perdre mon bébé.

— Ma cassette, ma cassette ! je balbutie.

Liberty fronce les sourcils. J'ai toujours été comme ça : brin de paille ballottée dans la tornade de mes émotions, encombrée de mes sentiments, comme un boulet à la cheville qui m'attire irrésistiblement vers le fond.

— Ce n'est qu'une cassette, Eva, murmure-t-elle avec douceur.

Ce n'est pas qu'une cassette. C'était le dernier lien qui subsistait entre toi et moi. Après une seconde d'hésitation, Liberty me prend dans ses bras et me serre contre elle. Je me laisse faire et je pleure sur son épaule.

— Ne t'inquiète pas, murmure-t-elle, ça va aller.

Je ne sais pas combien de temps je laisse les larmes couler mais, entre deux sanglots, je lui raconte tout. Puis, je me tourne vers la mer, enfouis mes pieds dans le sable et ma tête dans mes genoux.

Le regard de Liberty tombe sur le carnet qui dépasse de mon sac à dos.

— Attends, dit-elle.

Elle se lève et s'éloigne. Quelques minutes plus tard, elle revient avec un stylo et elle me le tend. Je l'attrape mécaniquement, le réflexe de survie d'un noyé qui attrape une perche au beau milieu de l'océan.

— Tu devrais écrire tout ce que tu m'as raconté. C'est pour ça que tu as pris ce carnet, non ?

Je secoue la tête, je pleure toujours. Comment un stylo publicitaire en plastique pourrait-il arranger quoi que ce soit ? Je n'écris plus. Avant, oui. À vrai dire, il me semblait aussi naturel d'écrire que de manger ou dormir. J'ai commencé très jeune, c'était la seule chose qui me soulageait. Je déversais sur le papier le trop-plein de sentiments, je noircissais des cahiers de souvenirs et de sensations, et c'était dans cet espace, entre les lignes, que je trouvais la joie et la liberté. Mais les gens comme moi n'ont pas le droit d'écrire. Écrire, c'est pour les professeurs de lettres, les intellectuels, les hommes sérieux avec une barbe et des lunettes. Et pourtant, Liberty m'a glissé un stylo dans les mains et, sans que je puisse expliquer pourquoi, c'est comme si elle avait ouvert une fenêtre à un oiseau prisonnier qui se cognait désespérément contre le carreau. Les mots se mettent à fourmiller au bout de mes doigts. Alors, j'ouvre le carnet et je laisse les émotions couler sur la page blanche.

Ce n'est pas un hasard si j'ai emporté ce carnet. Tout comme ce n'était pas un hasard si ma mère a choisi la France pour construire notre nouvelle vie quand nous sommes parties de Barcelone : elle rêvait depuis longtemps du pays de l'égalité et de la liberté. Ta grand-mère était brillante, cultivée et curieuse de tout. Elle a appris le français seule, très rapidement. Elle dévorait les livres, me traînait dans les musées parisiens et m'inscrivait à toutes les activités culturelles gratuites proposées par la mairie de la ville de banlieue où nous habitions. Nous avions une carte de bibliothèque dans trois établissements différents, de manière à pouvoir emprunter suffisamment de livres pour la semaine. Nos lectures étaient d'infinies sources de conversations et de débats. C'est elle qui m'a encouragée à écrire très tôt, d'abord un journal, puis des descriptions et de petites histoires. Pas pour m'inciter à poursuivre des études littéraires, mais parce qu'elle tenait à ce que je parle français à la perfection. Elle m'a tant poussée que, très vite, mes centres d'intérêt se sont réduits à une unique obsession : les livres. Je collectionnais les mots. Je recopiais à l'infini mes préférés dans des cahiers. « Libellule. Clapotis. Papillon. Croquignole. Scintillant. Croissant. Ribambelle »... J'ai gardé des dizaines de carnets noircis de citations, d'extraits de livres qui m'ont marquée. Je rentrais en courant de l'école pour avoir un peu plus de temps pour lire. Je lisais à table, le soir et le matin, dans mon bain, sous la table en classe et en marchant dans la rue. Rien d'autre ne m'intéressait. J'ai complètement perdu mon accent espagnol. De bonne dernière en français, je suis devenue première en moins de deux ans. Quand je suis arrivée en fin de classe de seconde, tout le monde était d'avis, depuis la bibliothécaire jusqu'à la directrice du lycée, que je devais suivre des études de lettres. Ma mère, obsédée par la stabilité et la sécurité, a essayé de me convaincre de me diriger plutôt vers les mathématiques. Mais comme n'importe quelle adolescente de mon âge, je ne l'ai pas écoutée. Je suis entrée en première littéraire. Plus tard, ma mention « Très bien » au baccalauréat en poche, je me suis inscrite en lettres modernes à la Sorbonne.

Je rentrais en deuxième année de fac quand j'ai rencontré ton père. J'avais vingt ans et lui trente-sept.

L'histoire vieille comme le monde de l'idyllè entre une élève et son professeur. Malgré mes excellentes notes, j'étais timide et introvertie et me sentais petite banlieusarde sur les bancs de l'université. Je revivais mes premières années en France, quand les autres élèves se moquaient de mon accent, de mes fautes de français et de mes vêtements du Secours populaire. Quand ton père s'est intéressé à moi, avec sa culture, sa prestance et son expérience, j'ai eu le sentiment que Dieu, du haut de son estrade, me tendait la main pour me faire venir parmi les grands. Sans surprise, ta grand-mère a détesté l'idée que je m'installe aussi vite dans l'appartement parisien de mon amant. Pas seulement parce qu'il fallait qu'elle prenne un bus et deux RER pour venir me voir, mais parce que, pour elle, j'avais commis l'erreur suprême : j'avais accepté de dépendre d'un homme. « Il est trop vieux, il exploite ta jeunesse et ta naïveté », avait-elle déclaré d'un ton péremptoire quand je lui avais annoncé la nouvelle. Elle a accepté de le rencontrer malgré tout. Elle est la seule personne que je connaisse sur qui le charme de ton père n'a jamais fonctionné. Elle l'a détesté au premier regard. « Trop charmant pour être honnête », a-t-elle conclu dans l'ascenseur alors que je la raccompagnais en bas pour la faire monter dans le taxi qu'il lui avait aimablement commandé. « Ton père aussi me traitait comme la huitième merveille du monde au début. Dans ton histoire, tous les voyants sont au rouge ! »

Ton père et moi étions ensemble depuis un peu plus d'un an quand je suis tombée enceinte. Quand nous l'avons annoncé à ma mère, elle s'est décomposée. Après cet épisode, ton père a interdit qu'elle vienne à la maison. Il ne voulait pas de cette négativité autour de toi. Je la voyais quand même, bien sûr, dans des cafés, au restaurant, parfois, nous allions nous promener dans le jardin du Luxembourg. Elle me parlait de sa propre grossesse, de ma naissance, nous nous rappelions des souvenirs d'enfance qui dataient de l'époque de Barcelone, nous évoquions parfois même mon père, sujet tabou par excellence, mais jamais le tien.

J'ai adoré être enceinte de toi. Je n'ai jamais souffert de nausées ou de baisse de moral, la plupart des désagréments de la grossesse m'ont été épargnés. J'admirais mon corps, ce qu'il était capable de faire, je ne lui faisais plus le moindre reproche. Pour la première fois de ma vie, je m'acceptais comme j'étais. Ma mère était aux petits soins. Elle avait beau désapprouver le choix du père, l'idée d'être bientôt grand-mère, au fond, l'enchantait. Elle n'arrêtait pas de me répéter qu'elle pourrait te garder pendant que je poursuivrais mes études. Ton père et moi avons choisi ton prénom au troisième mois de grossesse : tu t'appellerais Emmanuelle. Je le murmurais en caressant mon ventre, heureuse que, sur le sujet du prénom, nous nous soyons mis d'accord facilement. Pour le reste, nous nous disputions de plus en plus. Épanouie dans ma grossesse, je ne prêtais pas attention à ses commentaires, pourtant, avec le recul, je me rends compte que ses sentiments à mon égard se sont dégradés avec les premiers kilos. Selon lui, je ne prenais soin ni de moi ni de toi, j'étais égoïste. Peut-être ces remarques étaient-elles prémonitoires : tu n'étais pas encore née que, déjà, j'étais une mauvaise mère. J'aurais mieux fait « de rester à la maison et d'arrêter de m'empiffrer ». Ces piques avaient commencé perfidement, légères, sur le ton de la plaisanterie. Je m'étais habituée progressivement à entendre ce genre de commentaires, de plus en plus violents, de plus en plus rabaissants. Je n'aimais pas le conflit, je n'avais pas envie de subir sa colère, alors, je ne répondais pas.

J'ai pris conscience que je le détestais le jour où il a lu mon roman. J'avais rédigé le récit de mon enfance en Espagne et de notre fuite en France avec Maman. J'avais d'abord rassemblé des souvenirs, puis, au fur et à mesure que j'avançais dans leur rédaction, je m'étais aperçue qu'en modifiant un peu la réalité, j'avais la trame d'un roman. Évidemment, ce texte comportait de nombreuses faiblesses. J'étais très jeune quand j'en ai entamé l'écriture, mais j'avais un premier jet cohérent. Je l'avais fait lire à ma mère qui avait montré un enthousiasme débordant. J'avais été surprise qu'elle, qui aurait rêvé que j'abandonne mes études de lettres pour un domaine « plus sérieux », fasse preuve d'autant d'admiration. Alors que j'avais toujours écrit en cachette, de peur d'être jugée, j'ai décidé d'en parler à ton père. Il a voulu lire et j'ai refusé : je voulais d'abord terminer et retravailler mon manuscrit.

Quelques jours plus tard, je l'ai trouvé plongé dans mon texte, que j'avais pourtant caché dans mon armoire, sous une pile de pull-overs. Furieuse, je me suis précipitée sur lui et je lui ai arraché des mains.

— Je t'avais interdit de lire mon roman !

Il m'a dévisagée avec stupéfaction. Manifestement, il était tellement plongé dans sa lecture qu'il ne m'avait pas entendu rentrer. Puis, il a éclaté de rire.

— Ton roman ?!

Il avait appuyé sur le mot avec une ironie mordante qui m'a fait l'effet d'une gifle.

— Ma pauvre Eva, c'est toi qui as écrit ce truc ? Ce sont ces niaiseries de bonnes femmes qui ont plu à ta mère ? Ça ne m'étonne pas !

Il riait et, pourtant, il était en colère. Était-ce parce que j'avais refusé de le lui faire lire ? Parce qu'il n'a jamais supporté la moindre preuve d'indépendance venant de moi ? Parce que lui-même avait toujours rêvé d'écrire un livre et n'y était jamais parvenu ? Je ne sais pas. Je sais juste que son rire sonnait faux. Je me suis mise à pleurer. Ma mère m'avait donné espoir que, peut-être, ce texte pourrait être considéré comme un livre. Bêtement, dans mes rêvasseries quotidiennes, je m'étais imaginée publiée, mon nom sur une couverture cartonnée… Des rêves de gamine qu'il venait de faire exploser en mille morceaux d'un rire méchant.

Aussitôt, il m'a prise dans ses bras et s'est excusé.

— Je suis désolé, ma chérie, mais on ne s'invente pas écrivain ; écrire, ce n'est pas pour les filles de caissière.

De : eleonore.thibaut@editionsdupontel.com
À : eva@evadiaz.fr
Sujet : RE : ton prochain roman

Chère Eva,
J'espère que tu vas bien. Pour la troisième fois, je décale ta date de sortie. J'ai vraiment besoin de savoir où tu en es afin de pouvoir prendre les dispositions nécessaires. Je te défends autant que je peux auprès de la direction, mais à ce stade, et compte tenu du montant de l'avance que je t'ai versée pour ce livre, je risque mon poste. Je t'en conjure, envoie-moi quelque chose, n'importe quoi, le plus vite possible.
Je t'embrasse,
Éléonore

De : eva@evadiaz.fr
À : eleonore.thibaut@editionsdupontel.com
Sujet : RE : ton prochain roman

Je ne sais pas quoi te dire, Éléonore.
La vérité, c'est qu'il n'y a pas de livre.
Il n'y en a jamais eu.
Pas une page, pas une phrase.
Je suis profondément désolée.
Eva

CLAIRE

Je dévisage Eva bouche bée. J'essaye de recoller les morceaux. Eva a abandonné son bébé. Eva qui donne des conseils non sollicités sur la grossesse, Eva qui passe des heures avec ses enfants, organise toute sa vie autour d'eux, qui clame que rien n'est plus important pour elle que la maternité.

— Tu as fait ça, toi ?

— Oui. Je croyais que je n'étais pas faite pour être mère et que ce serait mieux pour tout le monde.

Elle s'essuie les mains sur sa serviette en papier et lève la main pour commander un deuxième verre de vin. Je suis tellement soufflée que je l'imite.

— J'ai eu quatre grossesses, poursuit-elle, toutes très différentes, mais avec une difficulté commune : la culpabilité. C'est probablement le sentiment le plus partagé par toutes les mères de l'univers. Depuis que je suis mère, tout ce qui ne consiste pas à m'occuper de mes enfants est devenu source de culpabilité. Prendre un bain, boire un verre, fumer une cigarette, faire du sport, lire un livre ou en écrire un, donner des petits pots industriels, les laisser pleurer cinq minutes parce que je suis à bout, oublier le goûter, les mettre à la crèche ou à l'étude parce qu'il faut que je travaille... Mais cette culpabilité, je peux vivre avec, parce qu'au fond, je sais qu'elle n'est pas légitime. Elle est le fruit d'une construction sociale de ce rôle de mère idéale que personne n'atteint jamais et dont on nous rebat les oreilles. La preuve étant que si j'étais un homme, je ne ressentirais rien de tout cela. J'en ferais dix fois moins pour mes enfants, et j'aurais le sentiment de mériter une ovation chaque fois que je leur ouvre une boîte de raviolis... En revanche, la culpabilité d'avoir abandonné mon enfant, alors qu'il n'avait rien pour affronter le monde, me ronge depuis des années. Je me lève tous les matins comme si j'avais avalé de l'acide, elle me tue à petit feu. Si je n'avais pas rencontré Jérôme, sans son amour fou, sa patience d'ange et nos trois fils, je n'aurais pas pu survivre. C'est inhumain de vivre avec ça, Claire. Et crois-moi, si tu n'es pas capable de te pardonner de ne pas t'être réveillée une fois pour nourrir Marine, tu n'es pas près de te pardonner de monter dans cet avion.

— Mais tu es revenue ?

— Oui, j'ai pris la décision de revenir au bout de quelques semaines.

L'aéroport est calme, dehors il fait nuit, j'aperçois par la fenêtre les lumières clignotantes des avions et des tours de contrôle... La promesse d'un ailleurs, d'une forme de liberté.

— C'est pour ça que tu as choisi de me prendre un billet pour Jakarta ? Parce que c'est là où tu étais allée ?

Eva pousse un soupir et se penche en avant.

— Non, c'est un hasard, j'ai choisi ce billet parce que c'est le dernier vol qui décolle ce soir.

Je la dévisage sans comprendre.

— Et ?

— Et ça me laissait un peu plus de trois heures pour te convaincre de ne pas prendre une décision que tu regretteras chaque jour jusqu'à la fin de ta vie.

J'ai perdu Maman durant mon septième mois de grossesse. Cancer foudroyant. Elle est partie en quelques semaines. Je dormais à l'hôpital, sur une chaise en plastique, ma main dans la sienne. J'avais le dos en compote et des contractions régulièrement, mais j'étais incapable de la laisser seule. Ton père était furieux : j'allais provoquer un accouchement prématuré, j'étais inconsciente et égoïste. Il n'est pas venu la voir une seule fois.

Je ne sais pas pourquoi, un jour, elle m'a dit :

— Tu te souviens de tous ces cadeaux que m'offrait ton père quand il voulait se faire pardonner sa violence ?

— Oui, mais ne parle pas, tu vas te fatiguer.

— Une nuit, quand nous n'avions plus du tout d'argent et que nous dormions dans la voiture, tu m'as reproché de ne pas les avoir emportés.

— Je suis désolée, Maman, je ne me rendais pas compte de…

— Non, attends, ça m'a beaucoup travaillé, toutes ces années, cette frustration que tu avais d'avoir renoncé à ces objets.

J'ai haussé les épaules.

— C'est juste qu'ils avaient énormément de valeur et ils t'appartenaient, Dieu sait que tu les avais payés cher…

Elle a souri doucement et j'ai senti sa main presser faiblement mes doigts.

— Il n'y a que deux choses en ce monde qui ont de la valeur, Eva, l'amour et la liberté. Si tu dois choisir entre les deux, choisis toujours la seconde, car il n'y a pas de vrai amour sans liberté.

Elle me fixait avec douceur. En quelques jours, elle était devenue une vieille femme, incapable de respirer sans l'aide du tuyau en plastique qui s'enfonçait dans ses narines. La voir ainsi me brisait le cœur. De sa beauté fanée par les chagrins, il ne restait que ses yeux. Ta grand-mère avait des yeux magnifiques, du bleu-vert des eaux chaudes et transparentes qui bordent les plages des îles désertes. Je me la suis rappelée, quand elle venait me chercher à l'école, si belle, si élégante avec ses talons hauts assortis à son sac à main et ses robes bien coupées, souriante et pleine de vie. J'ai compris que cet amour que je cherchais depuis toujours, l'amour pur, lumineux et désintéressé qu'on voit au cinéma était juste là, dans les yeux si doux aux couleurs de l'océan de ma mère et son visage qui s'illuminait quand elle me voyait apparaître devant la grille de l'école.

Comme si elle lisait dans mes pensées, elle a souri de nouveau.

— Je crois que tu devrais écrire, tu as toujours écrit. Promets-moi que tu finiras tes études, que tu feras les voyages dont tu rêvais et de ta vie quelque chose qui te plaît.

— Je te promets, Maman.

Je pleurais en silence. Il paraît qu'un bébé entend tout in utero, qu'il ressent les émotions de sa mère. Je me demande s'il te restera quelque chose, bien caché au fond de ton inconscient de cette conversation.

— Tu sais, a-t-elle murmuré avec tendresse, la violence, ce n'est pas que les claques et les coups de poing. Les paroles blessantes, la restriction de ta liberté, le simple fait de penser qu'une personne t'appartient et que tu as le moindre droit sur elle, sur sa vie et sur ses décisions, c'est déjà de la violence.

Au prix d'un ultime effort, elle a posé la main sur mon ventre rond. Une caresse aussi légère qu'une feuille morte tombée d'un arbre et pourtant tu t'es retournée dans mon ventre. Elle a souri. J'ai dû rentrer à la maison chercher des affaires. Quand je suis revenue, elle était plongée dans le coma, elle est morte cinq jours plus tard.

Tu es née le lendemain de son enterrement. Ton père n'était pas là quand les contractions ont commencé à se faire régulières. Je n'avais pas dormi depuis trois jours, je ne faisais que pleurer. Je suis allée seule à l'hôpital. Trente-six heures de souffrance pour finir en césarienne. Tu as failli mourir et j'ai perdu beaucoup de sang. Ce furent les pires heures de ma vie. Ton père est arrivé deux heures après ta naissance. Il a pleuré de joie en te voyant puis il s'est tourné vers moi, avec un regard de reproche :

— Ce n'est pas l'idéal pour le bébé, la césarienne.

J'étais trop épuisée pour répondre. Tu devais t'appeler Emmanuelle, c'était le nom de ta grand-mère paternelle, mais en te voyant, j'ai su que cela ne t'irait pas. Alors, sans consulter ton père, j'en avais donné un autre à la sage-femme. J'ai choisi ton prénom en souvenir des yeux aigue-marine de ta grand-mère et de ces voyages à travers le monde que j'avais toujours rêvé d'entreprendre, un prénom d'aventurière, qui alliait la douceur salée du sable chaud à la puissance de la tempête en haute mer. Je t'ai appelée Océane.

OCÉANE

La neige tombait sur Collegetown, des étudiants glissaient en riant, titubaient dans les lumières des enseignes et des réverbères le temps de passer d'un bar à un autre, d'une colocation à une fête dans une fraternité. Certains emmitouflés, manteau de ski et bottes fourrées, d'autres plus téméraires, en mini-jupe et bottes à talons malgré le froid. Océane restait plantée là, sous un réverbère, le visage levé vers la lumière, à fixer les flocons.

Il a dit de ne pas prendre trop au sérieux ce que tu écrivais… qu'il t'aidait à écrire tes textes et que, à vrai dire, il en était quasiment l'auteur.

Elle aurait pu être tentée de ne pas croire Jonathan. Mais elle avait la certitude, et c'était suffisamment rare pour être souligné, que Jonathan était exactement ce qu'il prétendait être : un excellent professeur dont la vocation était de guider ses élèves sur le chemin qui leur permettrait de s'épanouir.

Jonathan était honnête, Jonathan était sincère. Il contemplait sa femme avec des yeux remplis de respect, d'admiration et d'amour. Un jour, il serait un père extraordinaire.

Pourquoi son père avait-il menti ?

Tu sais très bien pourquoi.

Elle devait se forcer à croire qu'il l'avait fait pour son bien. Elle n'avait pas le droit de le trahir. Il s'était occupé d'elle, avec tous ses problèmes. Il ne l'avait pas laissé tomber, lui. Tout était là, dans le grenier de l'oubli, dans le vieux coffre sous la lucarne. Ce qu'elle savait sans vouloir le savoir : sa mère, la vraie, partie. Elle l'avait abandonnée quand elle était bébé, elle n'avait pas voulu d'elle. Elle s'était dit : « Finalement, non. J'ai changé d'avis. J'ai fait une erreur. Ce bébé est nul et sans intérêt. Je n'en veux plus. » Elle avait renoncé à Océane comme à un vêtement moche qu'on rapporte au magasin. En partant, elle avait creusé un trou noir dans la poitrine d'Océane, impossible à colmater, dans lequel toutes les émotions s'engouffraient comme un vent furieux, sans jamais réussir à sortir. Son père, lui, était resté. Elle lui devait de ne pas s'être retrouvée seule au monde.

Ils le lui avaient révélé quand elle avait sept ans. L'âge de raison. « Ça ne change rien, je t'aime, tu es ma fille », avait dit Mam's. De la même manière qu'elle avait répondu d'un ton léger à une amie qui avait remarqué un problème dans les dates : « Oh, c'est parce qu'Océane, je ne l'ai pas portée, mais ça ne change rien. » Il semblait à Océane que ça changeait tout, et que cette façon de répéter que ça ne changeait rien ne faisait que souligner le problème.

Si Océane et Amanda étaient en danger de mort, par exemple kidnappées par un psychopathe armé d'une tronçonneuse qui lui demanderait de choisir entre les deux, Mam's sauverait Amanda. Océane en était persuadée.

Elle devait ranger ce nouveau mensonge de son père avec les autres, dans le coin de son cerveau où elle n'allait jamais, le coin des émotions trop dures, trop laides pour être ressenties. Elle devait laisser tomber la littérature et faire médecine, parce que c'est ce qu'il attendait d'elle et qu'elle lui devait une reconnaissance éternelle.

Tu as un vrai talent.

Elle n'avait cependant aucune envie d'arrêter d'écrire. Elle n'avait pas envie de faire médecine. De toute façon, elle s'évanouissait quand on lui faisait une prise de sang. Elle ne se sentait vivante que quand elle écrivait. C'était là où devaient aller toutes ces émotions qui la déchiraient en permanence : sur le papier sous forme de mots bien alignés. Tout ce qu'on pouvait créer avec les vingt-six lettres de l'alphabet, à condition de les mettre dans le bon ordre, c'était magique. C'était sa vérité à elle.

Le style est médiocre et gâcherait le fond, s'il y en avait un.

Un autre mensonge. Jamais son père ne se serait vanté d'avoir « quasiment écrit » un texte dont il penserait autant de mal. Océane restait sous son réverbère, et la neige tombait. Ça bouillonnait en elle comme les chutes les plus hautes de Kefalonia. Elle sentait des fourmillements jusqu'au bout de ses doigts. Sa mère partie. Son père qui mentait. Mam's et Amanda tellement loin. Jonathan qui envoyait ses textes à des journaux sans même lui demander l'autorisation. Son cœur brisé. Le monde entier qui prétendait savoir mieux qu'elle ce qu'elle avait à faire. Océane, bulle de savon, hypersensible, délicate, fragile. Elle ne pleurait même pas, rien ne sortait. Et le sentiment qui montait en grondant, elle ne le connaissait pas vraiment. C'était une émotion nouvelle, gris foncé, presque noire. Des vagues fracassantes, tonitruantes, qui la submergeaient de toutes parts, dévorant tout sur leur passage et qui la faisaient se sentir immense, forte, invincible. Il était là depuis toujours, ce sentiment, tapi dans l'ombre, et soudain il se cristallisait à toute vitesse. Il montait en elle comme les cristaux se formaient sur les bulles de savon. Il avait suffi de la bonne température au bon moment pour que la tornade se lève. Océane, sous son réverbère et la neige qui tombait. C'était là depuis le début, depuis très longtemps, sous la douceur, la peur et la gentillesse. C'était elle aussi, cette émotion-là. Elle demandait seulement à ce qu'on la laisse enfin sortir et ils n'auraient qu'à composer avec, les autres, l'univers tout entier. Elle en avait fini de les laisser décider à sa place de ce qu'elle devait faire, d'avoir peur, de s'excuser d'exister et de marcher sur la pointe des pieds. Pour la première fois, Océane était en colère. Elle était furieuse. Elle était même folle de rage. Elle avait envie de tout casser.

CLAIRE

J'écoute Eva me raconter les grandes lignes de son histoire, fascinée.

— J'ai suivi une thérapie à mon retour. Il m'a fallu deux ans pour redevenir moi-même. J'ai souffert d'une grave dépression post-partum, Claire, c'est pour ça que je te parle de tout ça. C'est très dur, d'avoir un bébé, surtout le premier, et on te prévient rarement qu'il y aura des moments d'épuisement, de découragement et de solitude. Mais si tu penses que la seule issue pour toi est d'abandonner ton enfant ou de disparaître de la surface de la Terre, il faut voir quelqu'un. La dépression est une maladie, elle ne se soigne pas en faisant du yoga sur les plages d'Indonésie.

— Mais ton fils, il a l'air parfaitement…

— Gabriel n'est pas mon fils aîné, coupe-t-elle abruptement.

Je la dévisage sans comprendre et j'avale difficilement ma salive. La souffrance se lit sur le visage d'Eva, elle baisse les yeux sur ses mains, qu'elle tord avec nervosité avant de poursuivre.

— Il y a dix-neuf ans, j'ai eu une fille.

Je digère cette information. Je me souviens maintenant qu'Eva, lors de notre première rencontre, m'avait dit avoir quatre enfants, mais elle n'a jamais mentionné que trois de ses fils par la suite.

— Elle est où ?

Les yeux d'Eva se remplissent de larmes, elle met quelques secondes à répondre.

— Je ne sais pas... En revenant à Jakarta, je me suis fait agresser. On m'a volé tout mon argent et mon passeport. Je ne voulais pas demander d'aide à mon ex, Alain. Je n'avais plus de famille et il m'avait beaucoup isolée de mes amis. Refaire mon passeport et rassembler l'argent pour mon billet retour a pris plus de quatre mois... Quand je suis rentrée, Alain vivait déjà avec une autre femme. J'attendais souvent en bas de l'immeuble pour tenter d'apercevoir la poussette, mais il m'a menacée de porter plainte, il me traitait de folle. J'étais sous antidépresseurs, complètement perdue, je n'avais pas conscience qu'il me manipulait. Les premiers mois, il m'affirmait que ma fille allait bien, mais qu'il voulait être sûr que je sois soignée avant de me laisser la revoir. Il avait peur que je lui fasse du mal, disait-il. Puis il a coupé les ponts du jour au lendemain : il a déménagé. Ça fait des années que je le cherche, j'ai engagé un détective privé, j'ai tout essayé, ça n'a jamais rien donné.

— C'était ça, les factures exorbitantes au nom de Nicolas Janvier ?

— Oui, l'agence de détectives continue de me facturer, mais je crois qu'ils ont abandonné toute recherche sérieuse depuis des années… Ils n'y croient plus du tout.

— Tu n'as jamais pensé à porter plainte ? Il n'a pas le droit de t'empêcher de voir ta fille…

Eva secoue la tête avec désespoir.

— Au début je n'ai pas osé, j'étais partie, pas lui. Il me donnait des nouvelles d'elle tout en me disant que, si j'essayais de l'approcher, il ferait intervenir le juge, qu'il demanderait la déchéance de mes droits parentaux, qu'il ferait témoigner mon psychiatre… J'étais très jeune, malade et influençable, il avait des connexions. Je me suis dit que le plus sage était de ne pas l'énerver et qu'il finirait par voir que j'allais mieux et qu'on trouverait un arrangement. Longtemps, il m'a laissée espérer que j'aurais le droit de la revoir… Il m'a menée en bateau, le temps d'organiser son départ. Et puis, il a fait un trou dans la lune, du jour au lendemain. J'ai attendu des nouvelles, un appel… Même ses amis ne savaient pas où il était parti. J'avais abandonné mon enfant, mes études, je n'avais pas un sou, tandis que lui connaissait tout Paris. Ma fille avait alors quasiment un an, j'ai pensé que je n'avais aucune chance de gagner un procès et que je risquais de perdre tout droit sur mon enfant. J'ai essayé de le retrouver par mes propres moyens, et quand j'ai compris que je n'y arriverais pas, il était trop tard pour faire intervenir la justice : qui accorde la garde à une mère qui met autant de temps à porter plainte pour enlèvement ?

Je ne sais pas quoi répondre. Je fixe Eva, la tristesse qui émane d'elle me donne envie de pleurer. Je lui prends la main et lui demande avec douceur :

— Elle s'appelle comment ?

— Océane Martin, un nom aussi commun, ça ne facilite pas les choses.

Le nom déclenche une petite étincelle dans un coin de mon cerveau. Quelque chose dont je devrais me souvenir, mais impossible de savoir de quoi il s'agit.

— Océane, comme l'héroïne du livre que tu es en train d'écrire ?

Eva hausse un sourcil surpris.

— Oh, ça… Oui, enfin c'était une idée, de donner son prénom à ma prochaine héroïne. Mais je n'ai rien écrit. J'ai juste prétendu travailler sur un manuscrit pour calmer Éléonore.

Je dévisage Eva, stupéfaite.

— Mais… et ce dossier « Océane » sur ton ordinateur, tous ces mails avec Éléonore sur l'étudiante qui tombe amoureuse de son prof ?

Eva hausse les épaules.

— Le dossier, c'est toutes les recherches qui n'ont pas abouti. Quant à l'histoire, c'est mon histoire avec le père d'Océane, tout simplement. Il était professeur de lettres, j'envisageais d'écrire un roman sur le sujet… J'espérais que, peut-être, Océane le lirait et se reconnaîtrait. J'ai vendu tellement d'exemplaires depuis dix ans que j'imaginais que, peut-être, un jour, au détour d'une librairie, elle tomberait sur un de mes romans et que ce serait un lien entre elle et moi. C'est ridicule, je sais… J'ai toujours cru que les livres avaient le pouvoir de rassembler les gens. Je n'ai pas écrit une ligne depuis trois ans et je n'ai aucune idée de ce qu'est devenue ma fille, je ne sais même pas si elle va bien…

Je fronce les sourcils, quelque chose me revient subitement à l'esprit, le petit souvenir que je cherchais un peu plus tôt.

— Ta fille s'appelle Océane Martin, comme Douglas Martin ?

Eva plisse les yeux, étonnée.

— Comment as-tu entendu parler de Douglas Martin ?

— Je suis tombée sur ce livre dans ton bureau... *Feuilles d'automne* de Douglas Martin et l'histoire est... comment dire... très proche de ton premier roman. Je me demandais si... enfin, je veux dire...

Eva lève la tête et me fixe de son regard acéré.

— Tu veux dire que tu as fouillé mon bureau et que tu penses que j'ai plagié Douglas Martin ?

Je rougis, mal à l'aise, et pourtant je hoche la tête.

Eva lève les yeux au ciel.

— *Feuilles d'automne* est le premier roman que j'ai écrit. J'étais encore très jeune et j'ai rédigé l'histoire de mon enfance et de notre fuite d'Espagne avec ma mère. Le père d'Océane s'appelle Alain Douglas Martin, il avait lu le manuscrit et s'en était moqué, il l'avait jugé mauvais. Sa critique malveillante m'a détruite, je n'ai pas touché un stylo ou un clavier pendant des mois après cette conversation. Plus tard, j'ai compris qu'il n'en pensait pas un mot, qu'il était simplement jaloux, car il avait toujours rêvé d'écrire un roman, mais qu'il en était incapable. Il m'a volé mon texte et l'a fait publier en utilisant son deuxième prénom... Je pense que c'est une autre raison pour laquelle mon retour lui a posé problème.

— Mais... tu n'as rien fait ?

— Je m'en fichais, je voulais juste récupérer ma fille et je crois qu'il savait que je n'oserais jamais l'attaquer en justice alors qu'il avait Océane.

— Mais pourquoi est-ce que tu l'as réécrit ?

Eva hausse les épaules.

— Pour deux raisons : la première, c'est que ça me rendait malade que le texte ait été publié en l'état. C'était un premier jet écrit par une adolescente inexpérimentée. Même s'il n'y avait pas mon nom dessus, j'avais honte, car je savais que c'était mon texte et je suis une perfectionniste.

En repensant aux classeurs de critiques qu'Eva avait conservées et annotées, je comprends. Être perfectionniste à ce point relève de la névrose.

— Et la deuxième ?

— Je croyais que si j'arrivais à faire publier ma version, et qu'Alain l'apprenait, il serait vexé et tenterait de me faire un procès pour se justifier… J'avoue que je n'avais pas anticipé un tel succès. Il l'a forcément su ; hélas il n'a jamais réagi. Le problème, c'est qu'il aimait sa fille et qu'il était prêt à faire beaucoup de sacrifices pour m'exclure de leurs vies.

— Donc, Alain Douglas Martin est le père de ta fille ?

— Oui…

Je fixe Eva quelques secondes, pensive.

— Les détectives auxquels tu as fait appel ont pensé à chercher Océane en dehors de France ?

— Au début, je crois oui… mais c'est compliqué, chercher un homme qui a très probablement changé de nom dans le monde entier, quand on n'a pas le début d'une piste… Et puis, comme je te le disais, je crois qu'ils ont vite abandonné.

Je souris et réponds d'un ton triomphal :

— Sauf si cet homme est suffisamment imbu de lui-même pour être incapable de ne pas évoquer des années plus tard le seul roman qu'il ait jamais réussi à publier, même s'il ne l'a pas écrit !

Eva me fixe sans comprendre et je sors mon téléphone. Je me souviens d'un article qui était remonté au cours de mes recherches sur Douglas Martin, au sujet d'un professeur d'université. Il ne m'avait pas interpellé à l'époque, parce que je cherchais juste à savoir si Eva avait copié le roman de Douglas Martin, pas à retrouver sa trace.

— Ah ! Voilà l'article ! En page cinq des recherches Google quand je tape « Douglas Martin ».

L'article a été publié dans un petit journal en ligne créé par des étudiants d'une université à Chicago et dénonce un scandale qui aurait été, selon eux, étouffé par l'administration : un professeur de littérature, du nom d'Alain D. Vasseur a démissionné à la suite de sa liaison avec une étudiante. La jeune fille était majeure, mais l'affaire a déclenché l'indignation au sein de l'université, quand l'intéressée a tenté de s'ouvrir les veines. Et tout en bas de l'article, dans une courte biographie d'Alain Vasseur, une petite phrase avait fait remonter l'article dans mes recherches sur Douglas Martin : « Ce professeur de littérature originaire de France et installé aux États-Unis aurait publié en France un roman sous le pseudonyme de Douglas Martin au début des années 2000. »

Je le traduis à Eva qui fixe mon téléphone, les mains tremblantes. Je vois qu'elle n'ose pas vraiment y croire.

— « Alain D. Vasseur », murmure-t-elle, c'est sûrement lui, je me doutais qu'il avait changé de nom.

Je conclus triomphalement :

— L'article date de l'été dernier. Si ton agence a abandonné les recherches depuis un moment, ils ne risquaient pas de tomber dessus… Océane est à Chicago ! Il faut qu'on aille là-bas !

Elle lève la tête vers moi avec un sourire amusé.

— Tu es déjà supposée embarquer dans dix minutes pour l'Indonésie…

L'espace d'un instant, j'avais tout oublié, Marine, Thomas, ma fuite… On peut donc avoir un bébé et penser à autre chose. Je regarde les quelques passagers pressés qui traînent leur valise à cette heure tardive, les écrans lumineux où mon vol est annoncé… Ce vol vers l'autre bout du monde avec un billet à mon nom.

— Je te raccompagne chez toi et on se parle demain ? me demande doucement Eva.

Je regarde les vagues caresser mes pieds. Je suis ici depuis bientôt quatre semaines. J'ai escaladé des volcans, j'ai prié dans les effluves d'encens des temples bouddhistes, j'ai joué avec des singes dans des jungles luxuriantes, plongé dans l'eau transparente, paressé sur des plages sauvages... Si je ne ressens plus l'épuisement qui me minait quand je suis arrivée ici, je suis toujours aussi malheureuse. « J'entends ta voix dans tous les bruits du monde. » Une citation de Paul Éluard, une de celles que j'ai rangées comme un trésor dans un de ces carnets que je trimballais toujours avec moi quand j'étais petite. Elle correspond parfaitement à mon état d'esprit actuel. Tout me ramène à toi. J'entends l'écho de ta voix dans le bruit des vagues, je me souviens de l'odeur de ton cou, de la douceur de ce petit triangle de peau juste en dessous de ton oreille. Tu me manques.

Je t'ai abandonnée un jeudi. Ma mère nous avait quittés depuis à peine deux mois. Tout le monde semblait l'avoir oubliée. Je passais mes journées à pleurer en cachette, pour éviter que ton père ne me traite une fois de plus d'hystérique. Le pédiatre avait prescrit une radio de tes hanches, il fallait y aller en voiture ou prendre trois métros et deux bus. J'avais demandé à ton père s'il pouvait t'emmener : contrairement à moi, qui n'ai même pas mon permis de conduire, il conduisait et il n'avait pas cours ce jour-là. Il a refusé, sous prétexte d'avoir du travail. Il aurait pu me suggérer de prendre un taxi, mais je pouvais bien me débrouiller pour y aller en transports en commun. Après tout, affirmait-il, à quoi servait mon congé maternité si j'étais incapable de gérer quoi que ce soit ? Je n'ai pas été surprise de son refus. Il ne s'occupait de rien. Je n'allaitais pas, mais il n'avait jamais proposé de me relayer la nuit. J'assurais depuis toujours et sans réfléchir la totalité des tâches ménagères, les courses, la cuisine, les lessives et le ménage. Il jouait avec toi, te faisait gazouiller et sourire dix minutes, puis te reposait dans mes bras dès qu'il fallait changer ta couche ou te donner un biberon. Avant ou après mon père, j'avais toujours vu ma mère tout assumer seule et je n'avais jamais remis ce modèle en question. Les médecins m'avaient prescrit deux mois de repos, mais comment me reposer entre un nouveau-né et les tâches ménagères ? Les reproches continuels de ton père sur l'état de l'appartement, alors qu'il ne levait jamais le petit doigt pour m'aider, me rendaient folle. Peut-être, si j'avais eu les idées plus claires, aurais-je trouvé quelque part le courage de le quitter, mais ma détresse et mon épuisement étaient tels que je ne voyais aucune issue à ma situation. Avec le recul, je réalise qu'un jour, j'aurais eu le droit de dormir à nouveau, que les biberons et les *couches se seraient espacés, que mon corps, à défaut de mon âme, se serait remis de mon accouchement traumatisant. Mais sur le moment, j'étais incapable de voir plus loin que la journée en cours. J'étais emmurée dans le présent, et le présent était un trou noir, du fond duquel il m'était impossible de voir l'avenir. Je serrais les dents pour ne pas hurler quand on m'expliquait en souriant : « Il faut en profiter parce que les premières années passent tellement vite. » Un jour était une décennie, une semaine un siècle. Je n'osais en parler à personne et personne ne m'a tendu la main. Je haïssais ma vie. Je voulais que ça s'arrête, je voulais mourir. J'avais glissé dans la dépression comme par mégarde, sans même m'en rendre compte.*

Cependant, le rendez-vous médical était important et je devais m'occuper de toi. Alors, j'ai pris mon courage à deux mains et je me suis lancée dans ce nouveau périple. L'aller-retour m'a pris un peu plus de quatre heures et, en sortant du métro, alors que tu t'étais enfin endormie dans le landau, j'ai décidé d'aller me promener sur les quais de Seine. C'est là que j'ai aperçu ton père avec une autre femme. J'écris « femme », mais « fille » serait un terme plus approprié. Nos dix-sept ans d'écart ne m'avaient jamais choquée, il a fallu que je le croise avec une autre étudiante pour que l'évidence me saute au visage. Ce n'est pas sa trahison qui m'a le plus blessée. À vrai dire, je m'en doutais depuis longtemps, et ce n'était pas la première fois qu'il me trompait. Il ne manifestait plus que du dégoût pour mon corps, ne m'adressait la parole que pour me faire des reproches. Ce qui m'a porté le coup fatal, c'est qu'il ait refusé de te conduire chez le médecin pour faire à la place quelque chose d'aussi futile. L'idée qu'il puisse se permettre une telle insouciance m'a laissée en état de choc. Depuis ta naissance, je n'avais rien fait pour moi. Rien. L'idée ne m'avait même pas traversé l'esprit de lui demander de s'occuper de toi une heure ou deux pour que je puisse lire un livre, aller au cinéma ou, tout simplement, faire une sieste après une nuit blanche. Je m'étais dévouée corps et âme à ton bien-être, m'oubliant totalement au passage, tandis que lui considérait légitime de passer l'après-midi avec sa maîtresse au lieu de t'emmener à l'hôpital. Il s'était arrogé ce droit. L'injustice de la situation, cette inégalité fondamentale, m'ont donné envie de hurler. J'avais perdu ma mère, subi un accouchement affreux, et pourtant, je ne lui avais jamais demandé d'aide. La seule chose qu'il avait donnée, c'était son nom, comme une étiquette collée sur ton front, alors qu'il aurait été tellement plus légitime de te donner le mien. Les mains crispées sur la barre du landau, je me suis mise à sangloter. J'avais vingt et un ans, je n'avais jamais été aussi malheureuse et je me retrouvais coincée dans une vie que je détestais, dépendante d'un homme que je méprisais. Incapable de le confronter, j'ai poursuivi mon chemin. Un peu plus tard, j'ai aperçu un guide d'Indonésie sur le stand d'un bouquiniste. On y voyait une femme de dos observant la mer. Elle avait l'air heureuse, sereine. Elle était seule. J'ai acheté ce guide pour me projeter sur ces plages de sable chaud, pour m'imaginer loin de ma réalité, les pieds dans l'eau, à écouter le clapotis des vagues. J'ai pensé que c'était un signe du destin, la main que j'attendais depuis le fond de ma détresse et que personne ne m'avait tendue. Et c'est ainsi que l'idée est apparue, une petite lumière dans l'obscurité, une issue possible, la seule : je devais partir.

CLAIRE

Eva m'a laissée en bas de l'immeuble. Elle m'a fait jurer de prendre rendez-vous avec le médecin pour lui expliquer ma situation et a promis de me rappeler demain. J'entends les pleurs de Marine depuis le hall d'entrée. Devant la porte, je prends une grande inspiration, prête à affronter cette détresse que les cris de ma fille font naître en moi. Je glisse la clé dans la serrure et pousse la porte d'entrée.

— Claire ? C'est toi ?

La voix de Thomas, inquiète et fatiguée, provient du canapé.

— Oui.

Je laisse mon bagage par terre et je le rejoins. Il a l'air paniqué.

— Elle n'a pas arrêté de hurler depuis que tu es partie, elle ne veut pas manger, pas dormir, je n'ai même pas le numéro du pédiatre… J'ai un torticolis !

— Donne-la-moi.

Il me la tend avec un soulagement visible.

— Il faut que j'aille aux toilettes ! Ça fait deux heures que je me retiens.

Je me mords les lèvres, j'ai presque envie de rire. Il est resté seul avec Marine à peine quelques heures… Je la pose sur mon épaule, prête à reprendre mes éternels tours de l'appartement pour tenter de la calmer sans succès, quand brusquement Marine arrête de pleurer. Elle hésite, gigote contre moi, pousse un grand cri de protestation avant de nicher sa tête dans mon cou. Je reste immobile. Elle gémit doucement, comme un chaton abandonné, en hoquetant les restes d'un chagrin immense. Un chagrin que j'ai causé. J'attends que Thomas soit sorti pour oser regarder ma fille dans les yeux et je sens mes larmes déborder.

— Pardon, Marine… Pardon, mon bébé… Maman ne part pas, Maman sera toujours là. Je suis désolée. Je vais apprendre, je vais aller mieux, je te le promets. Moi aussi, mon Papa est parti, j'avais cinq ans… Ce n'est pas sa faute, il était malade. Et je suis tellement désolée… je sais à quel point ça fait mal… je n'aurais jamais dû… je… je ne te laisserai plus jamais tomber. Je te le jure.

Je ne sais pas pourquoi, mais je me mets à te raconter. Toutes ces années au cours desquelles je n'ai jamais osé avouer à ma mère à quel point mon père, foudroyé par une crise cardiaque, me manquait, à imaginer les frères et sœurs que je n'aurais jamais. Pour ne pas ajouter à sa peine, j'ai gardé la mienne pour moi. Elle m'a éduquée seule, avec un courage et une détermination dont j'aurais été incapable. Elle m'a tout donné pour compenser ce chagrin immense dont nous ne parlons jamais. Elle a mis la barre de la maternité si haut que j'en ai eu le vertige. Alors que je sanglote, tu me fixes de tes grands yeux gris, mi-méfiante, mi-soulagée et je sais que tu écoutes. Je sais que tu comprends. Quand je te serre de nouveau contre moi, je sens ton souffle chaud dans mon cou se calmer, jusqu'à devenir régulier. Je reste assise sur le canapé, à écouter ta respiration s'apaiser et, peu à peu, les muscles de mon dos se détendent. Thomas me rejoint, l'air fatigué. Nous nous dévisageons, gênés. Il murmure :

— Elle dort, tu veux que je la pose dans son couffin ?

— Si je bouge, elle va se réveiller et se remettre à pleurer, elle n'aime pas dormir dans son couffin.

Et en prononçant ces mots, je me rends compte que c'est une chose que je sais de Marine : elle n'aime pas dormir dans son couffin. Même si certains assurent que je devrais la laisser pleurer, même si son couffin est propre, doux et confortable et qu'elle y est en sécurité. Elle préfère dormir dans mes bras, le nez enfoui dans le coin gauche de mon cou, pendant que je fais des tours du salon. Voilà. Si je suis immobile, ça ne marche pas, si je la porte du bras droit, non plus. Dans tout l'univers, il n'y a que moi qui connais cela d'elle, parce que je suis sa mère. Et une mère ne peut pas partir. Elle fait comme elle peut, elle galère, elle perd pied, elle s'enferme dans les toilettes pour pleurer tranquille, elle rêve parfois de plage déserte, de liberté et de solitude, mais finalement, elle reste. Et certains jours difficiles, juste rester et savoir ces petites choses-là, peut-être que c'est suffisant.

— Heureusement que tu es revenue, murmure Thomas, je ne savais plus quoi faire.

Je m'attendais à ce qu'il soit en colère ou profondément déçu par ma tentative de fuite… Au lieu de quoi, il me dévisage d'un air penaud.

— Tu étais où ?

— À l'aéroport.

— Mais… qu'est-ce que tu faisais à l'aéroport ?

Bien que nous chuchotions, la panique dans sa voix est palpable. Je pousse un soupir, contemple le petit pied de Marine, niché dans ma paume.

— Je voulais partir.

Le silence s'installe entre nous, il me dévisage comme si j'étais une Martienne. Quelques centimètres nous séparent, mais aucun de nous ne fait un geste pour saisir la main de l'autre ou établir un contact. Nous étions si proches avant, je ne sais pas quand nous sommes devenus ces deux étrangers assis sur le canapé du salon.

— Je ne vais pas bien, je murmure, ça fait des semaines que je me sens mal, que je pleure, que je suis malheureuse et épuisée. Je suis horriblement seule, dépassée par les événements, incapable de m'occuper de Marine, je…

— Tu t'occupes très bien de Marine, coupe-t-il, je ne sais pas pour le reste, mais je n'ai jamais eu le moindre doute sur le fait que tu étais une mère géniale. Je serais incapable de faire tout ce que tu fais.

Sa remarque me stupéfie. Il pense que je suis une *mère géniale*. J'ai déjà beaucoup de mal à me définir comme une mère, alors une mère géniale…

— Tu crois que tu es la seule à te sentir dépassée ? poursuit-il. Tu ne me parles plus, tu es totalement accaparée par elle. Ce n'est pas un reproche, c'est normal, mais comment veux-tu que je comprenne que tu es à bout, alors que, dès que j'essaye de te relayer, tu refuses ou tu affirmes que je m'y prends mal ? Je ne me rends pas compte de ce que tu vis. Ta mère et mes parents proposent tout le temps leur aide et tu n'as jamais accepté. Ils seraient ravis de passer du temps avec leur petite-fille et tu pourrais te reposer ou sortir… Je vois bien que tu ne vas pas bien, mais je ne sais pas comment t'aider. Ce que je sais, c'est que je ne veux pas te perdre, nous avons besoin de toi, Claire.

Il a l'air sincèrement désemparé et, pour la première fois depuis des semaines, je me sens un peu moins seule, j'ai le sentiment qu'il y a peut-être une issue à mon mal-être. Alors je prends une grande inspiration et je vide mon sac. Je lui exprime tous mes sentiments négatifs. Ma colère contre le monde entier, ce livre sur la grossesse que je lui avais acheté et qu'il n'a jamais pris la peine de lire, comme si cela ne le concernait pas, comme si cet enfant était mon problème et pas le sien, les douleurs et l'échec de l'allaitement, la culpabilité qui ne me lâche jamais, le dégoût de mon corps, la sensation d'être perpétuellement jugée et d'être une mauvaise mère, les insomnies, les douleurs et la fatigue. Je le vois tressaillir à plusieurs reprises. Notamment quand je lui explique que l'amour que je m'attendais à ressentir pour notre fille n'a été ni instantané ni évident, et que j'ai été jalouse de lui, le jour où il est retourné au travail et où sa vie a repris comme avant, alors que j'avais le sentiment d'avoir renoncé à toute forme de liberté.

Il tique, mais il ne relève pas, il écoute attentivement jusqu'à ce que j'aie fini, sans m'interrompre.

Quand j'ai terminé, je me sens vidée de toute énergie.

— Le problème, dit-il après un silence, c'est qu'à force de tout faire pour elle, tu la connais tellement mieux que moi, que tu sais comment réagir, contrairement à moi. C'est un cercle vicieux. Il faudrait que je trouve un moyen de passer plus de temps avec elle.

Je hausse les épaules.

— Avec ton travail, c'est impossible.

— Toi aussi, tu avais un travail… et tu l'aimais.

Marine commence à s'agiter sur mon épaule et je me lève.

— Je vais lui faire un biberon.

Thomas se lève et me la prend d'autorité des bras.

— C'est bon, je vais m'en occuper, Claire. Tu as besoin de dormir.

J'hésite. Est-ce qu'il saura la rendormir, lui masser le ventre si elle pleure, la bercer correctement, est-ce qu'il pensera à contrôler sa couche, la température du biberon, à utiliser de l'eau minérale, à vérifier que ses mains ne sont pas froides, à la coucher sur le dos, à…

— C'est bon, Claire, répète-t-il, elle va survivre… La plupart survivent, ajoute-t-il avec un léger sourire.

Je laisse retomber mes mains.

— D'accord, merci…

— Tu n'as pas à me remercier, je ne suis pas en train de te rendre un service, je suis responsable de notre fille autant que toi. Excuse-moi d'avoir été aussi nul.

De : eleonore.thibaut@editionsdupontel.com
À : eva@evadiaz.fr
Sujet : RE : ton prochain roman

Chère Eva,

Si je comprends bien le message vocal que tu m'as laissé (ravie de voir que quand tu as besoin d'un service, ton portable remarche), tu voudrais que les Éditions Dupontel financent un aller-retour aux États-Unis pour toi et Claire sous prétexte d'une dédicace dans un bled paumé dont personne n'a jamais entendu parler et ce, alors même que tu n'as aucun livre en cours d'écriture, que tu t'es fichue de moi toute l'année en prétendant en avoir un et que ton dernier roman date d'il y a trois ans ?

De : eva@evadiaz.fr
À : eleonore.thibaut@editionsdupontel.com
Sujet : RE : ton prochain roman

Chère Éléonore,

Oui, c'est à peu près cela. J'ai la conviction par ailleurs que ce voyage relancera mon inspiration. (Surtout si tu me prends un billet en classe business.)

Merci d'avance,

Eva

OCÉANE

Océane rentra chez elle par l'entrée principale. Elle n'essuya pas ses pieds sur le paillasson, elle ne prit pas garde à ne pas claquer la porte pour ne pas déranger son père. Elle se dirigea tout droit vers le bureau de ce dernier, frappa et ouvrit violemment sans attendre la réponse. Alain Vasseur tapait sur son clavier d'ordinateur, les sourcils froncés.

— Océane, je ne t'ai pas autorisée à entrer, je travaille.

Océane se campa devant le bureau en acajou sans relever, croisa les bras sur sa poitrine et demanda calmement :

— Pourquoi as-tu dit à Jonathan Harris que tu avais écrit mes textes ?

Alain Vasseur resta un instant interdit.

— Qu'est-ce que c'est encore que cette histoire ? Je pensais que nous nous étions mis d'accord sur le fait que tu allais arrêter ce cours.

— Non. Je ne vais pas arrêter. J'ai envie de faire de la littérature, j'ai envie de travailler au milieu des livres, pas de faire médecine.

— Travailler au milieu des livres ? Ça ne veut rien dire du tout. Cet imbécile de Jonathan Harris t'a monté la tête, comment peux-tu être sûre que ses intentions sont sincères ?

— Il est marié et il m'a présenté sa femme.

Alain Vasseur rajusta ses lunettes et poursuivit d'un ton agacé :

— Ça ne signifie rien, crois-moi, et vu ce que j'ai lu de toi, je pense que tu…

— Ce que tu penses de mes textes m'est égal. De toute façon, je préfère échouer dans quelque chose que j'aime vraiment que réussir dans un domaine qui ne me correspond pas.

— Mais, c'est…

— Ce n'est pas à toi de décider !

Océane avait du mal à reconnaître sa propre voix, remplie de colère et de fermeté. Son père avait l'air déstabilisé, il hésita avant de répondre :

— Ma chérie, tu as l'air énervée, je propose que nous reparlions calmement de tout ça demain matin.

— Il n'y a pas à discuter. C'est tout décidé, il s'agit de mon avenir, pas du tien, et ce n'est pas ma faute si tu n'as jamais réussi à écrire un roman ou à être publié !

Alain Vasseur faillit s'étouffer et se redressa d'un coup, rouge de colère :

— C'est faux ! Mon premier roman a été publié en France et il a eu d'excellentes critiques ! Tu crois que parce que tu gribouilles tes histoires de gamine pathétiques dans tes carnets tu peux juger de ce que j'écris ?

Malgré la colère qui l'animait et lui donnait la force de ne pas baisser ni les yeux ni la voix, Océane était calme. Étrangement, plus son père s'emportait, plus elle se sentait forte.

— Si mes histoires sont aussi nulles que tu le prétends, pourquoi as-tu dit à Jonathan Harris que tu en étais « quasiment l'auteur » ?

— Pour te protéger, idiote ! Qu'est-ce que tu crois ? Que si je n'ai pas réussi à devenir un auteur reconnu, tu as la moindre chance d'y arriver parce que tu as écrit deux essais pas trop mauvais ? Tu es aussi hystérique et prétentieuse que ta mère, voilà la réalité ! Une folle qui prétendait écrire des romans à vingt ans, qui t'a abandonnée quelques semaines après ta naissance ! Qui m'a laissé tomber du jour au lendemain alors que je lui avais tout donné, tout appris ! Elle n'a jamais cherché à avoir de tes nouvelles, tu sais, obsédée par sa folie des grandeurs. C'est ça que tu veux devenir ? Un monstre, tellement égoïste, tellement obnubilée par ses rêves d'écriture ridicules, qu'elle a préféré délaisser son enfant et l'homme qu'elle aimait ? Quand je pense à tout ce temps que j'ai perdu à essayer de te faire prendre un autre chemin qu'elle, à t'offrir un avenir…

Alain Vasseur se laissa retomber dans son siège. Après un silence, il poursuivit d'une voix pleine de ressentiment :

— C'est peine perdue, de toute façon. On ne peut pas lutter contre des gènes aussi corrompus que ceux qu'elle t'a légués. Plus les années passent et plus tu lui ressembles. Chaque fois que je pose le regard sur toi, c'est elle que je vois.

Océane écoutait, sidérée, ce flot de rage ininterrompu, ce tourbillon d'amertume qui avait pris naissance, elle le saisissait pour la première fois, dans la souffrance que son père avait ressentie d'avoir été, lui aussi, abandonné. Il n'avait jamais évoqué sa mère biologique. Même quand ses parents lui avaient expliqué que Mam's était sa mère adoptive, c'est cette dernière qui avait pris la parole. À toutes les questions qu'avait posées Océane par la suite sur sa mère, Mam's avait répondu : « Je ne sais pas, ma chérie, ton père a toujours catégoriquement refusé de parler d'elle. »

— Tu es incapable d'écrire, poursuivait son père. Écrire, ça demande de la discipline, de l'expérience, de la maturité, des années d'efforts et d'acharnement !

Océane n'avait plus peur. Elle aimait son père et sa souffrance générait une profonde tristesse chez elle. Mais elle venait de comprendre quelque chose de très important : rien de tout ce qui était arrivé n'était sa faute. Ce n'était pas sa faute si son père s'était retrouvé seul, si elle le décevait parce qu'elle n'était pas comme lui, si elle ressemblait à cette mère qu'elle n'avait jamais connue. Et surtout, et c'était le plus important : ce n'était pas sa faute si sa mère était partie. Elle n'était qu'un bébé. Elle n'avait rien demandé à personne. Elle n'avait même pas demandé à exister. Elle n'avait pas à subir les conséquences des choix de ses parents. Et elle n'était peut-être pas capable de parler en public, de contrôler ses émotions ou d'impressionner les foules, mais cela lui était égal.

La question de savoir si elle écrivait bien, si elle avait un talent ou si elle arriverait à en vivre un jour ne la préoccupait plus. Elle avait besoin d'écrire. Les mots étaient le seul moyen de trier tous les sentiments anarchiques qui bouillonnaient en elle, d'ordonner un peu le chaos du monde, de donner un sens, de comprendre l'univers. Renoncer à écrire aurait été renoncer à elle-même.

Elle fixa son père droit dans les yeux et lui expliqua d'une voix douce :

— Écrire, c'est tout ce que j'ai et je ne te laisserai pas me le prendre, je ne laisserai personne me le prendre. Je ne veux pas te faire de peine, mais je vais aller vivre chez Mam's quelque temps, je pense que c'est mieux. Je ne suis pas heureuse avec toi.

Et sans attendre sa réponse, elle sortit en trombe et monta en courant dans sa chambre. Elle ferma la porte à clé, saisit son téléphone et composa le numéro de Mam's qui décrocha à la première sonnerie.

— Océane, ma chérie… Tout va bien ? Je suis tellement contente que tu m'appelles enfin !

Océane sentit les sanglots remonter dans sa gorge. Elle n'avait pas réalisé à quel point sa mère lui avait manqué.

— Maman… Je suis désolée… je suis désolée de ne pas avoir appelé avant, je…

Elle se mit à pleurer dans le combiné. Elle aurait voulu avoir six ans, pouvoir se blottir dans les bras de Mam's et que celle-ci lui caresse les cheveux comme quand elle était petite.

— Mais ce n'est pas grave, mon bébé, tu sais bien que je ne t'en veux jamais, qu'est-ce qui se passe ?

— Je ne sais pas… Je ne veux plus faire médecine… je veux vivre avec toi et Amanda… je…

Océane pleurait. Elle pleurait parce que sa mère lui manquait, parce qu'elle était perdue, parce qu'elle était triste, parce qu'elle était heureuse. Elle ne savait plus. Au bout de la ligne, Catherine Vasseur née Hamilton était en plein milieu d'une réunion capitale à son cabinet d'avocats. Elle n'avait certes pas porté sa fille dans son ventre, même si, comme tous les détails sans importance, elle l'oubliait régulièrement, mais elle était sa mère. Et elle savait donc parfaitement comment réagir face à cette situation imprévue. Aussi, sans un regard pour ses supérieurs, elle se leva de sa chaise et sortit précipitamment. Puis, tout en cherchant sur son smartphone l'horaire du premier vol Chicago-Kefalonia, elle prononça les seuls mots qu'Océane avait besoin d'entendre :

— Ne bouge pas ma chérie, j'arrive.

CLAIRE

Thomas a posé l'intégralité de ses congés de l'année pour s'occuper de Marine pendant quelques semaines et me laisser souffler. La discussion avec son chef a été houleuse, mais ils ont tout de même réussi à se mettre d'accord. Exception faite de ma virée nocturne à l'aéroport, pour la première fois, je sors sans Marine. Je me sens à la fois légère et désemparée. Un bébé qui pleure dans une poussette me fait sursauter comme s'il s'agissait du mien. Je ne peux m'empêcher d'être inquiète, mais je retiens mon envie de bombarder Thomas de messages pour lui demander si tout se passe bien.

J'ai proposé à Éléonore de prendre un café avec elle en bas de son bureau. Je lui dois quelques explications. Pour une fois, elle est déjà là quand j'arrive, assise en terrasse, un expresso devant elle. Je m'installe et nous nous saluons d'un air un peu emprunté.

— Alors, tu n'es pas partie finalement ?

Elle plaisante à moitié, mais je vois bien qu'elle se fait du souci.

— Non...

Elle soupire, boit une gorgée de son café puis allume nerveusement une cigarette.

— Pourquoi tu ne m'as pas dit que ça n'allait pas ? Je t'ai appelée cent fois... Tu ne décrochais jamais et tu m'envoyais des textos comme quoi tout allait bien.

Je hausse les épaules.

— Je ne sais pas... je ne pensais pas que tu pouvais comprendre.

À son air peiné, je réalise que je l'ai blessée.

— Je n'étais même pas sûre de vouloir un enfant et j'ai eu des jumeaux, Claire... Tu penses que je n'ai pas eu envie de tout laisser tomber les premiers mois ? Sans ma belle-mère, et crois-moi, ça me fait mal de l'admettre, on serait probablement morts d'épuisement avec Jean-Marc.

— Justement, tu t'en es sortie avec des jumeaux et moi je n'y arrivais pas avec un seul enfant... Et puis j'avais peur que tu me juges... Tout le monde me répétait que je devais être tellement heureuse... Il y a des gens qui rêvent d'avoir un bébé et qui ne peuvent pas, ceux dont un enfant est gravement malade, je vois des jeunes mères qui ont l'air de marcher sur un nuage de bonheur et moi j'étais au fond du gouffre, alors que ma fille est en parfaite santé, je...

Éléonore me prend la main et me tend un mouchoir.

— Si j'avais su que tu étais aussi malheureuse... Je suis désolée, j'ai pensé que tu étais débordée, fatiguée, que tu avais la flemme de me parler... Je n'avais pas compris que c'était aussi grave.

Je hoche la tête, puis je raconte à Éléonore ce que j'ai traversé ces dernières semaines. Parler me soulage bien plus que je ne l'aurais cru. Elle commande un autre café, un cappuccino et une crêpe au sucre.

— Pour toi, précise-t-elle gentiment, il faut que tu manges, normalement après un accouchement on ne se retrouve pas dix kilos en dessous de son poids avant grossesse… C'est difficile de devenir mère, tu sais, tu peux faire tous les plans que tu veux, essayer de te projeter… C'est mille fois pire et mille fois plus magique que tout ce que tu as pu imaginer… La seule façon d'apprendre à devenir maman, c'est de l'expérimenter, et encore, je fais toujours une crise cardiaque quand je comprends que la mère avec un enfant pendu à chaque main dans le reflet de la vitrine, c'est moi.

Je hausse les épaules.

— J'ai l'impression que tu gères tellement bien ta vie, ta carrière, et les jumeaux sont si bien élevés…

Éléonore me dévisage les yeux ronds avant d'éclater de rire.

— Moi ? Je gère ma vie ? Mais Claire… Les jumeaux t'adorent parce que, quand tu vas les garder, c'est la fête à la maison. Dans la réalité, il leur faut quarante-deux minutes pour enfiler un bas de pyjama et moins de sept secondes pour supprimer l'intégralité de mes mails pro. Je ne peux pas aller aux toilettes sans les avoir à tambouriner sur la porte tel un commando du GIGN, en général pour réclamer un truc qu'ils ont refusé trente secondes plus tôt… Je sors des week-ends aussi détruite que mon périnée après mon accouchement et la dernière fois que j'ai fait l'amour, Internet n'existait pas encore... Voilà. La bonne nouvelle, c'est que je n'ai plus jamais le blues du dimanche soir et je retourne tous les lundis au boulot avec le sentiment de partir à un séjour au spa...

Je ne peux m'empêcher de pouffer à travers mes larmes et Éléonore sourit avant de poursuivre :

— Et le pire, c'est que je ne leur en veux jamais. Ils me rendent plus heureuse que je ne l'ai jamais été avant eux et je ferais n'importe quoi pour eux. Alors, au bout de cinq ans, il y a des jours où je « gère » comme tu dis, où j'ai presque envie d'avoir un troisième bébé, et puis d'autres où je retrouve mes clés dans le frigo et le lait dans le four et où je pleure la maison d'édition que je rêve de monter depuis des années et à laquelle je renonce tous les ans, faute de temps, de disponibilité mentale et d'énergie.

Je me mouche bruyamment. J'aurais dû savoir qu'Éléonore saurait me réconforter mieux que quiconque.

— En tout cas, je suis allée voir le médecin, il m'a conseillé un psychologue. Je veux vraiment me sentir mieux (je souris à travers mes larmes), je déteste être déprimée.

Éléonore se penche en avant et me serre dans ses bras.

— Je sais bien, ma chérie.

Elle lève la main pour commander un troisième café et se tourne de nouveau vers moi.

— Bon, c'est quoi, cette histoire ridicule de voyage aux États-Unis ? Et pas de mensonges, je ne sais pas ce que tu mijotes avec Eva, mais j'ai le sentiment que vous me menez encore en bateau toutes les deux !

J'hésite à révéler le secret d'Eva à Éléonore, mais c'est ma meilleure amie et ce n'est clairement pas la première fois que je lui dévoile des informations confidentielles sous le sceau du secret… Alors je lui raconte toute l'histoire et la nécessité de retrouver Océane. Elle m'écoute attentivement, les sourcils froncés.

— Donc Eva part à… c'est quoi déjà ce bled ?

— Kefalonia, au fin fond de l'état de New York. C'est là où enseigne maintenant son ex depuis qu'il s'est fait virer de sa précédente université. Je lui ai organisé une dédicace là-bas dans l'espoir que Dupontel finance les billets, mais elle m'a dit que tu avais refusé, donc elle a payé elle-même. On part mardi.

— Qu'est-ce que tu entends par « on part » ?

— Je pars avec elle. Elle me paye le voyage, elle veut absolument que je vienne et j'avoue que je rêve de connaître le fin mot de cette histoire. On ne sera absentes que quatre jours et Thomas s'occupera de Marine.

— Vous voulez dire que vous partez quatre jours à l'autre bout du monde, sans enfants ni maris ?

— Oui.

Éléonore avale son expresso et déclare :

— Parfait. Je n'ai aucune idée de l'endroit où se trouve ce bled et je n'ai rien à y faire, mais je viens avec vous.

Je suis arrivée hier sur l'île de Gili Trawangan où j'ai retrouvé Liberty.

— Il faut absolument que tu viennes y passer quelques jours, c'est le paradis sur Terre, m'avait-elle affirmé une semaine plus tôt.

Elle a parfaitement raison. Le sable est blanc et fin, les rayons chauds du soleil qui scintillent sur l'eau transparente agissent sur mon esprit comme un tranquillisant naturel. En cinq semaines de randonnées alternées avec de petits séjours de repos sur des plages plus belles que tout ce que j'avais imaginé, à défaut d'avoir retrouvé mon sourire, j'ai retrouvé une certaine forme physique. Assise sur la plage, je ferme ce carnet dans lequel j'ai consigné mes pensées du jour. Un rituel qui m'est devenu nécessaire. J'observe une barque colorée qui se balance doucement au gré des vagues quand Liberty me rejoint.

— Tu emmagasines un peu de soleil avant de rentrer à Paris ?

Je n'ai jamais évoqué mon retour. Pourtant, elle a l'air, comme d'habitude, sereine et sûre d'elle quant au fait qu'il est temps pour moi de partir. Les yeux perdus sur l'océan, je lui demande :

— Est-ce qu'on finit par s'habituer à ce genre de paysages ?

Elle a un petit rire.

— Je te mentirais si je te disais que, chaque matin, j'ai la même sensation d'émerveillement que la première fois que je suis venue sur cette île, mais il suffit que je fasse un séjour à Londres pour que je me rappelle la chance que j'ai de vivre ici.

Je ne sais pas si c'est l'évocation de Londres mais, spontanément, je lui pose la question qui me taraude depuis notre première rencontre :

— Tu as des enfants ?

Elle sourit, sereine.

— Non, ce n'était pas compatible avec la vie pour laquelle j'étais faite. Je voulais voyager, être libre, vivre sans contrainte. Je l'ai toujours su, déjà petite, j'affirmais que je n'aurais jamais d'enfants.

Je regarde le sable fin couler entre mes doigts, perplexe.

— Mais comment sait-on la vie pour laquelle on est fait ? Comment sait-on si on doit avoir des enfants ou pas ?

— Il faut s'écouter attentivement, apprendre à penser en dehors des cadres que d'autres ont construits pour nous et qui ne nous correspondent pas toujours.

Je ne sais pas quoi répondre et elle me contemple quelques secondes avant de pousser un soupir amusé.

— Tu sais déjà pour quoi tu es faite, Eva. Depuis que je t'ai donné ce stylo, tu revis. Tu passes plus

de temps à griffonner dans ce carnet qu'à profiter de la nature qui t'entoure, aussi sublime soit-elle. Je t'ai observée quand tu écris, ton visage et ton regard sont apaisés, tu es à ta place.

Je hoche la tête. Je sais qu'elle a raison, je suis arrivée à la même conclusion qu'elle. Depuis le jour où j'ai recommencé à écrire, j'ai compris à quel point cela m'avait manqué.

— Et… et tu n'as jamais regretté de ne pas avoir eu d'enfants ?

J'ai conscience que je suis indiscrète, mais j'ai besoin de savoir, de comprendre. Liberty ne s'offusque pas.

— Non, pas du tout, et pourtant j'aime beaucoup les enfants. Et toi ?

— Et moi, quoi ?

— Tu regrettes d'avoir eu un bébé ? Si tu pouvais revenir en arrière, tu ferais le choix de ne pas avoir d'enfant ?

Je reste quelques secondes choquée par la question avant de m'apercevoir qu'elle n'est pas plus intrusive que celle que je viens de lui poser. Est-ce que je regrette d'avoir eu un enfant ? Est-ce une question à laquelle une mère a le droit de répondre autre chose qu'un « non », franc et massif, dénué de toute hésitation ou de temps de réflexion ? C'est la question que je ne me suis jamais autorisée à me poser honnêtement. Et pourtant, de toute évidence, c'est là que se trouve la réponse que je suis venue chercher ici. Rester ou rentrer, renoncer définitivement à toi ou revenir. Est-ce que je regrette d'avoir eu un enfant ? Je fixe le soleil qui se reflète dans la mer, les vagues douces qui viennent mourir sur le sable. Je repense à mon ventre rond, à la première échographie à laquelle je suis allée seule, aux larmes de joie que j'ai versées en voyant ton petit cœur battre sur l'écran, à ce moment où on t'a posée sur moi, si petite, si fragile, et où j'ai songé, éblouie, « c'est moi qui ai fait ça », à ton regard émerveillé quand je soufflais des bulles de savon au-dessus de ton berceau, à ton corps minuscule endormi contre moi, à ton odeur, à tes cheveux si noirs et si doux, aux roucoulements de satisfaction que tu émets quand tu bois ton biberon, apaisée, dans le creux de mes bras, certaine d'être en sécurité, à ces vagues d'amour étranges et chaudes qui me prenaient parfois par surprise, un amour simple et pur, comme je n'en avais jamais connu auparavant. Est-ce que je regrette d'avoir eu un enfant ? Je regrette que ma mère n'ait pas été là pour te connaître et pour m'apprendre à devenir maman à mon tour, je regrette d'avoir mal choisi ton père, je regrette que personne ne m'ait épaulée dans cette épreuve qu'est la maternité ou ne m'ait prévenue que les semaines, voire les mois qui suivent la naissance de son enfant peuvent se transformer en calvaire, je regrette les mensonges de la société sur la maternité. Mais si je pouvais revenir en arrière, est-ce que je choisirais un monde sans toi, mon Océane ? Toi qui me manques à chaque instant, même au paradis sur Terre où je suis actuellement ?

Et je comprends que la réponse était là, depuis le début, mais qu'il fallait qu'on me pose la bonne question pour que, enfin, je la trouve. Alors, je souris et je réponds :

— Non, je ne regrette pas d'avoir eu mon bébé.

Je tourne la tête. Là où se tenait Liberty quelques secondes auparavant, il n'y a plus personne. La plage est vide. Je suis seule avec mon carnet ouvert sur les genoux, une brise tiède de fin d'après-midi et le bruissement des vagues. Liberty s'est volatilisée.

OCÉANE

Mam's arriva par le premier avion. Elle avait réservé une chambre dans un des hôtels de Kefalonia. Le père d'Océane, qui avait insisté pour aller la chercher à l'aéroport, jugea cette décision ridicule : elle aurait très bien pu dormir dans la chambre d'amis. Mam's lui répondit d'un ton léger qu'elle préférerait encore passer la nuit dans le caniveau avec une famille de rats tuberculeux que sous le même toit que lui. Cette déclaration fit pleuvoir un nuage de confettis dorés sur le cœur d'Océane, admirative de voir sa mère désormais capable de tenir tête à son père, sans baisser les yeux, sans pâlir, sans avoir peur. Peut-être que ce divorce, ce n'était pas plus mal, au final. Océane décida donc de dormir avec Mam's à l'hôtel. Alain était furieux, mais il ne pouvait pas s'y opposer. Depuis qu'Océane avait annoncé qu'elle voulait retourner habiter à Chicago, il lui adressait à peine la parole.

Mam's alla déposer sa valise et retrouva sa fille au *Little Café Bleu* à la devanture rouge où elle commanda quatre gâteaux, parce qu'il était impossible de choisir tant ils étaient tous appétissants. Océane présenta Mam's à Ben, qui, exceptionnellement, ne laissa pas son numéro de téléphone sur son gobelet en carton. Océane aurait aimé que Ben lui parle à nouveau de la tension superficielle des bulles de savon, des molécules amphiphiles et des chaînes carbonées hydrophobes, mais il était évident qu'une conversation aussi intime ne pouvait pas avoir lieu en présence d'une tierce personne.

Océane prit une cuillerée de cheesecake, une fourchetée de carrot cake, une bouchée de cookie aux noix de pécan caramélisées et un morceau de fondant au chocolat, puis elle se rendit compte que Mam's la fixait en souriant. Et quand sa mère se leva pour la serrer dans ses bras, au beau milieu du café, devant Ben, devant tout le monde et éclata en sanglots, Océane se sentit horriblement gênée d'être le centre de l'attention. Mais une partie d'elle s'en fichait un peu. Parce que même à dix-neuf ans, de temps en temps, rien ne vaut un câlin de sa Maman. Et dans cette étreinte, Océane comprit que sa mère ne mentait pas quand elle disait que ça ne changeait rien qu'elle ne l'ait pas portée dans son ventre. Peut-être même que, face à un psychopathe armé d'une tronçonneuse, si Mam's devait choisir entre Amanda et Océane, elle serait bien incapable de se décider (ce qui serait fort problématique, voire totalement dramatique, compte tenu de la situation exposée, mais là n'était pas la question).

Elles discutèrent jusqu'à la fermeture, Océane parla de ses futures études de littérature, du journal qui allait publier sa nouvelle le mois suivant, de sa décision de vivre à Chicago. Jonathan Harris avait contacté le département littérature de l'université de Chicago et avait promis à Océane une chaleureuse lettre de recommandation. Mam's demanda à lire les textes d'Océane, qui promit de les lui envoyer. Elle évoqua Mei, les bulles de savon qui gèlent, qui s'étirent à l'infini, qui luttent et résistent en dépit de leur fragilité intrinsèque. Puis, elles marchèrent jusqu'à l'hôtel en se tenant par la main, même si c'était un peu ridicule, compte tenu de leurs âges respectifs. Sur le chemin de l'hôtel, elles passèrent devant une librairie et Mam's s'exclama :

— Regarde ! Une dédicace d'Eva Díaz, c'est bien elle, ton écrivaine préférée ? Je me demande ce qu'elle fait à Kefalonia !

Océane fixa l'affichette, ébahie. Elle avait trouvé le premier roman d'Eva Díaz dans la bibliothèque de son père des années auparavant. C'était là qu'elle était tombée sur la fameuse citation de Flaubert qui avait changé sa vie. Elle avait lu tous les livres d'Eva Díaz en cachette, plusieurs fois depuis, malgré l'interdiction d'Alain Vasseur qui possédait tous ses ouvrages, mais pour qui « ces histoires de bonnes femmes » n'avaient rien à voir avec la littérature, la vraie qui traite de sujets importants, comme la politique, la guerre, le réchauffement climatique et la fin de la civilisation.

— C'est demain, nous irons, déclara Mam's. Tu n'as qu'à passer chercher tes exemplaires, elle te les dédicacera et tu peux proposer à ton ami Ben, je l'ai trouvé très sympathique.

Ouvrir ce carnet après dix-neuf ans me semble étrange, je ne vois cependant pas d'endroit plus évident où consigner la fin de cette histoire. Bronwell est un joli coin, un peu hors du temps. J'aurais aimé étudier ici... bref, je m'égare. Je n'ai pas eu de mal à trouver le bureau de ton père dont l'emplacement était indiqué sur le site de l'école de littérature, ainsi que les horaires auxquels il reçoit les élèves. Je ne l'ai pas prévenu. Je frappe à la porte et j'entre sans attendre qu'il me réponde.

Il lève la tête, agacé. Il n'a jamais supporté le moindre manque de respect. De la part de quelqu'un qui méprise tout le monde, ce serait drôle si ce n'était pas si triste.

Sur son visage, l'énervement d'avoir été interrompu est remplacé par la stupéfaction.

— Eva ?

Ce n'est même pas un chuchotement, plutôt un gargouillement.

— Bonjour, Alain.

Je retire mes gants tout en examinant son bureau aussi pompeux et solennel qu'un enterrement présidentiel.

— Ça fait tellement longtemps… murmure-t-il, manifestement en état de choc.

Mon regard tombe sur l'étagère en chêne massif qui recouvre un des murs et, au beau milieu des classiques, de ces auteurs dont il était fanatique déjà autrefois, je reconnais mes romans, du premier au dernier, bien alignés. À cette vision, je ne peux retenir un petit rire.

— Je vois que tu as tous mes livres, c'est mon talent qui te manquait ?

Il est toujours bel homme, l'âge lui a même donné une prestance qu'il ne possédait pas à l'époque, mais il ne m'impressionne plus. Il hausse les épaules. Son visage se couvre d'un masque hautain.

— Je les ai achetés par curiosité, je n'ai eu ni le temps ni la patience d'en lire un seul jusqu'au bout.

Sans rien dire, je saisis le premier et l'ouvre. Je reconnais la citation que j'avais choisie pour la page de garde et que j'ai d'ailleurs griffonnée au début de ce carnet : « Je suis doué d'une sensibilité absurde, ce qui érafle les autres me déchire. » Gustave Flaubert. Elle a été soigneusement soulignée au crayon à papier. Le livre est annoté à de nombreux endroits. Je souris.

— Même celui que tu as plagié, tu ne l'as pas lu ? J'imagine que c'était aussi par curiosité que tu as fait publier mon manuscrit sous ton nom ?

Il ouvre la bouche, la referme, ses joues se marbrent de rouge. Silence.

— Tu as changé, finit-il par répondre.

Je me laisse tomber dans le fauteuil en face de lui.

— D'un autre côté, en dix-neuf ans, il fallait s'y attendre. J'aimerais pouvoir en dire autant de toi, mais apparemment, tu ne peux toujours pas te retenir de sauter tes étudiantes et tu es toujours aussi jaloux de mon talent.

Il pâlit de rage et se lève, les dents serrées.

— Je… je ne te permets pas…

Je ne le laisse pas finir.

— Je m'en fous. Je me fous de ta vie, du manuscrit que tu m'as volé, de tout ce qui t'est arrivé ces dernières années. Je suis venue parce que je veux voir ma fille.

— Tu l'as abandonnée et tu te réveilles dix-neuf ans plus tard, ricane-t-il, un exemple édifiant de maternité.

Je sens mes ongles s'enfoncer dans mes paumes.

— Tu n'avais pas le droit d'emmener Océane à l'étranger, encore moins de changer son nom sans mon accord ! Ça s'appelle un enlèvement, je pourrais faire intervenir la justice et tu le sais aussi bien que moi !

Il hausse les épaules avec indifférence.

— Tu pouvais porter plainte à l'époque, tu ne l'as pas fait. On sait tous les deux très bien que tu ne le feras pas dix-neuf ans plus tard.

— Tu as profité de ma faiblesse, tu m'as fait croire que je la reverrais, tu m'as baladée pour que je ne saisisse pas la justice, jusqu'à ce que tu puisses prétendre que je l'avais abandonnée !

— C'est toi qui es partie, Eva.

— Mais je suis revenue !

Il sourit d'un air méprisant.

— Tu es revenue ? Mais tu crois qu'il suffisait de revenir ? Comment as-tu osé me quitter ? Sans aucune explication ! Après tout ce que j'avais fait pour toi !

— Je t'ai laissé une lettre, tu sais très bien qu'il n'y avait plus d'amour entre nous…

— Plus d'amour entre nous ? Tu m'as brisé le cœur, Eva !

Il s'étrangle, tout son corps est tendu par la colère et je comprends que mon départ a dû blesser son ego plus que je ne le pensais. Je ne peux retenir un rire sardonique.

— Tu me trompais continuellement, Alain. Je t'ai croisé avec une étudiante sur les quais de Seine, Océane n'avait même pas deux mois, tu me rabaissais sans cesse, et tu appelles ça de l'amour ?

— Parce que tu te laissais aller et que tu me repoussais, mais tu sais très bien que tu étais la femme de ma vie !

— Contrôler quelqu'un, le maintenir sous sa coupe, l'empêcher de faire ce qu'il aime, de fréquenter d'autres gens, être jaloux et tyrannique, ça n'a rien à voir avec de l'amour. Tu es incapable d'aimer. Il a fallu que je rencontre l'homme de ma vie pour le comprendre. L'amour, c'est laisser l'être qu'on aime libre de vivre la vie qui le rend heureux, c'est souhaiter son bonheur avant le sien, c'est le soutenir, toujours, même quand il se trompe. Mais surtout, c'est l'accepter exactement comme il est, avec ses failles et ses faiblesses, sans vouloir le changer.

— Je n'ai jamais voulu que ton bien…

— Comme quand tu me disais que j'étais incapable d'écrire ? Tu crois que je ne sais pas pourquoi

tu m'as volé mon roman alors que tu m'avais affirmé qu'il ne valait rien ? Tu as toujours rêvé d'écrire. Tous ces romans inachevés sur ton ordinateur, toutes ces conversations interminables où tu m'exposais tes idées pour ce fameux grand chef-d'œuvre que tu publierais un jour... Le talent des autres te rend malade, parce que tu as toujours su que tu n'en avais aucun.

Ses yeux brillent d'une fureur contenue, sa voix devient basse, haineuse.

— Parce que toi, tu as du talent, évidemment ! La grande Eva Díaz, traduite dans le monde entier... Tu n'étais personne avant moi, la fille d'une caissière, une petite allumeuse sans cervelle et à moitié dépressive ! Si tu ne m'avais pas rencontré, tu n'aurais jamais envisagé d'écrire quoi que ce soit ! Et non seulement tu t'arroges le droit d'écrire un roman, mais dans mon dos en plus, comme si mon avis ne comptait pas, comme si tu n'avais plus besoin de moi... Tu m'as volé mon rêve ! Et tu te permets de me quitter ? Tu t'attendais à quoi ? Tu crois vraiment que j'aurais accepté que tu reviennes dans ma vie, comme une fleur ? (Il ricane.) Mais que valent tous tes prix littéraires aujourd'hui, Eva, face à l'absence de ta fille ?

Je suis horrifiée par l'aversion et la jalousie qui se lisent sur son visage. Jamais je n'aurais imaginé qu'il puisse ressentir tant de rancœur envers moi. J'essaye toutefois de ne pas laisser trembler ma voix.

— J'étais sa mère... Est-ce que tu as pensé à elle quand tu as fait le choix de me sortir de sa vie ? Ou est-ce que tu étais tellement déterminé à me faire du mal que tu étais prêt à prendre le risque de briser aussi le cœur d'Océane ?

Subitement, il reprend contenance. La rage est toujours là, dans la légère dilatation de ses narines et la crispation de ses phalanges sur les accoudoirs, mais il a retrouvé le contrôle de lui-même.

— Ne rapporte pas tout à toi, Eva. Je me suis contenté de faire ce qu'il y avait de mieux pour Océane. La femme avec qui tu m'as surprise, Catherine Hamilton, était américaine. Elle étudiait le droit et elle était à Paris pour un semestre d'échange. Elle s'est occupée d'Océane quand tu es partie. Elle l'adorait. Quand elle a dû rentrer aux États-Unis quelques mois plus tard, j'ai pris la décision de partir avec elle et c'est à ce moment-là que tu es revenue. Tu comprends pourquoi je ne pouvais pas te laisser revenir dans nos vies et nous traumatiser une deuxième fois… J'ai offert à ma fille une maman, la famille stable qu'elle n'aurait jamais eue avec toi, une enfance facile, et même une petite sœur. Il n'y avait pas de place pour toi dans notre vie.

J'encaisse le choc, mais à la lueur de triomphe dans ses yeux, je vois que ma douleur n'est pas passée inaperçue. Son ton se radoucit, il laisse s'écouler quelques secondes et m'explique d'un ton calme :

— Océane ne sait même pas que tu existes, elle a une mère qu'elle aime à la folie et elle est heureuse. Tu as fait un choix, il y a dix-neuf ans. Si tu es une mère responsable, tu dois en assumer les conséquences.

— Je suis revenue dès que j'ai pu, je vous ai cherchés…

Ma voix vacille, suppliante. Je le vois se nourrir de ma faiblesse, en tirer l'énergie nécessaire pour m'achever. Il pousse un soupir faussement désolé.

— C'était trop tard, j'avais un poste qui m'attendait aux États-Unis, j'étais amoureux, j'avais pris des

décisions pour le bonheur de mon enfant, et une mère dépressive et hystérique ne faisait pas partie de ce que je souhaitais pour elle. Océane est heureuse, mais c'est une jeune fille fragile. Si tu débarques dans sa vie maintenant, tu pourrais la détruire.

Je l'écoute, désemparée.

— Qu'est-ce que tu veux dire par « fragile » ? Comme moi à son âge ?

Il soupire et a un geste évasif de la main.

— Non, non pas du tout. C'est d'ailleurs étonnant à quel point elle ne te ressemble pas. Elle est blonde, très américaine. Elle déteste les livres, c'est une fille rationnelle et sportive, avec énormément d'assurance, elle commence des études de médecine en Californie où elle est capitaine de l'équipe des pom-pom girls. Donc même si tu voulais la voir, ce ne serait pas possible. Mais qui sait comment une fille, même la plus solide, peut réagir en apprenant que sa maman n'est pas sa vraie mère et que sa mère biologique l'a abandonnée quelques semaines après sa naissance.

— Oh.

Je contemple mes mains, je suis très fatiguée tout à coup. Il a raison. Je t'imagine à l'autre bout du pays, sous le soleil de Californie, souriante et à l'aise, n'ayant rien à voir avec moi. Si tu es heureuse, je n'ai pas le droit de prendre le risque de détruire ton équilibre. Les larmes se mettent à rouler sur mes joues sans que j'y prenne garde. Ton père soupire et me tend un paquet de mouchoirs.

— Eva, je pense qu'il vaut mieux pour tout le monde, et surtout pour Océane, qu'on en reste là.

Je hoche la tête et, sans un mot, je sors de son bureau.

CLAIRE

Eva s'est enfermée dans sa chambre d'hôtel. J'ai frappé quatre fois à sa porte, elle ne répond pas.

— Il faut annuler la dédicace, murmure Éléonore, elle n'ira pas.

Je pousse un soupir déçu.

— La libraire était si gentille et c'est une vraie fan en plus…

— Pour une fois, elle a une bonne excuse, soupire Éléonore. Tu peux aller prévenir la librairie ? Je vais essayer de la consoler…

Quelques minutes plus tard, j'entre dans la petite librairie qui avait accepté d'organiser une dédicace pour Eva. Des efforts inutiles, puisque les Éditions Dupontel n'ont pas voulu prendre en charge les billets d'avion pour autant. Une affichette sur la vitrine promeut la rencontre. Je suis soulagée de voir qu'à peine cinq ou six lecteurs attendent devant la table où Eva était supposée s'installer pour signer ses livres. J'explique à la libraire, très déçue, qu'Eva a reçu une mauvaise nouvelle et ne pourra malheureusement pas être présente. Les lecteurs partent en râlant et j'entreprends de ranger dans un carton les piles de livres que j'étais venue installer le matin même. La clochette de la boutique tinte. La libraire s'excuse de nouveau et explique que la dédicace est annulée. La femme insiste, est-ce qu'Eva est en ville ? Elle aimerait vraiment la voir, même une minute. Tout le monde se met à parler en même temps. Je me retourne avec curiosité pour voir qui est cette fan intrusive. Elle est blonde, la quarantaine, élégante, sûre d'elle. Elle est accompagnée de trois jeunes, probablement des étudiants. Une fille brune d'origine asiatique, habillée comme un Stabilo Boss, un grand jeune homme au regard bleu, arborant un tee-shirt « Fuck le patriarcat » assez inattendu et une deuxième fille, tournée vers les livres, le visage dissimulé derrière le voile de ses cheveux bruns.

La femme argumente avec force d'une voix chaude et convaincante qui donne envie de lui céder.

— C'est l'écrivaine préférée de ma fille, ça lui ferait tellement plaisir d'échanger un mot avec elle…

Au moment où je vais me replonger dans mon carton, la jeune fille dont je ne pouvais voir le visage fait un pas dans la lumière et je croise son regard. Je me fige, un livre à la main, sidérée. Soit mon cerveau me joue des tours, soit quelque chose ne colle pas. Eva est rentrée dévastée : Océane est en Californie, à l'autre bout des États-Unis, elle ressemble à une pom-pom girl américaine blonde et n'a rien en commun avec sa mère biologique dont elle ignore jusqu'à l'existence. Mais si Océane est blonde et en Californie, il faudrait qu'on m'explique la présence dans cette librairie de ce mini-sosie d'Eva, version ronde, parfaitement silencieux et qui a l'air de vouloir se fondre dans le mur derrière elle, tellement elle est mal à l'aise.

OCÉANE

Eva Díaz avait annulé la dédicace. Pourtant, elle était arrivée à Kefalonia. Elle logeait même à l'hôtel au bout de la rue, mais une mauvaise nouvelle l'avait retenue. Sa mère avait entraîné Mei et Ben, qui avaient revêtu leurs plus beaux atours pour l'occasion : un blouson orange fluo pour Mei et un nouveau sweat-shirt « Fuck le patriarcat » pour Ben. Elle était tout heureuse et excitée de partager avec eux ce moment si important et, maintenant, elle se sentait submergée par la déception. Sa mère tentait de négocier avec la libraire qui ne pouvait de toute évidence rien faire, mais il en fallait plus pour arrêter Catherine Hamilton qui argumentait depuis cinq bonnes minutes, prétendant être venue spécialement de Chicago et menaçant de faire la grève de la faim devant la boutique si on ne lui accordait pas une minute avec la grande Eva Díaz.

— Bonjour, je m'appelle Claire.

Océane se tourna vers la jeune femme qui lui avait parlé avec un fort accent français.

— Bonjour, répondit-elle en lui serrant la main.

La dénommée Claire la fixait de façon très intense et Océane, mal à l'aise, comprit qu'elle attendait qu'elle se présente à son tour. Aussi murmura-t-elle :

— Je m'appelle Océane.

Cette petite phrase eut sur son interlocutrice le même effet que la chute brutale d'un parpaing sur sa tête, comme si Océane était une personne très célèbre et que Claire venait seulement de la reconnaître.

— On peut peut-être s'arranger, balbutia Claire.

— S'arranger pour quoi ? demanda Océane.

— Pour voir Eva Díaz, je travaille avec elle.

— Parfait ! s'exclama Mam's en se retournant avec un sourire ravi, merci beaucoup !

Claire sortit de la boutique et s'agita au téléphone pendant plusieurs minutes. Puis, elle revint à l'intérieur et annonça :

— Venez à son hôtel, je vais essayer d'organiser une rencontre.

Tout le monde remonta la rue, y compris la libraire, jusqu'à l'hôtel où résidait Eva Díaz. La jeune femme prénommée Claire entama alors une conversation très animée et à voix basse avec une autre femme affublée de grandes lunettes rondes et qui scrutait Océane avec curiosité. Elle marcha finalement droit sur la jeune fille et lui tendit la main :

— Bonjour, je suis Éléonore, l'éditrice d'Eva.

— Bonjour, je suis Océane.

Comme Claire, Éléonore ouvrit de grands yeux derrière ses lunettes. Elle resta pensive quelques secondes, puis, les sourcils froncés, se mit à débiter des questions à Océane : d'où connaissait-elle Eva Díaz, lesquels de ses livres avait-elle lus, pourquoi était-elle venue à la dédicace ? Pour conclure par :

— Ça vous ennuie si je vous prends en photo ?

Très étonnée, Océane ne sut comment réagir et Mam's intervint, méfiante :

— Pour quoi faire ? Je croyais que nous devions rencontrer Eva Díaz.

— Oui, répondit Éléonore fermement, mais Eva exige la photo de tous les gens qu'elle rencontre avant de les voir…

— C'est pour sentir si les énergies sont bonnes, renchérit Claire, d'ailleurs, il nous faudrait aussi votre signe astrologique, vous êtes née quand ?

Éléonore photographia Océane pendant que Claire notait sa date de naissance.

— Je suis née le 7 septembre 1976, râla la libraire et vous n'avez pas pris ma photo !

Claire et Éléonore échangèrent un coup d'œil, puis elles prirent les photos et dates de naissance de la libraire, de Mam's, de Mei, de Ben et d'un homme qui n'avait rien demandé, mais qui se trouvait malencontreusement dans le lobby à ce moment-là.

Éléonore et Claire se dirigèrent ensuite vers l'ascenseur en chuchotant en français et en examinant les clichés.

— Ne vous inquiétez pas, c'est normal, les auteurs sont tous complètement cinglés, les rassura la libraire qui s'y connaissait bien.

CLAIRE

Nous nous sommes mises d'accord avec Éléonore dans l'ascenseur : nous ne pouvons pas donner de faux espoirs à Eva. Si Océane est Océane, Eva la reconnaîtra, sinon, nous lui aurons juste demandé de faire l'effort de descendre signer un exemplaire dans le lobby pour une lectrice particulièrement insistante. Si Eva ne veut pas, nous pourrons toujours lui montrer la photo d'Océane prise dans le hall. Évidemment, Eva commence par refuser.

— Tu me dois bien ça, râle Éléonore, après tous ces mensonges à propos de ton livre ! Cette lectrice est vraiment sympathique.

Excédée, Eva s'empare d'un stylo publicitaire offert par l'hôtel et se dirige vers la porte à grandes enjambées furieuses.

— Très bien, une signature et je remonte, je déteste les rencontres avec les lecteurs, je ne sais jamais quoi leur dire.

Nous l'accompagnons en silence dans l'ascenseur, je l'observe du coin de l'œil. Elle a vieilli depuis ce matin, elle arbore une nouvelle ride un peu amère au coin de la bouche. Elle paraît ailleurs, prisonnière d'une souffrance et d'une solitude que personne ne peut comprendre. Je ne la lâche pas des yeux alors qu'elle sort de l'ascenseur, cherchant du regard cette fan que nous voulons absolument qu'elle rencontre. Dans le lobby, la mère d'Océane parle lecture avec la libraire, la fille en fluo et le jeune homme qui emmerde le patriarcat sont penchés sur un portable. Un employé accourt vers le comptoir de la réception pour répondre au téléphone qui émet une sonnerie stridente, tandis qu'un autre pousse à travers la porte à tambour un chariot bien trop gros pour la toute petite valise qui s'y dresse.

Et puis, juste devant l'ascenseur, un roman serré sur son cœur, comme son plus précieux trésor : Océane.

Eva avance, fait un pas contraint, agacé et pressé. Elle lève la tête et se fige. Bêtement, le monde continue de tourner. Le lobby, le chariot, le téléphone, les conversations, la porte à tambour, la neige dehors et le bruissement pudique de l'ascenseur qui se referme. Pourtant, la vie s'est arrêtée. Sur le visage d'Eva, le soleil se lève. Une inondation de lumière qui part de ses yeux bleu-vert et illumine son visage de douceur. Une joie si pure, si rayonnante, que j'ai l'impression de la ressentir avec elle. Éléonore observe la scène en silence, les larmes aux yeux.

Océane sourit, un mélange de timidité et d'admiration éclaire ses yeux qui rappellent tant ceux d'Eva.

— Je suis désolée, je ne voulais pas vous déranger, mais j'aime tellement vos livres… je… je les ai tous lus, depuis le premier… je l'avais trouvé dans la bibliothèque de mon père à l'époque… C'est si beau. Je pourrais ne faire que ça jusqu'à la fin de ma vie : lire vos livres.

Elle rougit, cherche ses mots, les mains crispées sur son roman comme un talisman, elle rit, un peu gênée.

— Pardon… C'est idiot ce que je vous dis, je… je ne pensais pas vous rencontrer un jour, alors… je n'ai pas préparé…

— J'ai besoin de m'asseoir, murmure Eva.

— Oh, bien sûr, je suis bête, pardon !

Océane s'écarte et Eva s'avance vers un gros fauteuil de cuir où elle se laisse tomber, comme si ces quelques pas l'avaient épuisée. Elle indique le siège voisin à sa fille, qui n'a manifestement aucune idée du lien qui les unit. Presque vingt ans qu'Eva cherche Océane alors que celle-ci l'avait déjà trouvée depuis bien longtemps, sur l'étagère d'une bibliothèque. Je ne sais pas ce qu'il faut en déduire sur l'ordonnancement de ce monde.

Océane se met à parler. Elle évoque les livres d'Eva, elle avoue qu'elle écrit un peu, elle s'illumine, rit, bute sur les mots et s'excuse à chaque phrase comme si « pardon » était un signe de ponctuation. Eva écoute, penchée en avant, irrésistiblement attirée, comme s'il lui fallait toute son énergie pour se retenir de la toucher, de la sentir, de l'examiner sous toutes ses coutures, comme un nouveau-né le jour de sa venue au monde.

L'atmosphère a changé. L'assistance, intriguée, contemple la rencontre, consciente que quelque chose lui échappe, mais quoi ? La mère adoptive d'Océane, elle, a compris. Une succession d'émotions traverse son visage à toute vitesse. Surprise, panique, inquiétude, tandis que, d'un pas rapide, elle rejoint le fauteuil de cuir dans lequel Océane s'est assise. Je la vois lever la main pour la poser sur l'épaule de son enfant, ouvrir la bouche pour la prévenir, la protéger. Puis, peut-être est-ce la douceur sur le visage d'Eva ou la joie fragile qui émane d'Océane, elle laisse retomber son bras, referme la bouche et recule d'un pas. Elle reste cependant postée derrière sa fille, attentive, en garde du cœur silencieuse, prête à intervenir. À aucun moment, Océane ne réalise la ressemblance frappante qui a fait taire l'assemblée.

Je pense à ma Marine, à Paris. À ses doigts minuscules qui viennent se fermer autour de mon index, à la façon dont son corps s'est détendu quand je l'ai prise dans mes bras en revenant de mon escapade à l'aéroport. J'ai envie de la serrer contre moi, de sentir sa chaleur et de respirer son odeur. Je voudrais lui murmurer que ça va aller, qu'on va s'en sortir, apprendre à se connaître et à s'aimer tellement fort que, quels que soient les séparations, les difficultés, les chagrins, la vie et le temps qui passe, rien, jamais, ne pourra atténuer cet amour-là. J'en ai la preuve juste devant moi.

OCÉANE

Eva Díaz n'était pas telle que l'imaginait Océane. Elle était délicate et fragile, elle lui faisait penser à une plume, assise dans ce fauteuil trop grand pour elle. Une plume légère, pâle et silencieuse. Océane était étrangement à l'aise. Les mots coulaient tous seuls, faciles et évidents. Et même si Eva ne répondait pas, elle avait le sentiment qu'elle ne la dérangeait pas. L'écrivaine l'écoutait avec une concentration intense et émerveillée, comme si Océane était un concerto pour piano dont Eva aurait voulu retenir chaque note, chaque intonation. C'était très agréable.

— Vous voyez, j'ai même noté il y a longtemps la citation de Gustave Flaubert qui sert d'introduction à votre premier roman, expliqua Océane en sortant le papier qui ne la quittait jamais de son portefeuille, « Je suis doté d'une sensibilité absurde, ce qui érafle les autres me déchire. » Je suis hypersensible et je me suis reconnue dans la citation, votre personnage et votre histoire…

Océane s'interrompit, car Eva lui avait pris le papier des mains. L'écrivaine relut la citation à voix basse, fronça les sourcils et secoua la tête :

— Ce n'est pas la citation exacte de Flaubert…

Et elle sourit. Un sourire rempli de tout l'amour du monde, qui emmitoufla Océane de tendresse comme dans une couette chaude au coin du feu. Avec le stylo publicitaire qu'elle tenait serré dans sa main crispée, Eva Díaz barra le mot « doté » sur le papier et d'une écriture un peu tremblante, inscrivit « doué » à la place. Puis elle leva la tête, observa Océane quelques longues secondes, et ajouta le *e* du féminin au terme « doué ».

« Je suis douée d'une sensibilité absurde, ce qui érafle les autres me déchire. »

Elle se leva, se pencha vers Océane, ferma les yeux comme pour respirer son odeur et lui murmura à l'oreille :

— Tout ce que tu ressens, c'est un don. Il est à l'origine du requiem de Mozart, des pyramides d'Égypte et du plafond de la chapelle Sixtine. Ce sont les gens comme toi qui voient la vérité du monde, pas ceux qui te disent de contrôler tes émotions.

Océane resta interdite. Elle aimait cette proximité soudaine, elle appréciait la beauté de ces mots qui se gravèrent dans son âme tout en balayant au passage une partie de ses anciennes convictions. Elle relut la phrase sur le papier froissé, ravie d'avoir l'écriture d'Eva Díaz sur son talisman, et le rangea soigneusement dans son portefeuille.

— Es-tu heureuse ? demanda Eva Díaz sans la lâcher des yeux.

Elle attendait vraiment la réponse et Océane songea que c'était beau de se soucier à ce point du bonheur de ses lecteurs. Qui pensait à poser cette question, pourtant si importante, aux inconnus croisés au hasard de sa route ?

Océane était ravie, parce qu'elle sentait une connexion avec cette femme qui vivait à l'autre bout du monde, un lien qu'elle avait déjà ressenti en lisant ses romans. Elle songea aux études de littérature qu'elle allait poursuivre, à la jolie chambre qui l'attendait à Chicago, à sa sensibilité qui était un don, aux bulles de savon, à leurs multiples façons de résister, elles qui ne renonçaient jamais à s'envoler, quitte à éclater en plein vol. À sa mère, debout derrière elle et sur laquelle elle pourrait toujours compter, à Amanda, à Jess, à Mei et Ben, ses amis, à l'avenir… Et un gigantesque tourbillon doré naquit en elle. Une pluie de mini-marshmallows sur un chocolat chaud. Elle était invincible, en haut d'un nuage, flottant dans un océan de lumière. Elle avait hâte de rentrer et de confier tous ces chamboulements à son carnet, toutes ces émotions merveilleuses. Parce qu'Eva Díaz avait raison. Tout ressentir plus fort, c'est aussi s'émouvoir de la couleur d'une feuille d'automne, du son parfait d'un mot ou des reflets d'une bulle de savon, c'est pleurer en écoutant de la musique, goûter une joie authentique dans une bouchée de gâteau, partir en voyage chaque fois qu'on ouvre un livre. C'est savoir reconnaître les bonheurs immenses dissimulés dans les toutes petites choses.

Alors, avec un grand sourire, elle répondit :

— Oui.

Parce qu'à cet instant, c'était vrai.

Eva Díaz sourit et, avec une familiarité surprenante, serra Océane dans ses bras et déposa un léger baiser sur son front.

— Je suis honorée de t'avoir rencontrée. Tu es parfaite comme tu es, ne laisse jamais personne te dire le contraire.

Puis, un peu courbée par un poids invisible, elle s'éloigna en direction de l'ascenseur.

De : eva@evadiaz.fr
À : eleonore.thibaut@djimail.com
Objet : Nouveau roman

Chère Éléonore,
J'ai appris par Claire que tu ne travaillais plus aux Éditions Dupontel. C'est ennuyeux, ils m'ont mis en contact avec une nouvelle éditrice que je n'apprécie pas du tout.
Peux-tu me rappeler, stp ?
Je t'embrasse,
Eva

De : eva@evadiaz.fr
À : eleonore.thibaut@djimail.com
Objet : RE : Nouveau roman

Chère Éléonore,
As-tu reçu mon précédent e-mail ?
Apparemment, c'est ma faute si tu as perdu ton poste. J'en suis sincèrement désolée.
Cela dit, c'est peut-être l'occasion pour toi de monter cette maison d'édition dont tu m'as souvent parlé avec des étoiles dans les yeux.
Ne me remercie pas ;-)
Je t'ai laissé plusieurs messages, rappelle-moi s'il te plaît. C'est très important, j'ai une idée de livre.

De : eva@evadiaz.fr
À : eleonore.thibaut@djimail.com
Objet : RE : Nouveau roman

(J'ai vraiment une idée de livre, ce n'est pas un mensonge cette fois…)

De : eva@evadiaz.fr
À : eleonore.thibaut@djimail.com
Objet : RE : Nouveau roman

Je sais que tu lis tes messages… Quand tu auras fini de me faire la tête, rappelle-moi, c'est important. J'ai même trouvé un excellent nom pour ta maison d'édition : les Éditions Foxtrot.

Je trouve ça moderne et guilleret. Ne me remercie pas, depuis le temps qu'on travaille ensemble, je peux bien te rendre un petit service. Tu me rappelles maintenant ?

De : eva@evadiaz.fr
À : eleonore.thibaut@djimail.com
Objet : RE : Nouveau roman

Ton silence me fait beaucoup de peine. Je n'ai aucune envie de rester chez Dupontel si tu n'y es plus, et ce nouveau roman serait parfaitement adapté à la ligne éditoriale des Éditions Foxtrot. Accessoirement, si j'en crois le bandeau que tu avais mis sur mon dernier livre, j'ai vendu plus de dix millions d'exemplaires dans le monde, pas mal pour une petite maison d'édition qui se lance et composée seulement d'une éditrice au chômage et de zéro auteur. Es-tu sûre que tu n'as même pas envie de savoir de quoi il s'agit ?

De : eva@evadiaz.fr
À : eleonore.thibaut@djimail.com
Objet : RE : Nouveau roman

Selon ma page Wikipédia, je suis aussi traduite dans vingt-sept pays. Je me demande si ce sera le cas de beaucoup d'autres auteurs aux Éditions Foxtrot.

De : eleonore.thibaut@djimail.com
À : eva@evadiaz.fr
Objet : RE : Nouveau roman

OK.

Il manquait un chapitre à ce manuscrit. Éléonore m'en a fait la remarque. C'est une excellente éditrice, la meilleure que j'ai eu l'occasion de croiser. À partir des notes prises dans ce carnet noir que j'avais emporté avec moi en Indonésie, j'ai voulu raconter mon histoire. Beaucoup de gens la liront, décideront si c'est un bon ou un mauvais roman, s'il y a des longueurs, ou de l'intérêt et du capital sympathie des personnages. Nous savons, toi et moi, que, encore plus que les précédents, ce roman n'existe que pour toi. S'il faut que je ne sais combien de personnes le lisent pour que mon message te parvienne, qu'il en soit ainsi. J'ai bientôt quarante-deux ans et je n'ai pas encore trouvé d'autre façon que la fiction pour dire la vérité. Mes écrits n'ont jamais été adressés qu'à toi. Je n'ai jamais compris pourquoi tant de lecteurs m'écrivaient, et pourquoi diable il aurait fallu que je perde mon temps à leur répondre. Enfin, vingt ans à jeter des bouteilles à la mer, apparemment, ça s'appelle une carrière littéraire.

Quand tu étais bébé, le peu de temps que nous avons eu toutes les deux, toi et moi, ce temps dont je n'ai pas su profiter, parce que j'ignorais qu'il serait éphémère, je soufflais des bulles de savon au-dessus de ton berceau. Tu étais allongée sur le dos, et tu les suivais des yeux, fascinée. Peut-être y avait-il un appel d'air, mais, quelle que soit la direction vers laquelle je les envoyais, elles s'envolaient toujours vers la fenêtre ouverte, comme irrésistiblement attirées par la lumière. Bien entendu, il ne te reste sans doute rien de ces souvenirs, moi, j'y repense souvent. Ces bulles, que nous observions ensemble, constituaient un premier lien, fragile et délicat, entre toi et moi. Moi, je me sentais comme elles, vide et douloureusement consciente que le moindre courant d'air pouvait m'anéantir. Je rêvais de m'évader, même si le prix à payer était d'éclater en gouttelettes après quelques secondes de liberté. J'ai compris plus tard, grâce à tes frères, que c'est à partir de ces minuscules choses du quotidien, partagées avec ses enfants, que l'amour se construit pour celles qui, comme moi, n'ont pas la chance d'être touchées par la grâce de l'amour maternel dès les premiers instants. Je sais aujourd'hui que si j'étais restée, ou même si je t'avais retrouvée à mon retour, ces liens se seraient multipliés jusqu'à forger l'attachement le plus indéfectible qu'il m'ait été donné de vivre. Malgré tout, j'ai un lien avec toi, même s'il est à sens unique et qu'il me fait mal. Il s'est renforcé au fil des années que j'ai passées à te chercher, à imaginer ton quotidien, tes rêves, tes joies et tes chagrins d'enfant. Plus tu m'oubliais et plus je pensais à toi.

T'avoir revue à Kefalonia constitue l'un des plus beaux cadeaux que la vie m'ait offerts, la preuve que la lumière existe, que l'univers, d'une certaine façon, m'a pardonnée ou tout du moins a considéré que j'avais purgé ma peine. J'ai pu constater, avec un soulagement immense, l'amour de celle qui t'a élevée. Je ne peux pas me résoudre à l'appeler autrement, même si je sais bien ce qu'elle est pour toi et le nom que tu lui donnes et qui aurait dû être le mien. Elle m'a contactée le lendemain de notre rencontre à Kefalonia, elle avait compris qui j'étais au premier regard. Nous avons beaucoup parlé de ce qu'il convenait de faire pour ne pas te blesser. Elle te donnera ce livre qui, je l'espère, t'apportera des réponses aux questions que tu te poses depuis des années. J'ai perdu le droit d'être ta maman il y a bien longtemps, mais j'espère encore, un jour, avoir celui de construire une relation avec toi. Celle que tu voudras. J'aimerais aussi que tu rencontres tes frères. La balle, évidemment, est dans ton camp. Elle l'a toujours été. Grâce à Claire et sa passion des réseaux sociaux, je suis joignable très facilement sur Internet. Quelle que soit l'heure du jour ou de la nuit, tu n'auras qu'à dire « je suis là » et je répondrai. Je ne veux rien t'imposer, contacte-moi uniquement si tu en ressens l'envie.

Tu es libre de m'ignorer, je ne t'en voudrai pas. Si ces mots sont les derniers que je suis autorisée à t'adresser, sache qu'à la seconde où nos regards se sont croisés, j'ai compris qui tu étais. Et pas seulement parce que tu es mon portrait craché au même âge. Mais parce que tu es parfaite. Tu es parfaite comme seul un enfant peut l'être pour sa mère. Pour rien au monde, je n'aurais changé une seule molécule de ton corps et de la personne que tu es.

Pour terminer cette courte conversation que nous avons eue, la seule que nous ayons jamais eue : la vie n'est pas toujours facile pour les gens comme toi et moi, ceux qui perçoivent à chaque instant le monde dans tout ce qu'il contient de noirceur et de beauté, de joie et de souffrance. Mais ta sensibilité est ta richesse, ne fais pas les mêmes erreurs que moi : ne la laisse pas t'effrayer, n'en aie jamais honte. Laisse-la s'exprimer, dans les moments de désespoir comme dans les instants d'euphorie et elle deviendra ton talent. En avançant doucement, un petit pas à la fois, comme me l'avait expliqué cet homme en Indonésie, on peut se relever de presque tout. Je n'ai pas la prétention de t'apprendre quoi que ce soit. Mes enfants m'ont finalement beaucoup plus appris que l'inverse. Une chose, toutefois, me semble essentielle, et si tu ne devais retenir qu'une phrase de ce livre, je voudrais que ce soit celle-ci : si un jour tu doutes, si tu as peur, que l'avenir te paraît sombre et que tu ne sais plus vers qui te tourner, fais comme les bulles de savon, dirige-toi toujours vers la lumière.

CLAIRE

Je souffle et les bulles s'envolent en direction du ciel bleu. Tes yeux s'illuminent, tu me regardes comme si j'étais une magicienne. Tu t'esclaffes, tu agites tes mains potelées et pousses un petit cri quand une bulle éclate entre tes doigts.

— Claire ?

Je tourne la tête, surprise, et aperçois une jeune femme ravissante avec un bébé dans une poussette. Il me faut quelques secondes pour la remettre. Rose, l'hôtesse d'accueil chez LemonCurd qui était tombée enceinte de mon chef et à cause de laquelle j'avais perdu mon poste.

— Rose, ça fait si longtemps !

Je baisse les yeux sur la poussette et elle suit mon regard.

— Je te présente Enzo, mon fils…

— Oh… coucou, Enzo. Voici Marine, ma fille, je pense qu'ils ont à peu près le même âge…

J'hésite, puis je lui indique la place libre sur le banc à côté de moi.

— Tu veux t'asseoir un moment ?

— D'accord.

Elle s'installe, croise ses interminables jambes bronzées. Elle est toujours aussi belle, on ne l'imaginerait jamais Maman, plutôt égérie d'une marque de mode pour adolescents. Elle te caresse la joue.

— Coucou, Marine ! (puis en se tournant vers moi) Alors ça va ? Tu deviens quoi ?

— J'ai monté ma boîte de communication sur les réseaux sociaux, je suis indépendante.

— Ah oui ? Et ça marche bien ?

— J'ai récupéré un certain nombre de mes anciens clients chez LemonCurd et j'ai de nouveaux clients dans le secteur de l'édition, donc oui, ça marche bien !

Rose éclate d'un rire joyeux.

— Bernard l'a pris comment que tu lui piques ses clients ?

Je me retiens de rire en repensant à l'appel furieux de mon ancien patron. J'ai cru qu'il allait faire une crise d'apoplexie au téléphone.

— Mal, mais je m'en fiche, je n'ai plus le temps de faire plaisir à tout le monde. Et il l'a pris comment que tu gardes le bébé et que tu balances tout à sa femme ?

Enzo te montre du doigt en poussant de grands cris ravis, ce qui te comble de joie. Rose, amusée, répond avec nonchalance :

— Pas très bien, mais pas aussi mal que le procès que je lui ai collé pour m'avoir virée enceinte.

— Tu as fait ça ? Bravo, c'est très courageux.

— Tu sais, j'ai hésité à te recontacter sur Facebook plusieurs fois, je voulais m'excuser… (Elle hésite, un peu gênée.) Je sais que tu as perdu ton poste à cause de moi, je n'aurais jamais dû raconter notre conversation à Bernard, mais j'étais complètement perdue à l'époque.

Je pose une main sur son bras.

— Ne t'excuse pas, ça faisait des années qu'il me faisait miroiter un CDI que je n'aurais jamais eu et je suis beaucoup plus heureuse dans mon travail aujourd'hui qu'à l'époque. Et toi ? Tu fais quoi maintenant ?

— Écoute, j'ai créé un compte Instagram sur les galères de ma vie de mère célibataire. En gros, je démonte les clichés débiles sur l'idéalisation de la maternité que véhicule la société, en partageant des témoignages de mamans sur tous les sujets. J'ai sept cent mille abonnés et je vis grâce aux partenariats avec des marques. C'est beaucoup de travail, mais ça me passionne.

Je revois Rose, en larmes dans les toilettes, m'annonçant qu'elle est enceinte, je pense à tout ce qu'elle a dû endurer pour son fils qu'elle couve du regard avec une sérénité qu'elle ne possédait pas avant.

— J'imagine que ça n'a pas été facile tous les jours, toute seule ?

— C'est rien de le dire…

— Tu arrivais à voir la lumière au bout du tunnel les mois qui ont suivi ton accouchement ?

Rose éclate de rire.

— Je crois que les seules lumières que je voyais, c'était les phares d'un train que je n'allais pas tarder à me prendre en pleine figure…

Je ris avec elle et elle poursuit avec douceur :

— Et d'un autre côté, je ne sais pas comment j'ai pu vivre sans Enzo.

— On est bien d'accord.

Je te contemple alors que tu mordilles ton doudou. Je sais exactement ce qu'elle veut dire. Il m'a fallu de l'aide et du temps pour devenir ta maman. Avec le recul, j'ai compris cependant que c'était toi qui m'avais tout appris, armée de cette immense patience qui te caractérise déjà du haut de tes presque un an et demi. Il y a eu ton premier sourire, ta petite main bien serrée autour de mon index, tes yeux plantés dans les miens, remplis de la sérénité et de la confiance qui me manquaient tant. Ta première nuit complète, qui m'a fait l'effet de trois semaines de thalassothérapie. La première fois que tu m'as bavé sur la joue pour essayer de me faire un bisou, ton premier mot, « avion », le doigt et le regard levés vers le ciel avec un ravissement rempli de promesses d'avenir, d'aventures et de voyages, tes joues barbouillées de chocolat, tes éclats de rire, ton émerveillement permanent que ce soit devant une canette oubliée par terre ou les décorations de Noël du fromager. Tous ces minuscules bonheurs, comme une multitude de rayons de soleil, ont chassé les nuages, pour laisser apparaître peu à peu une vaste étendue de ciel bleu à parcourir ensemble. Ces moments réchauffent les jours de pluie, d'épuisement et de découragement où l'on a envie de tout plaquer pour partir à l'autre bout du monde et qui, je le sais désormais, sont le lot de tous les parents du monde.

Tu lèves la tête vers moi.

— Maison ?

— Oui, on va rentrer, c'est l'heure du goûter. Je suis contente de t'avoir revue, Rose, et si tu as un coup de blues ou besoin d'aide avec Enzo, n'hésite pas à m'appeler.

Nous échangeons nos numéros. Tu dévisages Rose avec perplexité, elle te chatouille et tu éclates de rire.

— Elle est trop belle, s'exclame Rose. Elle te ressemble beaucoup.

Je replace une mèche derrière ton oreille et embrasse ta joue rebondie, fière du compliment.

De retour à la maison, nous retrouvons ton père plongé dans un livre si passionnant qu'il ne lève pas la tête.

— Tu savais, dit Thomas, qu'au cinquième mois de grossesse, le bébé possède déjà une dizaine de milliards de cellules nerveuses ! C'est complètement dingue, non ?

Je jette un coup d'œil au titre de sa lecture. *Neuf mois, la grossesse pour les hommes,* le fameux livre que je lui avais offert et qu'il n'avait jamais lu... Je me mords les lèvres pour ne pas rire face à son enthousiasme.

— Tu es conscient que ta fille a dix-huit mois ?

— Oui, mon cœur, mais comme ça je serai prêt pour le deuxième ! Allez viens, Coquillette, Papa va faire des crêpes.

Marine pousse un cri de joie et part en courant dans la cuisine tandis que je m'allonge sur le canapé. J'attrape mon livre en cours, le tout dernier roman d'Eva qu'elle m'a dédicacé avant même sa sortie. Avant de l'entamer, j'appelle :

— Marine, viens vite ! J'ai oublié de te dire quelque chose de très important !

J'entends le battement de tes petits pieds sur le plancher. Tu me fixes, l'air perplexe, un peu de farine au bout du nez, l'air vaguement contrariée d'avoir été dérangée en pleine session de cuisine avec ton père. Je t'attrape dans mes bras et je te dévore de baisers tandis que tu te débats en riant. Tu sens la pomme et la vanille. Rien, dans tout l'univers, ne sent aussi bon que toi. Je me résous à te libérer, non sans te murmurer à l'oreille avant que tu ne t'échappes :

— Tu es parfaite, mon soleil, je t'aime.

De : oceane.vasseur@djimail.com
À : eva@evadiaz.fr

Objet :

Je suis là.

MERCI…

À mes petits soleils, ma Manon et ma Scarlett, pour leur amour, leur gaité et leur présence qui est venue illuminer notre vie à deux. J'ai du mal à concevoir que j'ai pu vivre trente-trois ans dans un monde où vous n'existiez pas encore.

À mon mari, Vincent, qui a nourri notre deuxième fille absolument toutes les nuits pendant les six mois qui ont suivi mon accouchement. Merci d'être devenu le plus extraordinaire des papas en un battement de cil le jour où nous sommes devenus parents, merci de me soutenir, toujours, que ce soit dans ma carrière professionnelle, dans mes interrogations quotidiennes ou mes projets absurdes. Ce n'est pas un concours, mais bon… tu gagnes quand même haut la main.

À mes parents et à mes beaux-parents qui ont supporté avec une patience inégalée mes sautes d'humeur, mon mal-être et ma fatigue durant mon apprentissage de la maternité.

À ma famille, pour leur soutien et leur enthousiasme sans faille au fil des années et, tout particulièrement, à Vincent (encore...), mes parents, mes frères Olivier et Clément et ma future belle-sœur Inès pour leurs retours détaillés et construits sur la première version de ce manuscrit et à Paul, Camille et Olivia, même s'ils préfèrent attendre la version imprimée pour le lire ;-)

Un immense merci à toute l'équipe des Éditions Charleston qui croit en mes histoires avec bienveillance et passion et en particulier :

À Karine Bailly de Robien et Pierre-Benoît de Véron pour le renouvellement de leur confiance à chaque nouveau roman.

À Laury-Anne Frut, pour tes observations fines, franches et efficaces (RIP Rose...), pour ton humour et notre amour partagé des GIF et des verres en terrasse (quand il y avait des terrasses...), moments privilégiés pour nous plaindre de nos enfants respectifs tout en nous extasiant simultanément sur leurs photos et leur mignonitude absolue.

À Danaé Tourrand, pour ta bienveillance lors de cette première aventure littéraire ensemble, pour tes remarques si constructives, ta vision si inspirante pour moi, ton soutien et ton engouement pour mes bulles de savon.

À Caroline Obringer pour son enthousiasme permanent et communicatif, à Christine Cameau pour son précieux travail d'édition, à Virginie Lancia et Laure Paradis pour tout leur travail de promotion, à Alice Bercker pour le souci du détail qu'elle apporte à mes textes.

À Sophie Henrionnet, pour tes commentaires et pour ce si beau message après ta lecture qui m'a tant émue, pour ta présence dans ma vie et ta précieuse amitié.

À Tonie Behar, pour ta lecture attentive et toutes tes remarques, comme d'habitude franches et constructives, qui ont tant apporté à ce roman. J'en profite pour te remercier aussi pour ton formidable esprit d'équipe et tout ce que tu fais pour notre #teamromcom.

À Marianne Levy pour ton bel enthousiasme pour ce nouveau roman, tes éloges et tes encouragements, cure reboost pour le moral.

À Carène Ponte et Mélusine Huguet pour vos retours intelligents et bienveillants qui m'ont permis de sensiblement améliorer ma première version.

À Ellie, qui a gardé mes enfants pendant la fermeture des crèches aux Pays-Bas alors que je me débattais pour terminer ce livre dans les temps.

À tous ceux qui soutiennent de près ou de loin mes histoires et mes personnages auprès des lecteurs, ceux qui m'écrivent et me motivent au quotidien : libraires passionnés, journalistes, blogueurs et blogueuses, amis et membres de ma famille plus ou moins proches qui recommandent ou offrent mes romans à ceux qui leur sont chers.

Et enfin, merci à toi, lecteur ou lectrice, d'avoir passé ces quelques heures avec moi et mes personnages et d'avoir eu la patience et l'enthousiasme de me lire jusqu'au bout.

Merci de m'avoir lue jusqu'ici !

J'espère que vous avez passé un bon moment avec cette histoire, n'hésitez pas à me suivre et à me donner votre avis sur les réseaux sociaux !

Instagram
@Marie_Vareille

Facebook
facebook.com/vareille.marie

Mon site
marievareille.com

DE LA MÊME AUTRICE

En apparence, Alice va très bien (ou presque). En réalité, elle ne dort plus sans somnifères, souffre de troubles obsessionnels compulsifs et collectionne les crises d'angoisse à l'idée que le drame qu'elle a si profondément enfoui quelques années plus tôt refasse surface. Américaine fraîchement débarquée à Paris, elle n'a qu'un objectif : repartir à zéro et se reconstruire. Elle accepte alors de travailler dans une start-up dirigée par un jeune PDG fantasque dont le projet se révèle pour le moins... étonnant : il veut réunir les chaussettes dépareillées de par le monde.

La jeune femme ne s'en doute pas encore, mais les rencontres qu'elle va faire dans cette ville inconnue vont bouleverser sa vie. Devenue experte dans l'art de mettre des barrières entre elle et les autres, jusqu'à quand Alice arrivera-t-elle à dissimuler la vérité sur son passé ?

512 pages - 8,90 €

Chloé, 28 ans et Parisienne jusqu'au bout des ongles, enchaîne les histoires d'amour catastrophiques. Un jour, elle conclut un pacte avec son amie Constance. Chloé devra s'exiler en pleine campagne avec l'interdiction d'approcher un homme, et réaliser son rêve de toujours: écrire un roman. Constance, incorrigible romantique, s'engagera à coucher le premier soir avec un parfait inconnu.

De Paris aux vignobles du Bordelais en passant par Londres, cet étrange pari entraînera les deux amies bien plus loin que prévu... Réussiront-elles à tenir leur engagement ?

352 pages - 8,50 €

PEFC PEFC/14-38-00277

Cet ouvrage est composé de matériaux issus de forêts gérées durablement certifiées PEFC™.
Le Programme de reconnaissance des certifications forestières (PEFC™) est le plus grand organisme mondial indépendant de contrôle pour une gestion durable des forêts. Pour en savoir plus, consultez le site www.pefc-france.org

Achevé d'imprimer en février 2022
par Novoprint
Dépôt légal : mars 2022
Imprimé en Slovaquie